언어생활과 자기표현

언어생활과 자기표현

김병홍 · 김수태 · 이병철

역락

서문

이 책을 통해서 이루고자 하는 교육목표는 표현능력의 향상이다. 의사소통은 표현과 이해를 통해 이루어진다고 보면 표현능력은 의사소통 능력의 한 부분으로 볼 수 있다. 많은 대학에서 의사소통 능력의 향상을 교육목표로 하는 교양과목들을 개설하고 있다. 이런 과목들의 개설은 새내기들이 의사소통에 문제가 있다는 것을 전제로 한다. 그렇다면 새내기들은 의사소통에 어떤 문제가 있는가?

의사소통은 인간만 가진 능력이 아니다. 동물들도 종에 따라서 고유한 의사소통 수단을 가지고 있고 서로 의사소통을 한다. 이렇게 보면 의사소통 능력은 동물의 본능으로 볼 수 있다. 의사소통 능력이 동물이나 사람의 본능 수준에 그친다면 의사소통 교육의 필요성은 근거가 미약해질 것이다. 그런데 인류사회는 의사소통 능력의 향상을 후속세대에게 끊임없이 요구하고 교육해 왔다.

강의실에서 의사소통에 문제가 있는 학생이 있는가를 물어보면 대부분은 문제가 없다고 대답한다. 스스로의 의사소통 능력에 문제점이 없다고 판단하고 있는 학생들에게 의사소통 능력의 향상을 요구하는 것은 억지스럽게 느껴질지도 모르겠다. 그렇다면 학생들이 생각하는 의사소통 능력과 학생들이 요구 받고 있는 의사소통 능력이 달라야 우리는 능력의 향상을 요구할 수 있을 것이다. 그러나 의사소통 능력은 다를 수 없다. 문제는 표현과 이해를 의사소통의 수단으로만 바라보는 데 있다.

표현을 기능적인 측면에서 보면 의사소통의 수단이지만 또 다른 측면도 있다. 우리가 입은 옷을 기능적인 측면에서 보면 몸의 보호이지만 이것은 옷이 갖는 기능의 모두는 아니다. 비싼 값을 지불하고라도 브랜드 옷을 입으려는 것은 옷을 통해 자기의 가치를 높이려는 의도 때문일 것이다. 표현을 통해 의사소통하지만 어떻게 표현하느냐에 따라서 표현된 내용의 가치뿐만 아니라 표현한 사람의 가치가 사뭇 달라진다.

후속 세대에게 의사소통 능력의 향상을 요구하는 것은 더 높은 가치를 인정받을 수 있는 표현능력의 향상을 요구하는 것으로 볼 수 있다. 그런데 표현의 방법도 다양하고, 여러 변인에 의해 어울리는 표현도 달라지기 때문에 짧은 시간 내에 표현능력을 키우는 것은 쉽지 않다. 어떻게 보면 태어나면서부터 표현능력을 익히기 시작해서 삶을 다하는 날까지 익혀야 하는 것은 아닌가 싶다.

이 책은 대학생활을 시작하는 새내기들이 익혔으면 하는 표현능력을 담으려고 했다. 표현 방법이 다양하고 변인들이 많아서 집필진의 창의적인 연구 결과물로 모든 내용을 채우기에는 한계가 있었다. 집필진의 한계 때문에 직·간접적으로 여러 글들을 인용하면서 원본의 출처를 밝히려 애썼다. 하지만 교재의 집필 특성 때문에 명시적으로 밝히지 못한 부분도 있을 것이고, 부분적으로는 원래 자료의 의도와 다르게 편집된 것도 있을지 모를 일이다. 그에 대한 잘못이나 이 책에서 발견되는 모든 오류들은 집필진의 책임이다. 너그러이 혜량을 바랄 뿐이다. 우리는 앞으로 강의를 하면서 이 책에서 발견되는 문제점들을 지속적으로 수정해 나갈 것이다.

이 책이 나오기까지 고마운 분이 많은데, 특히 처음 기획 단계부터 마무리 교정까지 함께 하며 조언과 격려를 아낌없이 해주신 엄경흠 교수께 감사의 말씀을 드린다. 아울러 책이 반듯하게 잘 정리되어 나오도록 도와준 도서출판 역락의 편집부를 비롯한 여러 관계자들께도 고마운 마음을 전한다.

2015. 2. 13.

집필자 일동

차 례

제1부 인간관계와 자기표현

제2부 말하기와 자기표현

제3부 글쓰기와 자기표현

제1부

인간관계와
자기표현

제1장

현대인의 자기표현

01 | 자기표현의 필요성

1. 현대사회와 자기표현

개인의 능력을 지식의 축적 능력이나 신분과 출신 배경으로 평가했던 과거 권위주의 시대와 달리, 탈권위주의 시대의 개인의 능력은 다른 사람을 설득할 수 있는 의사소통 능력으로 평가한다. 이러한 변화의 중심에는 누구나 손쉽게 많은 양의 정보와 지식에 접근할 수 있는 인터넷이 존재한다. 인터넷은 지식과 정보를 머릿속에 축적하는 가치 개념보다는, 지식과 정보를 재구성하여 창의적인 문제 해결 방안을 제시하는 능력을 더 중요한 가치 개념으로 변화시켰다.

따라서 지식 정보화 사회를 살고 있는 현대인들은 지식 정보에 대한 활용 능력과 의사소통 능력이 반드시 필요하다. 특히 자신의 사상이나 감정을 다양한 방법으로 표현할 수 있는 자기표현 능력은 현대인에게 가장 중요한 능력으로 이해된다. 그런데 대부분의 사람들은 다른 사람에게 자신의 생각을 제대로 표현하지 못하는 현실 때문에 어려움을 겪는다. 그것은 자신의 머릿속에 생각하고 있는 내용을 적절하게 풀어서 제시하는 과정이 쉽지 않기 때문이다.

현대사회에서 사람들은 다른 사람과 상호작용하면서 매우 다양하고 복잡한 인간관계를 형성한다. 현실 공간에서는 직접 대면하는 인간관계가 형성되고 가상공간에서는 특정한 경로를 통해 인간관계가 형성된다. 이러한 인간관계에서 가장 중요한 것이 커뮤니케이션(communication)인데, 이를 통해 사람들은 자신의 뜻과 생각을 표현하고 그것을 타인에게 원활하게 전달한다.

커뮤니케이션은 흔히 의사소통이나 상호작용으로 이해되는데, 커뮤니케이션을 발신자의 관점에서 보면 자기표현의 의미로 해석할 수 있다. 그러므로 우리의 일상적인 커뮤니케이션은 자기표현의 본능을 충족하는 삶의 한 과정으로 보아야 한다. 이러한 커뮤니케이션은 자기표현에 기초하며, 인간관계를 위한 상호작용에서 중요한 부분을 차지한다. 이 때 자기표현은 단순히 자신의 생각이나 감정을 겉으로 드러내는 것뿐만 아니라 자신의 마음을 상대가 이해할 수 있도록 잘 전달하는 것으로 인식해야 한다. 좋은 인간관계를 유지하려면 실제로 자기표현을 확실하고 정확하게 표현하는 것도 중요하지만, 그것을 얼마나 상대방에게 잘 전하느냐가 더욱 중요하기 때문이다.

2. 자기표현의 개념

표준국어대사전에서 '자기표현'의 뜻풀이를 보면 '자기의 내면적인 생각이나 생활을 겉으로 드러내 보임'이라고 돼 있다. 또한 심리학에서는 일반적으로 '자기표현'을 타인과의 의사소통 과정에서 상대방의 권리를 침해하지 않고, 상대방이 불쾌감을 느끼지 않는 범위 안에서, 자신의 권리, 욕구, 의견, 생각, 자신의 관심사 그리고 느낌 등 자신이 드러내고자 하는 바를, 불안을 느끼지 않고 언어나 행동으로 솔직하게 상대방에게 표현하는 것으로 이해한다. 결국 '자기표현 능력'이란 의사소통 상황에서 자신의 개인적인 경험, 의견, 감정 등을 자유롭게 표출하면서 상대방의 권리를 존중하여 그의 마음을 얻어 낼 수 있는 능력'이라 할 수 있겠다.

모든 것이 급변하는 현대사회는 자신의 가치를 스스로 보여줘야 하는 자기표현의 시대라 할 수 있다. 인간은 다른 사람과 관계를 형성하며 존재하는 사회적 동물로 상대방과 커뮤니케이션하고 그것을 자기표현으로 나타내야만 사회적으로 인정받는 것이다. 곧, 스스로가 자신을 표현한 만큼 세상으로부터 가치를 인정받을 수 있는데, 이것은 다른 누군가가 대신해 줄 수 없다.

그렇다면 대학 교육에서 자기표현 교육은 왜 필요한가. 비록 시대가 달라져 대학의 존재 가치가 인식하는 사람에 따라 조금씩 차이가 있지만, 여전히 대학은 학문의 전당임을 우리는 잘 알고 있다. 이 학문 활동을 하기 위해서는 말하기와 글쓰기가 필요하다.

그런데 말하기와 글쓰기는 바로 자기표현 교육의 핵심이다. 말하기는 자신이 생각하는 바를 다른 사람에게 잘 전달하고, 다른 사람이 자신의 생각을 잘 받아들이도록 설득할 수 있는 자기표현의 한 형식이다. 따라서 우리가 대학에서 진리 탐구를 향한 열정을 갖고 있는 한, 대학은 자기표현 교육에 끝없이 노력해야 한다. 이러한 학문의 과정은 창의적인 사고력, 비판적인 사고력을 계발하는 과정이다. 그러므로 이러한 사고력을 향상시키기 위해서는 자기표현의 교육 과정이 반드시 필요하다.

특히 최근 기업에서는 시시각각으로 변하는 외부 환경에 능동적으로 대처할 수 있는 통섭형 인재를 원하고 있다. 비슷비슷한 스펙이 아니라 인문학적 사고와 통찰력, 건강한 주관을 가진 차별화된 인재를 필요로 한다. 곧, 기업이 추구하는 인재상은 일에 대한 진정성과 직무능력을 갖춘 인재이고, 이러한 인재가 갖추어야 할 기본적인 능력이 바로 자기표현 능력이다.

3. 자기표현의 필요성

우리는 앞서 자기표현이 필요한 시대적 교육적 상황에 대하여 이해하였다. 자기표현 능력이 개인에게서 중요한 이유를 몇 가지 제시하면 다음과 같다.

첫째, 자기표현 능력은 삶에서 반드시 필요로 하는 기본 능력이다. 우리는 자기 자신을 표현하는 것이 다른 사람과 관계에서 긍정적인 가치를 이끌어 내려는 본능적인 욕구라고 보았다. 예컨대, 사람들은 누구나 처음 만나는 사람에게서도 좋은 평가를 받기를 원한다. 그런데 좋은 평가를 받기 위해서는 자신을 상대에게 알려야 하고, 그것이 상대에게 호감을 주어야 한다. 이러한 자기표현 능력은 상대에게 매우 중요한 가치 정보를 제공하는 의사소통 능력이기 때문에 행복한 삶을 위해서는 반드시 갖추어야 하는 능력이다.

둘째, 자기표현 능력은 개인의 자기 정체성을 확립하고 자존감을 높이는 역할을 한다. 세상이 빠르게 변하다 보니 사람들은 그 변화에 적응하기가 매우 어렵다는 것을 알게 된다. 그 속에서 자신이 어떤 존재로 어떻게 살아야 하는가에 대한 회의를 가질 수밖에 없는 것이 현대인이다. 이러한 변화무쌍한 세계에서 자신의 정체성을 뚜렷이 하는 방편으로 자기표현을 적극적으로 해야만 한다.

셋째, 자기표현은 상대방이 갖고 있는 고정관념이나 선입견을 바꿀 수도 있고, 자기를 제대로 알릴 수 있는 기회이다. 많은 사람들은 자신만의 방식으로 사람에 대한 인상을 가지게 된다. 그것은 특별한 상황이 생기지 않은 한 잘 바뀌지 않는다. 따라서 자기표현을 제대로 하고, 상대방이 나에 대한 충분한 정보를 얻을 수 있도록 자기표현을 적극적으로 해야만 한다.

넷째, 자기표현은 인간의 본능 가운데 하나이다. 인간은 표현하고자 하는 본능이 있고, 누구나 자신의 생각이나 감정을 다양한 방법으로 자유롭게 표현한다. 그러므로 인간의 삶에서 표현 본능이 충족되지 않는다면 그 사람의 삶은 매우 힘들게 된다. 미국 심리학자인 에이브럼 매슬로(Maslow)의 '욕구 5단계설'을 보더라도, 인간의 욕구는 '생존 욕구에서 안전 욕구, 애정 욕구, 존경 욕구, 자아실현 욕구' 순으로 나아간다. 먹고 자는 것과 같은 본능적 욕구가 충족되면 자신의 존재감을 인정받고 싶어 하는 욕구가 생겨나는 것이다.

다섯째, 자기표현의 궁극적인 목표는 스스로의 가치를 존귀하게 여기는 자존감을 확립하고, 이 세상을 살아가는 중요한 가치관을 형성하는 데 있다. 또한 자기표현은 민주시민으로서 갖추어야 할 기본적인 덕목임과 동시에 현대사회를 살면서 인간관계에서 매우 중요한 소통 능력을 향상시키는 데 필요한 덕목인 것이다.

읽기 자료

그때 왜 질문을 하지 못했을까?

한비야(구호활동가 · 이화여대 초빙교수), 중앙일보 | 2015.01.17.

"50대에 유학하면서 뭐가 어려웠어요?"

곧 공기업 장학금으로 미국 유학을 떠나는 40대 후배가 물었다.

"으음, 집중력, 암기력, 정보 수집력이 떨어지는 게 힘들었어. 토론식 수업도 만만치 않고. 그나저나 유학은 99% 엉덩이와의 싸움이라는 거 잘 알지? 나도 도서관 문 여는 시간부터 문 닫는 새벽 1시까지 엉덩이 붙이고 앉아 있었던 덕에 간신히 졸업했다니까."

겁주는 척하며 즐겁게 저녁을 먹고 집으로 오는 길에 아차, 했다. 유학 중 진짜로 어려웠던 일이 생각났기 때문이다. 놀랍게도(!) 나는 수업시간에 질문하는 게 제일 어려웠다. 이상하지 않은가? 내 평생 어느 자리에서건 주눅이 들거나 긴장해서 할 말을 못하거나 궁금한 걸 묻지 못한 적이 없는데. 기라성 같은 사람들이 모인 유엔 자문위원 회의나 구호 관련 대형 국제회의에서도 열심히 묻고 내 의견을 거침없이 피력하는데 말이다. 이런 내가 교실에서만은 무슨 트라우마라도 있는 양 한없이 소심해진다. 이걸 물어봐도 되나? 혹시 나만 모르는 건 아닌가? 선생님이 내 질문을 무시하거나 핀잔을 주면 어쩌나?

수업시간에 입 다물고 있긴 했지만 소신껏 질문하는 다른 학생들의 용기가 부러

웠다. 영국 고위 공직자의 특강 때 있었던 일이다. 이스라엘과 팔레스타인 간의 평화회담에 물꼬를 튼 중동지역 전문 베테랑 외교관이기도 하다. 강연 후 질문 있느냐고 했더니 30대 네팔 학생이 손을 번쩍 들며 "전 당신이 취했던 중동평화정책에 동의하지 않습니다."라고 했을 때 깜짝 놀랐다. '아니, 저 친구가 어디다 대고 감히…' 더욱 놀란 건 그 대사의 태도였다. 학생이 동의할 수 없는 점이 무엇인지 잘 알고 있다며 굉장히 긴 설명을 성의 있게 해주었다. 그 학생의 용기가 부러우면서도 속이 터진 건 나 또한 강연 내용에 전혀 다른 의견을 갖고 있었는데, 왜 질문하지 못했느냐는 거다. 나야말로 그가 성사시킨 협상 때문에 말할 수 없는 고통을 당하는 팔레스타인 사람들을 직접 보고, 그 지역에서 구호활동까지 했던 사람 아닌가? 질문은 당연히 내가 더 많이 했어야 했다.

수업시간 토론도 어려운 건 마찬가지였다. 내가 다녔던 대학원은 각 나라 학생과 다양한 분야에서 일하던 사람들이 섞여 있어 토론이 매우 풍성했다. '근현대 중국 외교사'라는 30명 내외의 수업에서는 공교롭게도 원수로 지내야 마땅한 이스라엘과 팔레스타인, 중국과 대만, 에티오피아와 에리트레아 학생들이 나란히 앉아 들었다. 처음에는 선입견 때문에 그들의 한마디 한마디가 큰 논쟁으로 번질까 봐 살얼음을 딛는 듯 아슬아슬했다. 그러나 토론이 시작되면 입씨름이나 자기주장만 하는 게 아니라 어떻게든 접점을 찾으려고 노력하는 모습이 낯설면서도 아름다웠다. 현실에선 어렵지만 적어도 교실 안에서는 평화적인 대화와 타협이 가능하지 않겠냐며.

만약 우리 반에 북한 학생이 있었다면 어땠을까? 내 토론 수준으로 보아 토론이 아닌 언쟁이 되었을 확률이 높다. 참 이상하다. 내 의견을 주장하고 설득하는 건 그런대로 하겠는데 나와 다른 의견을 가진 사람의 말을 차분히 듣고 내 주장을 수정하거나 허점을 인정하는 건 수업시간 중이라도 너무나 어렵다. 토론 중 조금만 논리가 달리면 당장 말싸움 모드에 들어가기 때문이다. 논지 흐리기, 말꼬리 잡기, 인신공격, 얼굴 붉히며 언성 높이기… 내가 수업시간에 어떤 식의 토론을 했는지 지금 생각해도 얼굴이 화끈해질 만큼 부끄럽다. 스스로 깊은 반성과 함께 피나는 훈련이 필요하지만 이게 단지 내 개인의 문제라고만 할 수 있을까?

생각의 생각 끝에 이런 현상은 다름 아닌 우리나라 주입식 교육의 부작용이고, 나는 이런 교육의 최대 피해자라는 결론을 내렸다. 이건 자기 합리화나 책임전가가 아닌 직접 경험을 토대로 한 날카로운 분석이라는 걸 믿어 주시길. 내가 초·중·

고등학교 다닐 때는 수업시간에 선생님에게 질문을 할 수도 없고 질문을 한다고 선생님이 성실하게 대답해 주지도 않았다. 진도를 나가야 하고 전 과목은 토론이나 질의응답 과정 전혀 없이 무조건 외워야 했기 때문이다. 내 성향으로 미루어 짐작하건대 학창 시절 특히 초등학교 수업 중에 선생님에게 수없이 질문했을 거고 번번이 그 질문은 무시당하거나 진도방해죄로 혼났을 것이다. '무슨 말이 그렇게 많아?' '토 달지 말고 무조건 외우라니까!'라는 말도 무수히 들었을 거다. 지적 호기심과 기를 꺾는 이런 말들이 어린 내 마음에 트라우마로 남지 않았겠는가 말이다.

어릴 때부터 질문을 제지당하고 의견을 주고받지 못하며 자라는 아이들, 제대로 된 어른들의 토론을 접하지 못한 채 크는 아이들. 그래서 토론은 말싸움이고 싸움이니 반드시 이겨야 한다고 굳게 믿는 아이들이 커서 어떻게 될지는 나를 봐도 짐작할 수 있지 않은가? 이런 세상밖에 보여주지 못한 나 같은 어른이 아이들에게 용기 있게 질문하고 차분하게 토론하라고 주문하는 건 참으로 염치없는 일인 것 같다. 마음이 무겁다.

02 | 자기표현의 방법

1. 자기표현의 다양성

우리가 자기표현을 하는 방법은 대체로 언어적 표현과 비언어적 표현으로 나눌 수 있다. 언어적 표현은 다시 음성언어를 수단으로 하는 말하기와 문자언어를 수단으로 하는 글쓰기로 나뉜다. 비언어적인 표현은 매우 다양하지만, 주로 시각에 의존하는 것과 청각에 의존하는 것으로 구분하여 설명할 수 있다.

사람들이 자기 자신에 대한 정보를 다른 사람에게 전달할 때 가장 많이 사용하는 방법은 말하기이다. 상대방에게 자신의 사상이나 감정, 개인 정보 등에 대해 말로 이야기함으로써 자신의 특성을 알려 준다. 이처럼 말하기는 개인이 자기표현을 할 때 가장 보편적으로 사용하는 수단이기 때문에 우리는 말에 대한 중요성을 늘 인식하고 있어야 한다.

우리가 자기표현을 글쓰기로 하는 경우의 대표적인 것이 '자기소개서'를 작성할 때이다. 자기소개서는 대학 입학시험이나 취업에서 매우 중요한 역할을 한다. 특히 요즈음 기업에서는 이름, 출신 학교, 지역, 가족 관계 등의 호구조사로 시작하는 자기소개서보다는 자신이 일하려는 회사에 맞게 꼼꼼하게 작성한 맞춤형 자기소개서를 요구하고 있다. 다행히 자기소개를 말로 할 때보다 글로 쓸 때는, 여러 번 생각하고 고쳐 쓸 수 있으며, 다양한 자료를 바탕으로 작성할 수 있다는 장점이 있다.

비언어적인 자기표현은 의사소통 상황에서 매우 다양하게 이루어지고 많은 부분을 차지한다. 미국의 사회학자 알버트 메러비안(Albert Mehrabian)의 연구에 의하면 의사소통에서 약 7%만이 말로 표현되고, 38%가 음성과 어조로, 55%가 얼굴표정과 몸짓으로 나타난다고도 하였다. 이렇게 보면, 얼굴표정이 의사소통에서 매우 큰 비중을 차지하는 것으로 이해된다. 그것은 비언어적 표현이 '의사소통 상황에서 말할이와 들을이에게 메시지를 만들고 조직하는 데 필요한 언어를 제외한 사람이나 환경에 의해 나타나는 의미 있는 모든 형태들'로 규정할 수 있기 때문이다.

비언어적 표현 가운데 시각적인 요소는 매우 많은 부분을 차지하고 있다. 눈맞춤과 같은 요소는 상대방을 너무 빤히 바라보는 것도 실례이고, 상대방을 전혀 보지 않은 것도 실례가 된다. 미국의 사회인류학자 버드위스텔(R. Birdwhistel)은 사람이 얼굴을 사용하여 무려 25만 가지 이상의 표정을 만들 수 있다고 한다. 이 밖의 의사소통 상황에서 작용하는 시각적 요소로는 상대방과의 물리적인 거리, 화자의 몸동작, 자세, 몸의 방향 등도 포함할 수 있다.

또한 청각적인 요소로는 목소리의 크기, 말하는 속도, 부드럽고 능숙한 목소리 등이 있다. 사람이 타고난 목소리를 자유롭게 바꾸기는 매우 어렵다고 한다. 그러므로 의사소통 과정에서 목소리를 바꾸려고 노력하기보다는 때와 장소에 따라 목소리의 크기나 말하는 속도를 조절할 수 있는 능력을 키워야 할 것이다.

사람들은 의사소통 과정에서 자기가 하는 말과 함께 의식적이든 무의식적이든 목소리나 표정, 눈길, 몸짓 등의 비언어적인 표현을 통해서 자신의 감정 상태를 노출시킨다. 이 때 비언어적 표현은 언어적 표현을 대체, 보완, 강조, 부정, 규제, 반복함으로써 전달하는 메시지의 효과를 높이는 역할을 한다. 하지만, 비언어적인 자기표현은 안타깝게도 표현하는 사람의 의도와 관계없이 그것을 받아들이는 사람의 주관적인 해석에 따라 평가되기 때문에 매우 조심해야 한다.

2. 자기표현의 전략

자기표현의 전략은 크게 세 가지 방향에서 세울 수가 있다. 말하는 사람이 갖추어야 할 전략, 자기표현 메시지에 담아야 할 전략, 상대방에 대한 전략 등이 그것이다.

먼저 말하는 사람이 갖추어야 할 전략은 준비와 자신감으로 제시할 수 있다. 개인이 자기표현을 공식적인 자리에서 처음으로 하는 경우는 대체로 특정한 모임에서 이루어지는 자기소개일 것이다. 이때 자기소개는 누구나 준비되지 않은 상태인 경우가 많다. 이러한 이유로 대부분의 사람들이 자기소개를 들어본 경험은 많지만, 딱히 기억을 하고 있다는 사람은 드물다.

일상적인 의사소통 상황에서 사람들이 자기소개를 쉽게 생각하는 이유는, 간단히 자신의 신상에 대한 자료만 제공하면 자기표현이 잘되는 것으로 생각하기 때문이다. 특히 갑작스레 인사말을 하는 경우나 자기소개를 해야 하는 경우가 그러하다. 하지만 자기소개는 생각보다 중요한 의사소통이다. 다른 사람들은 자기소개를 바탕으로 그 사람에 대한 첫인상을 결정하기 때문이다. 그런데 실제로 갑작스레 이루어진 자기소개는 자신이 만족하는 자기표현이 이루어지지 않아서 실패

한 의사소통 상황으로 기억할 가능성이 높다. 이러한 경험들은 자기표현이 어렵다고 생각하게 만든다.

곧, 준비하지 않은 자기표현은 말하는 사람 스스로에게도 만족감을 주지 못하고, 결코 다른 사람의 마음을 얻어내지도 못해서 자기표현의 의사소통 상황에 대한 두려움으로 기억된다는 것이다. 따라서 자기표현을 실행하는 사람은 반드시 치밀하게 준비하는 태도를 갖추어야 한다. 만약 그 준비 과정이 충실하다면 자신감으로 표현될 것이다.

다음으로 자기표현 메시지에 담아야 할 내용에 대한 전략인데, 이것은 개개인이 상황에 맞도록 그 특성을 충족시켜야 한다. 자기표현은 실제로 모든 상황에서 동일한 내용으로 이루어지는 것이 아니다. 때와 장소에 따라 그 내용을 달리 해야 하고, 강조할 내용도 달라질 수밖에 없다. 곧, 개인이 자기표현을 해야 하는 상황에서 어떤 내용은 크게 부각시키고, 어떤 내용은 전달하지 않기도 한다. 그것은 사람들이 자기표현을 통하여 긍정적인 평가를 얻고자 하는 욕망 때문이다. 누구나 사회적 이득을 위해 거짓말 아닌 거짓말을 하고 있다는 것이다.

개인의 이러한 자기표현 선택 현상은 언론사가 뉴스를 보도할 때, 게이트키핑(gate keeping)을 하는 것과 유사하다. 게이트키핑이란 기자나 편집자 같은 뉴스 결정권자가 뉴스를 선택적으로 제공하는 것을 말하는데, 개인도 이처럼 자기표현을 할 때 전달할 내용을 선별적으로 수정, 왜곡할 수 있다는 의미이다.

끝으로 상대방에 대한 전략으로 감사와 칭찬의 태도를 갖추는 것이 필요하다. 의사소통 상황에서는 늘 상대방이 존재한다. 실제로 의사소통 과정에서 중요한 가치로 생각해야 할 것이 언제나 다른 사람의 말을 경청하는 태도이다. 랜킨(Rankin)도 사람이 하루에 누리는 언어활동이 듣기 45%, 말하기 30%, 읽기 16%, 쓰기 9% 가량으로 이루어진다는 연구 결과를 제시하면서 가장 많은 비중을 차지하는 '경청'을 강조했다.

많은 사람들이 상대방의 말이나 의도, 감정 등을 이해하기 위해 가슴과 마음으로 듣고 응대하는 공감적 경청을 의사소통의 최고 형태로 인정하는 이유도 듣기가 의사소통에서 얼마나 중요한가를 보여 준다. 그런데 듣는 사람은 늘 대화에 참여하고 있지만, 두드러지게 드러나지 않는다. 그러므로 메시지의 발신자가 메시지의 수신자인 상대방에 대한 태도나 마음의 표시를 메시지 안에 담아 낼 필요가 있다. 이때 그 내용을 상대방에 대한 감사와 칭찬으로 하는 것이 좋다는 것이다.

3. 자기표현과 매체

전통사회에서 자기표현은 비교적 단순한 매체를 통하여 이루어졌다. 곧, 말하기 중심의 직접 대면 자기표현 상황이나 글쓰기로 이루어진 책, 문자 매체 등으로 자기표현이 이루어졌다는 것이다. 그런데 21세기 지식 정보화 시대에는 다양한 매체가 발달하여 개인의 자기표현 역시 다양한 매체를 통하여 이루어지고 있다. 대중매체인 신문과 방송을 비롯하여 에스엔에스(Social Network Service, SNS), 개인의 창작물인 유씨씨(User Created Contents, UCC), 상대방을 가장 직접 대면하여 진행하는 프레젠테이션(PT) 등이 자기표현의 매체로 활용되고 있다.

먼저 신문과 방송은 우리가 자기표현을 준비할 때 활용할 부분이 매우 다양한 매체이다. 비록 종이신문이 인터넷, 모바일과 경쟁해야 하기 때문에 현실적으로 위기라고 말하지만, 여전히 신문이나 방송의 보도 기사는 독자에게 신뢰성을 주고 있다. 특히 신문이나 방송에서 보도하는 뉴스의 제목(헤드라인, Headline)은 우리가 자기표현을 할 때, 제목을 어떻게 만드는 것이 독자의 관심을 끌 수 있는가에 대한 훌륭한 자료가 된다. 그리고 신문 보도 기사의 첫머리인 리드(lead)나 방송 뉴스에서 앵커맨(anchor man)의 멘트(announcement)는 우리가 자기표현에서 핵심적인 내용을 어떻게 요약할 것인가에 대한 방향을 알려준다.

다음으로 SNS와 UCC는 이용자 스스로가 콘텐츠를 개발하여 자기표현을 할 수 있는 매체이다. 개인블로그나 인터넷 카페에 자기표현을 하는 사람도 있지만, 점차 SNS에 개인이 제작한 UCC를 올리는 사람이 늘어 간다. 곧, 이야기, 사진, 동영상 등을 바탕으로 스스로가 다양한 내용으로 콘텐츠를 만드는 사람들이 많아서 1인 미디어 시대가 현실화 되고 있다. 요즈음은 사용자가 단순히 콘텐츠를 생산하여 자기표현을 한다는 의미를 넘어 정치, 경제, 사회, 문화 등에 걸쳐 큰 영향력을 미치는 경우도 종종 발견된다.

그런데 SNS와 UCC는 몇 가지 문제에서 자유롭지 못하다. 예컨대, 신뢰성이나 저작권 문제로 인하여 책임성에서 한계를 지닐 수밖에 없다. 따라서 개인적인 공간에서 이루어지고 개발된 자기표현이라고 할지라도 SNS와 UCC는 다른 사람들에게 유용하고 긍정적인 역할을 할 수 있도록 개발하는 것이 매우 중요하다.

끝으로 프레젠테이션(Presentation) 또는 시청각 설명회는 상대방에게 정보, 기획, 안건을 설명하는 자기표현 행위를 말하는 것으로 주로 시각과 청각에 의존하여 발표하는데 줄여서 PT라고도 한다. 프레젠테이션은 전통사회에서 직접 대면하여 말로써 자기표현을 하던 것에 다양한 매체가 함께 기능하는 경우인데, 가장 많이 사용하는 것이 파워포인트를 이용하여 자기표현을 하는 것이다.

학교에서 과제를 발표할 때나 사업상 제안서를 발표할 때, 아무리 훌륭한 아이디어가 있어도 그것을 제대로 표현하고 전달하지 못한다면 소용이 없다. 그래서 프레젠테이션은 철저한 준비가 가장 우선돼야 하는 자기표현 형식이다. 따라서 프레젠테이션은 주제와 관련성이 높은 유기적인 이야기를 바탕으로 철저한 준비와 사전 점검을 하고 청중을 배려하는 것만이 성공적인 결과를 얻을 수 있다.

우리가 잘 알고 있는 애플 창립자인 스티브 잡스(Steven Paul Jobs)는 프레젠테이션을 잘 했던 사람으로 유명하다. 그가 아이폰을 처음 소개했을 때의 프레젠테이션은 청중에게 잊지 못할 경험을 안겨 주었다. 21세기 전문가가 갖춰야 할 커뮤니케이션 능력을 가장 잘 보여준 사례 가운데 하나다.

"오너가 까라면 까야지" 침묵의 벽에 막힌 소통

"눈치 보느라 하고 싶은 말 못해"

세계일보 | 2015.01.20.

"오너가 하는 말에 거역하는 겁니까?" 지난해 국내 한 대기업 임원을 지내다 퇴직한 A씨는 수년 전 임원회의에서 들은 상사의 이 한마디가 아직까지 뇌리에 남아 있다. 신상품 출시가 안건으로 오른 이 회의에서 오너를 통해 지시가 내려왔다. 해외 유학 중이던 재벌 3세가 외국에서 접한 상품과 유사한 제품을 출시하라는 것이었다. 마케팅 분야에서 오랜 경력을 쌓았던 A씨는 이 상품이 경쟁력이 없을 것으로 보고 반대 의사를 개진했다. 하지만 회의장 분위기는 냉랭하기만 했다. 당시 전무급 인사는 "오너가 하라는 것을 안 하겠다는 것이냐."는 취지로 A씨를 몰아붙였다. A씨는 "'오너'라는 말이 나온 뒤 회의장에서 아무 말도 나오지 않았다."며 "결국 어떻게 해서든 사업을 추진했고, 결과는 좋지 않았다. 책임은 오너 일가가 아닌 아래 직원들에게 지워졌다."며 한숨을 쉬었다.

◆ 오너가 소통의 최대 장애

'열린 마음으로 소통을 하는 인재', '자신의 생각을 표현하고 타인의 의견을 듣는 사람'.

우리나라 대기업들이 신입사원 채용 홈페이지를 통해 내놓는 '인재상'에서 빠지지 않는 표현들이다. 모든 기업이 소통하고 이를 통해 창의적 발상을 내놓는 인재를 선호한다고 입을 모은다. 하지만 기업 간부들이 말하는 기업문화의 현주소는 이러한 인재상과는 거리가 멀다.

오너 일가의 '제왕적 리더십', 소위 '까라면 까.'식의 경영문화에 빠져든 회사에서 구성원들은 위기가 몰려와도 침묵하게 된다. 기업에 갓 입사한 신입사원들은 상명하복 문화에 창의력을 꺾인 채 말만 잘 듣는 침묵형 인재로 변하기 십상이다.

지난해 대기업에 입사한 신입사원들은 회사 생활에서 오는 답답합을 호소했다. 무역회사에 입사한 B(29)씨는 아침 회의시간을 '경청의 시간'이라고 규정했다. 그는 "동료가 의견을 내면 팀장이나 부장이 '그런 얘기는 왜 하나'라며 면박을 준다."며 "무슨 말을 해도 듣지 않는데, 말을 했다간 오히려 한소리 듣게 되기 때문에 자연스레 입을 닫게 된다."고 털어놨다. 대기업에 입사한 C(30)씨는 "토 달지 말고 하라는 대로 하라."는 말을 자주 듣는다고 전했다. C씨는 "하루에 가장 많이 하는 말이 '네 알겠습니다.'"라며 "회사에 가면 답답한 기분이 들어 자주 바깥으로 몰래 나가게 된다."고 말했다.

입사 6년차인 D씨에게 회사는 소통이 존재하지 않는 공간이다. 그는 "처음에 답답한 느낌이 들어 회사를 그만둘까 생각도 했지만 다른 회사 친구들의 이야기를 들으면 모두 비슷하다는 걸 느꼈다."며 "소통이 잘되고 있는 회사는 손가락 안에 꼽을 것"이라며 한숨을 쉬었다.

◆ 직장 내 만연한 '침묵' 고질병

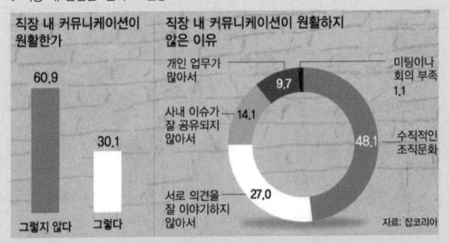

직장 내 만연한 '침묵의 문화'가 도마에 오르곤 하지만 개선될 기미를 보이지 않는다.

취업포털 잡코리아는 지난해 8월 직장인 304명을 대상으로 '직장 내 커뮤니케이션'에 대한 설문조사를 했다. 그 결과 직원들 간의 소통 부족이 심각한 것으로 나타났다. '직장 내 커뮤니케이션이 원활한지'에 대해 물은 결과 절반이 넘는 60.9%가 원활하지 않다고 답했다. 그 이유로는 '수직적인 조직문화'가 48.1%로 가장 많았다.

서로 의견을 잘 이야기하지 않아서(27.0%), 사내 이슈가 잘 공유되지 않아서(14.1%), 개인 업무가 많아서(9.7%), 미팅·회의 부족(1.1%)이 뒤를 이었다.

같은 해 상반기 취업포털 '커리어'의 설문조사 결과 역시 기업에 만연한 '침묵 문화'를 보여 준다. 당시 직장인 651명을 대상으로 스트레스에 관해 설문조사를 한 결과 56.9%가 '눈치를 보느라 하고 싶은 말을 하지 못한다'고 답했다. 2013년 취업 포털 '사람인'이 직장인 559명을 대상으로 '직장인으로서 가장 부러운 행동'을 설문 조사한 결과 32.4%가 '하고 싶은 말을 참지 않고 다 하는 것'이라고 응답했다.

◆ 위기로 치닫게 하는 조직문화

전문가들은 침묵으로 일관하는 한국의 기업문화가 군대에서 출발했다고 지적한 다. 군대식 문화에 물든 상사들이 이 문화를 자연스레 새로 들어온 사원들에게 강 요하면서 상명하복식 문화가 굳어진다는 얘기다.

미국의 취업정보 사이트 '글래스도어'는 한국 대기업의 문화를 '군대식문화'라고 평가했다. 글래스도어는 "일부 한국의 대기업 조직 문화는 열정이 넘치지만 군대 스타일"이라며 "가족이 아파도 퇴근을 못 하고 상사가 부하 직원에게 소리 지르는 일이 다반사이며, 무례하고 폭력적인 면이 있다."고 묘사했다. 그러면서도 글래스도 어는 한국 대기업 문화에 대해 "한다면 하는 문화가 좋다고 느낀다."고 총평했다.

정학범 조직 커뮤니케이션 연구소 소장은 "상하관계가 고착화하면 아랫사람이 윗사람에게 할 이야기를 하지 않게 된다."며 "상사와 부하 간의 신뢰 회복을 통한 소통이 절실한 상태"라고 진단했다.

〈2015년 1월 20일 미디어오늘 만평 조민성의 고슴도치〉

1. 국민의 삶의 질과 국가 정책은 어떤 관련성이 있는지 생각해 보자.

2. 국민이 권력을 향해 자기표현을 적극적으로 할 수 있는 방법에 대하여 발표해 보자.

3. 정치인의 자기표현(정치 공약)이 국민에게 어떤 의미를 가지는지 발표해 보자.

4. 정치 권력이 국민을 혼란스럽게 하는 정책에 대하여 예를 들어 보자.

글 쓰 기 연 습 지

월 일 요일 교시	학과(부) :
학 번:	이 름:

발 표 연 습 지

월 　일 　요일 　교시	학과(부) :
학　번 :	이　름 :

발표 주제 :

....

....

인사말 :

....

....

발표 목적 :

....

....

청중 칭찬 :

....

....

....

가장 하고 싶은 말 :

....

....

....

관련 이야기(재미/경험) :

....

....

....

끝맺음말 :

....

....

....

토 론 기 록 지		
강의 주제 :		월 일 요일 교시 조
토의 주제	발언자	발언 내용
찬성		
반대		
토론 결과	찬성	
	반대	
	결론	

31

수 업 점 검 표						
강의 주제 :		월 일 요일 교시				
학 번 :		이름 :				
태도 점검	나는 오늘 수업을 미리 준비해 왔다.	①	②	③	④	⑤
	나는 수업 내용으로 질문을 하였다.	①	②	③	④	⑤
	나는 적극적으로 수업에 참여하였다.	①	②	③	④	⑤
	나는 개인적으로 스마트폰을 사용했다.	①	②	③	④	⑤
	나는 수업 방해 행위를 한 적이 있다.	①	②	③	④	⑤
발표 점검	나는 적극적으로 발표에 참여하였다.	①	②	③	④	⑤
	나는 주제에 적합한 내용으로 발표했다.	①	②	③	④	⑤
	나는 적절한 크기의 목소리로 발표했다.	①	②	③	④	⑤
	나는 청중의 반응을 살피며 발표했다.	①	②	③	④	⑤
	나는 하고 싶은 말을 다하였다.	①	②	③	④	⑤
토론 점검	나는 토론 참여자의 역할을 잘 수행했다.	①	②	③	④	⑤
	나는 주제와 관련된 주장을 말했다.	①	②	③	④	⑤
	나의 주장에 타당한 근거가 있다.	①	②	③	④	⑤
	나의 주장에는 해결책이나 대안이 있다.	①	②	③	④	⑤
	다른 사람의 주장을 존중하며 들었다.	①	②	③	④	⑤
	나는 언어 예절을 지키며 말했다.	①	②	③	④	⑤

▣ 오늘 강의에서 느낀 것을 간단히 적어 보라.

제2장

인간 언어와 자기표현

01 | 인간 언어의 중요성

1. 언어의 중요성

인간을 지칭하는 말에는 참으로 다양한 용어들이 있다. 인류의 진화 과정과 관련한 호모 사피엔스(Homo sapiens, 지혜로운 사람), 호모 하빌리스(Homo habilis, 능력 있는 사람), 호모 에렉투스(Homo erectus, 직립보행을 하는 사람)를 비롯하여, 프랑스의 철학자 앙리 베르그송이 말한 호모 파베르(Homo Faber, 도구의 인간), 네덜란드의 문화사학자 요한 호이징가(Johan Huizinga)가 말한 호모 루덴스(Homo Ludens, 유희하는 인간), 독일의 철학자 미하엘 슈미트 살로몬(Michael Schmidt Salomon)이 말한 호모 데멘스(Homo Demens, 광기의 인간), 우리나라의 생태학자 최재천 교수가 말한 호모 심비우스(Homo symbious, 공생적 인간), 그리고 호모 폴리티쿠스(Homo Politicus, 정치적 인간), 호모 로쿠엔스(homo loquens, 언어적 인간)

등이 그것이다.

이 가운데 우리는 호모 로쿠엔스에 주목한다. 원시시대 인류는 손과 몸짓, 얼굴 표정 등을 주로 사용하여 의사소통을 했다. 이때 손, 몸짓, 얼굴 표정은 의사소통 매체 구실을 한다. 그 다음 인간이 언어를 사용한 뒤부터는 언어가 주요한 의사소통 매체 구실을 해 왔다. 언어의 사용은 인간 의사소통의 비약적인 발전을 가져오는 계기가 되었다는 것을 우리는 잘 알고 있다.

사람은 아침에 눈을 뜨면 말을 하기 시작해서 밤에 잠을 자기 전까지 말을 한다. 사람이 하루에 말하는 낱말은 적게는 몇 천에서 많게는 몇 만 개 이상 된다고 한다. 곧, 대화는 시간당 4, 5천 단어를 사용하고, 독서할 때는 시간당 1만 4천 단어까지 이해한다. 사람이 호흡을 하루 2만 3천회 가량하고, 맥박을 10만회 확인할 수 있는 것을 볼 때, 언어는 우리의 삶에 커다란 부분을 차지하고 있음을 알 수 있다.

아프리카 동부 스와힐리(Swahili) 말에서는 '사람'을 m-tu라 지칭하고 '사물'을 ki-tu라 지칭하는데, 말을 못하는 유아기까지는 ki-tu라고 부르고 언어를 습득하여 말한 뒤에 비로소 m-tu라고 부른다. 마치 영어의 he, she라는 3인칭 단수 대명사가 있음에도 불구하고 유아는 it로 지칭하는 것과 비슷한 현상이라고 볼 수 있다. 이것은 언어능력이 없는 사람은 사람이라고 지칭할 수 없다는 잠재의식이 언어에 반영된 것으로 볼 수 있다.

인류가 아닌 다른 동물들에게서도 언어와 같은 의사소통 체계가 발견되기도 한다. 1973년 노벨 생리의학상을 받은 오스트리아의 동물학자 카를 폰 프리슈(Karl von Frisch)는 꿀벌의 의사소통 체계에 대하여 밝혀낸 바가 있는데, 그가 말한 꿀벌의 8자춤은 동료에게 꿀이 있는 꽃의 위치를 알려주기 위한 행동이라고 한다. 다른 연구에서는 펭귄의 의사소통 방식을 찾아내기도 했는데, 이탈리아 토리노대학 연구팀이 아프리카펭귄 48마리를 대상으로 연구한 결과 6가지 각기 다른 소리의 신호 및 이 신호의 뜻을 찾아내는 데 성공했다는 보도가 그것이다. 이

밖에 어류는 10~15가지, 조류는 15~25가지, 포유동물은 20~45가지의 의사소통 체계를 가지고 있다는 연구 결과가 있다. 비록 인간의 의사소통 체계인 언어와는 차이가 있지만, 동물의 세계에서도 정보를 전달하는 데 필요한 의사소통 방식을 갖고 있는 것으로 이해된다.

2. 한국어와 영어

지구상에서 사용하는 언어는 무려 칠천여 종이 넘는 언어가 있다. 그런데 이 가운데 불과 20여 개의 언어가 세계 인구의 70~80%를 차지하고 있으며, 이 언어를 사용하는 사람도 겨우 수백에서 수천에 지나지 않는다. 더구나 1970년 이후 전 세계 언어 약 7,000개 중 6%는 이미 사라졌고, 25%는 다음 세대에 완전히 전승되지 않는 소멸 위험에 처해 있다. 이렇게 본다면 한국어는 사용하는 사람의 규모나 언어문화의 측면에서 보아도 세계 여러 나라의 언어 가운데 중요한 위치를 차지하고 있다고 해도 무방할 것이다.

한국어의 사용 인구는 세계 20위권이며, PCT(국제 특허 협력 조약)의 '국제 공개어'로 2007년 9월 27일 스위스 제네바에서 열린 WIPO(세계 지적 재산권 기구) 회의에서 채택(영어, 독어, 불어, 일어, 러시아어, 스페인어, 아랍어, 중국어, 포르투갈어) 되기도 했다. 이렇게 보면, 한국어는 세계의 언어 가운데 매우 가치를 인정받는 언어임이 틀림없다.

그런데 우리는 영어를 배우기 위해 지나치게 많은 노력과 비용을 들이고 있다. 삼성경제연구소 '영어의 경제학'에서는 2006년 한국인 영어 사교육에 들인 비용 15조원. 일본(5조원)의 3배 수준에 이른다고 발표한 바가 있고, 우리나라의 영어 능력 평가시험 시장은 미국 ETS가 개발한 토익과 토플이 독점하고 있다. 토익, 토플 응시 비용으로 우리나라가 연간 해외에 지출하는 비용이 4,000억 원에 이르며, 학원, 교재 등 국내 토익 관련시장 4,000억 원대로 추정된다.

또한 통계청의 '2006년 국제인구이동 통계 결과'를 보면, 2005년 외국으로 출국해 3개월 이상 머문 19살 이하의 학생이 10만691명이며, 해외출국 미성년자가 하루 평균 276명에 이른다고 한다. 한국은행 자료를 참고하면, 2007년 해외유학 및 연수비는 5조원이고, 8월 말까지 해외유학·연수비 지출액은 34억6천만 달러로 2006년에 비해 17.3% 증가하였다.

이러한 현상은 가히 영어광풍이라고 해도 무방할 것이다. 해방 전후부터 영어는 한국인에게 가장 강력한 생존 무기였다. 1981년에는 영어 조기 교육 방침이 도입됐고 2000년대에 들어서는 각 지역에서 경쟁적으로 영어 캠프나 영어 마을까지 조성했다. 2007년 대선에서는 영어 교육이 공약으로도 제시되기까지 했다. 2014년에는 초등학생 이하 어린이의 영어 사교육 수요는 국어의 두 배에 달하며, 1인당 지출하는 사교육비도 월 15만 4천원으로 국어보다 2.3배 많다는 보도까지 나오고 있다.

강준만 전북대 교수는 영어가 한국사회에서 처음부터 권력이었다며 한국 영어교육의 본질을 '내부 서열 정하기 게임'이라고 규정한다. "내부 서열을 정하기 위해 역사적 상황과 시류에 맞는 판별 도구로 영어가 선택됐다."며 "모든 국민이 영어를 모국어처럼 잘하는 날이 오더라도 누가 더 잘하는지를 따지는 서열은 꼭 건재한다."는 주장까지 한다. 그래서 "대학 입시문제가 그대로 온존하는 가운데 영어 문제의 개선은 어려운 정도가 아니라 불가능하다."며 "지금 우리에게 가장 필요한 건 '다원적 경쟁 체제'"라고 강조하면서 동시에 "한국 사회의 영어 광풍에 대해 좀 더 너그러워지자."고 말하기도 했다.

3. 언어적 의사소통

인간이 삶을 영위할 때 어떤 요소가 중요하다고 생각하는 이유는, 그것이 삶에서 차지하는 비중이 크기 때문이다. 언어 역시 그런 점에서 인간의 삶에서 대단히 중요한 역할을 담당하고 있다. 인간은 언어를 매개로 상호간에 의사소통도 하고, 자기표현도 한다. 곧, 대부분의 사람은 다른 사람들과 사회생활을 하면서 여러 가지 방법으로 의사소통을 할 때나, 쉽게 드러나지 않는 우리 내면의 요소들을 밖으로 표출하는 자기표현의 수단으로 언어를 사용한다는 것이다.

따라서 인간의 삶과 언어는 밀접한 관계에 있고, 인간이 언어를 어떻게 활용하는지 관심을 가지는 것은 너무나 당연한 일이다. 이렇듯 우리가 언어를 사용한다는 것은 자신의 존재를 생각과 감정으로 표현하고 다른 사람과 상호작용할 수 있는 이해의 바탕을 마련한다는 것이다. 인간이 지구상에 생명체로 등장한 이후로 언어는 인간의 삶과 함께 존재하면서 인류의 역사와 문화를 축적하는 데 원동력이 되었다는 것을 잊어서는 안 된다.

언어적 의사소통은 말하기, 쓰기, 읽기, 듣기의 형태로 나누어지는데, 말하기와 쓰기는 자기표현의 영역이고, 듣기와 읽기는 상대방에 대한 이해의 영역이다. 특별히 자기표현의 언어적 의사소통인 말하기는 우리의 언어문화에서 어떤 의미로 인식되어 있는지 생각해 보면, 우리나라와 서양의 말하기 문화는 큰 차이가 있는 것 같다. 예컨대 우리나라는 윗사람을 찾아갈 때, 자신이 어떤 말을 할 것인지 특별히 준비하고 가지 않는다고 한다. 그런데 서양에서는 윗사람을 찾아갈 때, 자신이 할 말을 미리 준비해서 간다고 한다. 이것은 말하기 문화에서 우리나라 사람들이 서양 사람들보다 소극적 방식을 더 선호하는 것을 볼 수 있다.

이는 "가루는 칠수록 고와지고 말은 할수록 거칠어진다."와 같은 속담을 보면 더 확실히 알 수 있는데, 말은 의사소통을 위한 매우 중요한 수단이지만, 늘 경계해야 할 사람의 정신활동으로 생각한 것을 알 수 있다. 그러나 그 가운데서도 말하기가 사람들 사이의 관계를 발전시키는 데 매우 중요한 의사소통의 수단이라는 것은 일찍이 깨닫고 있었던 것 같다.

인성교육

황현산(문학평론가 · 고려대 명예교수), 경향신문 | 2015.01.31.

자기 자신을 "생산성 낮은 만화가"라고 소개한 최규석 씨가 1985년에 제작된 가족계획협회의 광고를 찾아내어 트위터에 올렸다. "셋부터는 부끄럽습니다."라는 제목을 단 이 광고는 형제 많은 집안의 자식들이 학교에서 수모를 당하는 내용을 한 컷짜리 만화로 전한다. "형제가 몇이냐?"는 교사의 질문을 받고 손가락 하나 또는 둘을 내민 급우들 곁에서 손가락 셋을 내민 한 학생은 부끄러움에 얼굴을 들지 못한다. 정부가 국민을 그런 식으로 "협박했던 그 때나, 외동은 성격이 더러울 것이라고 협박하는 지금이나 국민을 대하는 방식은 동일"이라고 최규석 씨는 이 광고 만화에 짧은 논평을 했다.

최규석 트위터 갈무리

사실상 산아제한정책과 다르지 않았던 그 시대의 가족계획정책과 관련해서 내게도 몇 가지 기억이 남아 있다. 한 텔레비전 방송의 낱말 맞추기 게임에서다. '산아제한'이라는 정답을 놓고 사회자가 "사람들이 좀 없어져야 해요."라는 말을 서슴지 않고 내뱉었다. 이름 난 탤런트이기도 한 이 사회자는 나중에 이회창 씨가 대통령에 출마했을 때 그 선거운동원이 되어 열성을 좀 지나치게 뽐내는 바람에 크게 빈

축을 샀다. 그러나 내가 보기에 더 크게 비난 받아야 했을 저 발언은 어떤 물의도 일으키지 않았다. 나라가 '옳다'고 하는 일에 뜻을 같이 하는 사람의 '작은 잘못'을 누가 비난할 수 있었겠는가. 아니 그 잘못이 보이기라도 했겠는가.

덕수궁 앞에는 거대한 지구의 탑이 서 있었다. 지구에는 수많은 사람들이, 그것도 검은 색을 칠해 놓은 사람들이 엉켜 붙어 있었다. 사람들은 마치 지옥에서 한 단의 파뿌리를 붙들고 밖으로 나가려는 유령들처럼 서로서로 다리를 밧줄처럼 붙들고 지구에 매달렸으며, 몇몇 덜 악착스러운 사람들은 나무뿌리 하나도 붙잡지 못하고 떨어져 나갔다. 물론 그 지구의 탑이 표현하고 있는 형상은 과학의 기본법칙에도 어긋나는 것이었지만 사람들은 그것까지 생각할 여유가 없었을 것이다. 그 참혹한 광경을 보고 있는 사람들의 마음속에는 다른 사람이라면 몰라도 자신만은 저 탈락자가 되지 말아야 한다는 조급함밖에 다른 생각이 들어설 자리가 없었으리라. 사람들이 어찌 서로 미워하지 않을 수 있겠는가. 지구의 탑은 가족계획정책을 홍보하기도 전에 사람들 사이에 증오심도 부추겼다. 정책이 출산장려로 방향을 바꾼 후 아비규환의 지구의 탑은 사라졌지만 이 증오심까지 사라졌다고 할 수는 없다. 서로 귀하게 여기지 않았던 인간들이 갑자기 서로 귀하게 보일 수는 없다.

최근에 교육부총리는 교육에서 차지하는 인성의 중요성을 이야기하면서 대학입시에도 인성검사를 끌어들이겠다는 뜻을 비쳤다. 훌륭한 인성을 기르겠다는데 반대할 사람이 누가 있겠는가. 어느 시대를 막론하고 혈기왕성한 젊은이들의 도덕심은 육체가 쇠해가는 사람들에게 늘 염려스러운 것이어서, 윤리교육을 염두에 둔 인성교육의 주제는 누가 그 말을 꺼내기만 해도 그 사람을 훌륭한 사람으로 보이게 한다.

그러나 인성이 황폐해진 것은 교육의 잘못에만 그 탓이 있는 것도 아니고, 오직 교육으로만 그것을 교정할 수 있는 것도 아니다. 지난날의 가족계획정책과 관련된 위의 세 가지 일화만으로도 그 점은 너무도 명백하다. 벌써 이 세상에 태어난 아이를 세 번째로 태어났다는 이유만으로 교육과 의료의 모든 혜택에서 배제시켰던 정부의 처사보다 더 인성에 어긋난 것을 찾을 수 있을까. "사람들이 좀 없어져야 해요." 같은 막말이 무엇을 배경으로 감히 발화될 수 있었을까. 지구에 몸을 붙이고 있는 모든 사람이 아비규환에서 헤매는 축생으로 제시된 마당에 인간들에게 인성이라는 말이 가당하기나 한 것인가. 지금 외동으로 자란 아이는 그 성격에 문제가 있다고 말하려는 사람들은 그 협박의 말이 수많은 외동아들 외동딸들의 인성에 어떻게 작용할지를 단 한 번이라도 생각해보았을까. 나라는 이렇게 인성을 배반해 왔다.

인성교육이란 폭넓게 말하면 인문학교육이고, 인문학이란 결국 사람을 사람으로 대접하려는 생각을 마음속 깊은 곳에서부터 기르는 공부다. 사람은 산업역군이기 전에 사람이고 국가의 간성이기 전에 사람이다. 어떤 정책이나 정치적 이념에 맞게 사람을 교양하려는 시도는 벌써 사람을 배반한다. 사람이 국가나 제도를 위해 있는 것이 아니라 국가나 제도가 사람을 위해 있다는 것은 지극히 명백한 진실이고, 그래서 잊어버리기 쉬운 진실이다. 학생들의 인성교육을 위해 국정교과서로 국사를 가르쳐야 한다는 생각이 혹시라도 부총리의 마음속에 있다면, 그는 자신의 인성부터 깊이 성찰해야 할 것이다.

02 | 인성 교육과 언어 예절

1. 인성 교육의 개념

우리나라는 세계에서 일곱 번째로 20-50클럽(1인당 소득 2만 달러, 인구 5000만 명)에 진입했고, 2013년 한국의 국내총생산(GDP) 규모는 1조3천45억 달러로 전 세계에서 14위를 차지하고 있다. 그런데 세계 반부패운동 단체인 국제투명성기구(TI)에서 발표하는 각국 공공부문 청렴도 평가에서 100점 만점에 55점으로 43위를 기록하여, 6년 연속 정체 또는 하락하고 있다. 심지어 이른바 김영란법으로 불리는 부패 추방을 위한 법안이 2011년에 제출했지만, 4년이나 국회에서 방치되어 있다가 올해 들어 국회 정무위원회를 통과해 법사위원회로 넘겨진 상태다. 이처럼 우리 사회의 구성원들은 여전히 상대방에 대한 배려나 존중보다는 '나만 편하면 좋아'에 더 너그러운 것이 현실이다.

우리의 사회적 현실에서 인성 교육이 필요하다는 것은 인정할 만한 일이지만,

교육 현실에서 인성 교육이 얼마나 이루어지고 있는지 생각해 보면 안타깝다. 교육과학기술부는 2010년 1월 「창의・인성 기본방안」을 발표하고, 이 시대에 적합한 창의・인성 교육의 개념을 정의한 바 있는데, 창의・인성 교육은 '새로운 가치를 창출하고 동시에 더불어 살 줄 아는 인재'를 양성하는 미래 교육의 본질이자 궁극적인 목표라고 했다. 곧, 자신의 이해와 타인에 대한 관심과 배려, 환경과 같은 지구 문제의 창의적인 해결 방안까지 포괄하는 개념을 교과 내용으로 하는 교육을 말한다. 또한 학교 안팎의 다양한 물적・인적 자원과 방법을 활용하여 적극적인 개발과 노력이 요구되는 교육이라 지칭하였다.

인성(人性)은 표준국어대사전에도 '사람의 성품' 그리고 '각 개인이 가지는 사고와 태도 및 행동 특성'으로 풀이하고 있다. 우리는 종종 인성을 인간의 바람직한 성향, 성품, 인간다운 특성으로 개성과 인격, 기질, 사람의 됨됨이 등과 같이 도덕성을 포괄하는 뜻으로 사용하기도 한다.

사회적 구성원으로서 개인의 삶을 아름답게 완성하는 힘은 더불어 사는 삶에 있다. 더불어 산다는 뜻은 나와 남이 함께 누리는 삶을 의미한다. 이렇게 함께 누리는 삶에서 가장 중요한 것은 생각이나 행동이 다른 사람과 조화를 이루는 것이다. 차이를 인정하고, 다름을 존중하는 삶, 그것이 바로 배려라는 가치로 나타나는 것이다. 최재천 이화여대 석좌교수는 "인간이 동물보다 우월한 건 더불어 사는 삶을 통해 사회라는 경쟁력을 만들어 냈기 때문"이라며 "한국 사회가 업그레이드되려면 존중・배려・공생 같은 가치가 살아나야 한다."고 주장한 바 있다.

개인의 삶이 점점 더 다양하고 복잡해지는 현대사회에서 이와 같이 더불어 사는 삶은 가장 중요한 가치가 될 것이다. 그래서 다른 사람과 함께 나누는 삶을 몸에 배도록 가르치는 인성 교육의 중요성은 앞으로는 더욱 중요하게 부각될 것이다. 결국 인성은 자기 자신에 대한 올바른 이해를 바탕으로, 다른 사람과 더불어 살아가는 삶을 위한 사회적 가치들을, 바람직한 판단으로 선택할 수 있는 자질로 이해할 수 있다. 이것은 고정불변한 것이 아니라 교육을 통해 길러질 수 있는 발달이 가능한 영역이다.

일반적으로 인성 교육은 참교육, 인간화 교육, 전인 교육 등의 용어와 유사한 개념으로 사용하는 경우가 있는데, 이 용어들은 교육을 통해 지적, 정서적, 신체적으로 균형 있는 발전을 꾀하고, 도덕적 가치 기준이 높은 있는 인재 양성을 목적으로 한다는 점에서 비슷하다.

인성은 개인이 살아가는 동안에 주어진 수많은 선택의 갈림길에서 조금이라도 더 바람직한 선택을 할 수 있도록 도와주는 자질이다. 그러므로 인성 교육은 단순히 쓰고 외우며 이해하는 영역에 머물기보다는 현실에 적용 가능해야 하며 실질적으로 이루어져야 한다.

2. 인성 교육과 언어

길거리를 지나가는 청소년들의 대화를 들어보면 그들의 일상에서 욕설이 차지하는 비중을 어렵지 않게 확인할 수 있다. 2014년 통계청 자료에 따르면 청소년 폭력 피해 사례 중 가장 수치가 높은 것이 '욕설-폭언'(56.2%)이고, 문화체육관광부가 조사한 '2013년 우리말 사용 실태'를 보면, '평상시에 욕설이나 비속어를 사용한다'는 청소년이 96%에 이른다. 또한 한국교원단체총연합회의 최근 조사(2013년)에서도 조사 대상 교사들의 83%가 학생이 쓰는 대화 중 대부분이 욕설, 비속어, 은어라고 답한 바 있다.

2014년 10월 11일 방송된 인기 예능 프로그램인 문화방송(MBC)의 '무한도전'에서 한글날을 맞아 청소년의 충격적인 한글 사용 실태에 대한 장면이 공개되었다. 또한 제작진은 고정 출연자 여섯 명의 언어 사용 습관을 알아보기 위해 몰래카메라를 설치하고, 이들의 대화 상황을 가감 없이 담았다. 그 결과 출연자들은 방송에서와는 달리 비속어, 은어는 물론 과도한 외국어를 빈번하게 사용하는 것으로 나타났다. 심지어 고정 출연자 중에는 1시간 동안 총 30여 차례 비속어와,

은어를 사용한 사람도 있었다.

그런데 청소년들의 언어생활에 비속어나 은어의 비중이 높은 현상을 부정적으로만 인식하는 것은 바람직하지 않을 수도 있다. 김열규 교수는 우리말의 욕은 "민간의 행위, 짓거리, 그 소산"의 일부이고, 욕은 그것이 갖는 역사성과 사회성으로 인해 한국 문화의 상(像)을 만들어 가는 데 없어서는 안 되는 요소라며 욕이 가지는 긍정적인 면을 제시하였다. 그러므로 청소년들이 왜 비속어나 은어를 즐겨 사용하는지 그 배경을 헤아려 볼 필요가 있다. 겉으로 드러난 그들의 언어생활만 문제 삼는 것은 적절한 해결책이 아니기 때문이다.

비교적 올바른 언어생활을 하는 사람조차도 가끔은 일상에서 욕설이나 은어를 사용하여 만족한 자기표현의 카타르시스를 얻을 때가 있다. 유사하게 청소년들도 기성 사회의 권위적이고 규격화된 언어를 거부하고 비속어나 은어를 사용함으로써 학교생활에 지친 자신들의 스트레스를 해소할 수도 있다. 이처럼 청소년들의 일탈한 언어생활은 비교적 일시적인 현상으로 자기표현의 탈출구가 되기도 한다.

하지만, 우리가 다른 사람의 성품을 판단할 때, 그의 됨됨이를 평가하는 기준으로 말씨를 보고 결정하는 경우가 종종 있다. 곧, 사람들은 다른 사람에 대한 평가의 척도로 그 사람의 말씨를 기준으로 삼는 경우가 많다는 것이다. 따라서 한 개인이 자기표현을 할 때, 어떤 언어를 사용하는가의 문제가 바로 인성의 발로라는 사실을 결코 잊어서는 안 된다. 청소년들에게 이러한 가치를 인식시킬 수 있어야만 언어생활의 변화도 이끌어낼 수 있는 것이다.

청소년 비속어 남용과 같은 인성 교육 문제를 해결하기 위한 노력으로 대한민국 국회는 2014년 12월 29일 본회의를 열고 인성 교육 활성화를 위한 국가·사회적 기반을 구축하는 내용의 '인성교육진흥법안'을 출석 의원 만장일치로 통과시켰다.

이러한 보도들은 우리 사회가 인성 교육을 법적으로 명시해야 할 만큼 우리 사회의 인성이 황폐하다는 것을 방증하는 것 같아 매우 안타깝고, 과연 인성 교육을 법적으로 권장할 일인가 하는 생각도 들지만, 인성 교육의 필요성에 대해 사회적 공감대가 형성되어 인성 교육의 기틀이 마련되었다는 긍정적인 평가를 내릴 수도 있겠다.

3. 언어 예절

언어 예절은 말할이와 들을이 사이의 인간관계를 바탕으로 이루어지는 의사소통에서 반드시 갖추어야 할 덕목이다. 언어 예절은 하나의 독립된 의사소통 방법으로서가 아니라, 말할이와 들을이 사이의 지속적인 교류와 협력 속에서 이루어지는 활동이므로 인간관계를 중심으로 실제적인 부분을 포함해서 언어 예절을 지켜야 한다. 현대사회에서 필요한 언어 예절에는 대화나 공식적인 말하기에 필요한 표준 언어 예절 이외에 전화 예절, 문자메시지 예절 등도 포함할 수 있는데, 교양인으로서 갖추어야 할 기본적인 언어 능력으로 수용하고 이를 습득하도록 노력해야 한다.

우리나라의 '표준 언어 예절'은 국민이 일상생활에서 겪는 호칭어, 지칭어, 경어법에 대한 혼란과 어려움을 덜어 주려고 1992년에 '표준 화법 해설'이라는 이름으로 만들어졌다. 이는 우리말의 언어 예절에 대한 표준을 담은 지침으로서 20년 가깝게 이용되었다. 그러나 그동안 우리 사회는 많은 변화가 있었고, 가족 구성의 형태가 달라짐에 따라 가족에 대한 의식도 조금씩 바뀌어 가정 내에서의 호칭과 지칭에 영향을 주었다.

직장 내에서도 존중과 배려의 태도가 확산되면서 '표준 화법 해설'(1992)과 맞지 않는 부분이 생겨났다. 또 바르지 않은 경어 표현이 일반 국민에게 여과 없이 노출되는 일이 잦아지면서 국민들의 국어 사용에 부정적인 영향을 주기도 하였다.

이에 국립국어원에서는 전통적인 언어 예절과 규범을 계승하는 한편, 변화한 현실을 수용하여 보완된 표준 화법(언어 예절)을 마련하게 된다. 2009년과 2010년에 걸쳐 국민을 대상으로 언어 예절에 관한 국어 사용 실태를 조사하였고, 이를 바탕으로 2011년 3월에는 국어학자, 언론계 인사 등 10명으로 표준 화법 보완 자문위원회를 구성하여 1992년의 '표준 화법 해설'에서 수정하고 보완할 부분을 논의하였다. 2011년 11월에는 표준 화법 보완을 위한 공개 토론회를 열어 각계의 의견을 수렴하였다. 국립국어원은 11차에 걸친 표준 화법 보완을 위한 자문위원회와 공개 토론회에서 논의된 의견을 수렴하고, 2011년 12월에 국어심의회 보고를 거쳐 '표준 언어 예절'을 발간하였다. 몇 가지 참고할 사항을 제시하면 아래와 같다.

① 지칭어 앞에는 대명사를 넣어 사용할 수 있다.

(예) 어머니 → 우리 어머니, 저희 어머니 / 형부 → 네 형부

② 지칭어의 대명사, 관형사는 바꾸어 쓸 수 있다.

(예) 그이 → 저이, 이이

③ 부모 호칭으로 어릴 때에만 '엄마', '아빠'를 쓰도록 하였던 것을 장성한 후에도 격식을 갖추지 않는 상황에서는 '엄마', '아빠'를 쓸 수 있도록 하였다.

④ 남자가 여동생의 남편을 호칭하거나 지칭할 때 '매제'를 쓸 수 있도록 하였다.

⑤ 여자가 여동생의 남편을 호칭하거나 지칭할 때 '제부'를 쓸 수 있도록 하였다.

⑥ 남편의 형을 지칭하는 말로 '시숙(媤叔)'을 추가하였다.

⑦ 남편 누나의 남편을 호칭하거나 지칭할 때 '아주버님', '서방님'을 쓸 수 있다고 하였던 것을 '아주버님'만 쓰도록 하였다.

⑧ 아내 오빠의 아내를 지칭하는 말, 아내 남동생의 아내를 호칭, 지칭하는 말로 '처남의 댁'만 있었던 것을 '처남댁'도 가능하다고 보아 추가하였다.

⑨ 직장에서 윗사람에게는 '-시-'를 넣어 말하고 동료나 아래 직원에게는 '-시-'를 넣지 않고 말하도록 했던 것을 직급에 관계없이 '-시-'를 넣어 존대하는 것을 원칙으로 하였다.

⑩ '축하드리다'가 불필요한 공대라 하여 '축하하다'로만 쓰도록 하였던 것을, '축하합니다'와 함께 높임을 더욱 분명히 드러낸 '축하드립니다'도 쓸 수 있는 표현으로 인정하였다.

한국 사회 지도층의 도덕적 책무는 무엇일까요

한겨레 | 2014.04.08.

얼마 전 80대 택시운전사가 서울 장충동 신라호텔 회전문을 망가뜨려 4억 원의 피해를 끼친 사건이 일어났습니다. 당시 이부진 신라호텔 사장이 이 택시운전사의 배상 책임을 면제해주면서 큰 화제가 됐죠. 몇몇 언론들은 이 사장의 행동을 두고 '노블레스 오블리주'라고 평가했습니다.

노블레스 오블리주(noblesse oblige)는 프랑스어로 '사회적 신분에 상응하는 도덕적 의무'를 뜻합니다. 이 말을 설명할 때는 일반적으로 14세기, 백년전쟁 당시 프랑스의 도시 '칼레'가 영국군에게 포위당했을 때의 이야기가 나옵니다. 칼레는 더 이상 원군을 기대할 수 없는 상황에 처하고 항복을 합니다. 그리고 칼레의 항복 사절단이 영국 왕 에드워드 3세에게 파견됩니다. 하지만 영국 쪽에서는 "모든 시민의 생명을 보장하는 조건으로 누군가가 그동안의 반항에 대해 책임을 지라."며 도시의 대표 6명이 목을 맬 것을 요구합니다. 모두 머뭇거리는 상황에서 칼레에서 가장 부자로 알려진 '외스타슈 드 생피에르'가 나섭니다. 이어 다른 귀족들도 처형을 자청합니다. 하지만 임신 중이었던 에드워드 3세의 왕비는 태아에게 안 좋은 영향이 갈지도 모른다며 이들을 처형하지 말 것을 왕에게 간청합니다. 귀족들이 높은 신분에 따라 공동체를 보호하는 데 앞장서는 등 도덕적 의무를 졌다는 이 이야기는 널리 알려집니다. 프랑스의 조각가 오귀스트 로댕은 이들의 희생정신을 기리기 위해 '칼레의 시민'이라는 기념상을 제작하기도 했습니다.

로마제국 귀족들에게 노블레스 오블리주는 불문율로 통했습니다. 초기 로마 공화정 귀족들은 솔선해 카르타고와 벌인 포에니 전쟁에 참여했습니다. 16년 동안 이어진 제2차 포에니 전쟁(BC218~202) 때는 13명의 집정관이 전사했습니다. 집정관은 로마 공화정 시기에는 가장 높은 관직이었습니다. 로마 귀족들은 자신이 노예와 다른 점은 단순히 신분이 높다는 것만이 아니라 사회적 의무를 실천할 수 있다는 점으로 보고 노블레스 오블리주 실천에 대해 자부심을 가졌습니다. 그래서 병역의 의무를 다하지 않은 사람은 호민관이나 집정관 등 고위공직자가 될 수 없었습니다.

일반적으로 전쟁에 참여한 노블레스 오블리주의 사례로는 영국 왕실이 손꼽힙니다. 귀족 집안 자제들이 다니던 영국 이튼스쿨과 트리니티칼리지 등 명문학교 재학생 중에는 제1, 2차 세계대전에 자원해 전사한 학생이 많았습니다. 또 영국 왕실 남자들은 100% 장교의 신분으로 군복무를 마치도록 되어 있습니다. 상류층, 사회 저명인사들이 병역기피 문제로 손가락질을 받는 우리나라와는 다른 모습입니다.

그런데 노블레스 오블리주에 대해서는 또 다른 견해가 있습니다. 노블레스 오블리주를 '사회 공동체의 보호와 통합 등을 위한 귀족 계층의 의무'로 평가하는 사람이 있는가 하면, 이를 '상위계층의 지배 논리를 정당화하는 수단'으로 보는 사람도 있습니다.

근대 이전까지 백성은 귀족에게 세금을 바치는 존재에 불과했습니다. 정치, 외교 등에 대한 고민은 백성의 것이 아니었습니다. 귀족들의 고민이었죠. 그런 점에서 귀족들이 전쟁에 적극적으로 참여했던 건 사회 공동체 모두를 위한 게 아니라 자신을 보호하기 위한 행위였다는 견해도 있습니다. 실제로 노블레스 오블리주를 강조하는 유럽에서 국민 개병제는 나폴레옹 시대 이후에 나왔고, 이전까지 전쟁은 기사 계급만의 일이었습니다. 서양 봉건사회에서 백성들은 영주의 지배를 받았습니다. 영주끼리 싸워 한 영주가 이기면 이 사람에게 세금을 내면 그만이었습니다. 이때는 민족국가라는 게 없었습니다.

역사적으로 우리나라에서 노블레스 오블리주를 실천한 사례로는 조선 정조 때 기근으로 식량난에 허덕이던 제주도 사람들을 위해 전 재산으로 쌀을 사서 나눈 거상 김만덕, "백리 안에 굶는 이가 없도록 하라."는 신념을 실천했던 경주 최부자 가문 등이 손꼽힙니다. 미국에서 중국 상인이 탈세하는 것을 보고 충격을 받고 자신의 사업체를 설립한 뒤 정경유착, 탈세 등을 절대 하지 않았던 유한양행 설립자 유일한도 있습니다. 전세계적으로는 스스로 부유세를 거둬야 한다고 강조하는 워런 버핏 버크셔해서웨이 회장의 경우가 노블레스 오블리주를 대표하는 인물로 꼽힙니다.

현대 자본주의 사회에서 노블레스 오블리주의 주인공들은 '귀족'이 아니라 '부를 많이 축적한 기업가'입니다. 특히 최근 들어 노블레스 오블리주는 기업가의 기부, 자선 행위 등에 한정해 이야기되는 현상이 두드러집니다.

19세기 후반에서 20세기 초반, 미국의 거대 기업들은 노블레스 오블리주를 잘 이용했다는 평가도 받습니다. 세계 최고의 부자이자 위대한 자선가로 알려졌던 석유 왕 존 록펠러는 미국 자본주의를 대표하는 록펠러 가문을 일으킨 사람입니다. 그는 석유 사업으로 막대한 부를 쌓았지만 항상 "더러운 돈으로 부자가 됐다."는 소리를 들었습니다. 미국 석유 시장의 대부분을 점유한 독점 기업을 운영하면서 온갖 편법과 불법을 저질렀기 때문입니다. 이 악덕 기업가가 세계 최고의 자선 사업가로 알려진건 그동안의 오명을 씻고자 엄청난 돈을 사회에 기부했기 때문입니다. 그는 1913년 5,000만 달러를 기부하며 세계 최대의 재단인 록펠러재단 등을 설립했습니다.

하지만 이런 기부활동을 비판적으로 보는 사람들도 있습니다. 기업가의 기부, 자선 행위 등이 그동안의 잘못에 대한 면피를 위한 방책으로 쓰일 수 있기 때문입니다. 그런 점에서 루즈벨트 대통령은 록펠러에 대해 "그가 얼마나 선행을 하든지 간에 재산을 쌓기 위해 저지른 악행을 갚을 수는 없다."고 말한 적이 있습니다.

사람들 사이에서 호텔신라 이 사장의 '선심'에 대해서 의견도 분분합니다. "택시 기사에게 배상책임을 묻지 않은 일은 긍정적으로 평가받을 만하지만 개운치 않은 면이 있다."는 이야기도 나옵니다. 이 사장의 아버지 이건희 삼성전자 회장과 삼성 그룹이 그동안 많은 사회적 물의를 일으켰기 때문입니다.

2006년 이건희 삼성 회장은 8,000억 원을 사회에 헌납했습니다. 여기에 대해서는 노블레스 오블리주를 실천한다며 긍정적으로 보는 입장도 있었지만 당시 에버랜드 전환 사채 편법 배정 논란 등을 무마하려는 전시용 행위라는 비판도 있었습니다.

|||||| 연/습/문/제/

[사설 속으로] 오늘의 논점─대한항공 땅콩 회항 논란

중앙일보/한겨레 | 2015.01.06.

◆ '조현아 파문' 대한항공, 기업문화 혁신해야 〈중앙일보 2014년 12월 17일 34면〉

　　지난 5일 미국 뉴욕에서 이륙 준비에 들어간 여객기를 회항시킨 조현아 전 대한항공 부사장에 대해 국토교통부가 16일 검찰에 고발장을 냈다. 국토부는 대한항공에 대한 운항정지 또는 과징금 처분도 검토하고 있다고 밝혔다. 운항 담당자가 아님에도 위력으로 비행기를 후진시킨 조 전 부사장의 행동에 대한 법적·행정적 제재가 본격적으로 시작된 셈이다.

　　국토부는 조 전 부사장의 행동이 '승객은 항공기와 다른 승객의 안전한 운항과 여행에 위해를 가해서는 안 된다'라는 항공보안법 제23조(승객의 협조의무)를 위반한 것으로 판단하고 있다. 국토부는 항공보안법 제46조(항공기 안전운항 저해 폭행죄)에 대한 적용 여부에 대해서는 검찰의 법리적 판단에 따르기로 하고 그동안의 조사 자료 일체를 검찰에 송부했다. 국내외에서 톡톡히 망신을 당하고 여론의 뭇매를 맞은 회항 사태가 승객의 안전과 편익에도 위해를 가했다고 정부가 인정한 셈이다.

　　문제는 국토부가 조 부사장 한 명을 고발하고 대한항공에 불이익을 준다고 이번 사건으로 단단히 상처를 입은 고객의 마음을 돌릴 수 있느냐는 점이다. 대한항공은 당시 비행기에 타고 있던 승객 전원에게 진정성 있는 사과를 하고 누구나 이해할 수 있는 재발 방지책을 내놔야 한다.

　　이를 위해 무엇보다 필요한 것이 기업문화 혁신이다. 최종 책임은 사건을 일으킨 조 전 부사장이 져야겠지만 고객의 편에 서서 비합리적인 행동을 제대로 제어하지 못한 기업문화도 문제가 크기 때문이다. 정당한 절차와 합리적인 판단 근거도 없이 누군가의 일방적인 지시로 비행기가 되돌려질 수 있는 권위적이고 비합리적인 기업문화는 반드시 청산해야 할 구시대의 적폐. 진정으로 고객을 위한 항공사로 거듭나려면 이것부터 합리적으로 바꿔야 한다. 합리적인 기업문화는 가장 효과적인 위기관리 시스템이기도 하다. 이번 사건은 서비스의 본질에 대해서도 의문을 제기한다. 서비스의 핵심은 고객에 대한 배려와 예절일 것이다. 대한항공은 고객 서비스 매뉴얼이 아니라 승객에 대한 진정성 있는 태도부터 갖추도록 노력해야 한다.

◆ '재벌 세습' 놓아두고는 '땅콩 회항' 반복된다 〈한겨레 2014년 12월 16일 31면〉

대한항공 '땅콩 회항' 사건의 파장이 만만치 않다. 그동안 숨겨졌던 사건 전말이 점차 드러나면서 조현아 전 대한항공 부사장의 행태에 대한 사회적 공분이 더욱 커지고 있다. 조 전 부사장 개인에 대한 사회적 단죄와는 별개로 이번 사태를 계기로 능력과 자질을 검증받지 않은 재벌 3세의 경영 세습 관행을 개선해야 한다는 사회적 목소리도 높아지고 있다.

조양호 대한항공 회장의 세 자녀 가운데 맏이인 조 전 부사장은 1999년 미국에서 대학을 마친 뒤 곧바로 대한항공에 입사해 7년 만에 임원 자리에 앉았다. 2011년 대한항공의 객실·기내식·호텔사업 등 세 가지 사업본부의 수장 자리에 올랐고, 지난해에는 부사장으로 승진하면서 객실 서비스와 승무 업무까지 총괄하게 됐다. 조 전 부사장이 회사에서 이처럼 빠르게 높은 지위에 올라가게 된 배경은 자명하다. '오너 회장의 딸'이기 때문이다.

조 전 부사장의 입사와 승진 경로는, 국내 다른 재벌 3세들의 경우도 거의 다를 바가 없다. 경영 능력이나 자질을 검증받지 않은 채 단지 총수의 자녀라는 이유만으로 경쟁없이 회사에 들어가 곧바로 경영 세습 절차를 밟는다. 이런 특혜는 그 자체로 경영자로서의 자질을 해친다. 스스로 특권 의식에 사로잡혀 회사 재산을 사유물로 여기고, 임직원들을 부속품처럼 대하는 유혹에 빠지기 쉽다. 경쟁을 뚫고 입사해 밑바닥부터 시작한 다른 직원들과 호흡을 맞추기도 어려워진다.

재벌의 예외 없는 경영 세습은 부정과 부패의 위험까지 태생적으로 안고 있다. 총수 가족의 권력을 감시하고 견제하는 기능이 마비되기 십상이기 때문이다. 총수 가족이 위험에 빠질 경우 합리적인 의사결정 구조가 제대로 작동하지 않아 결국에는 위기관리 능력의 총체적 부실도 초래한다. 땅콩 회항 사건이 터진 뒤 대한항공이 보인 졸렬한 대응 방식은 좋은 예다. 게다가 견제받지 않는 총수 가족의 권력과 경영 세습은 기업 이익을 외부로 빼돌릴 위험마저 안고 있어 결국 기업가치의 위험까지 초래할 수도 있다.

한국에서만 독특하게 존재하는 기업 형태인 재벌 체제가 우리 경제의 발전에 어느 정도 기여한 측면이 있음을 부인하기는 힘들다. 그러나 경제 규모가 이미 커지고 재벌 총수 가족 경영이 3세로까지 넘어가는 지금은 상황이 달라졌다. 단지 총수의 자녀라고 해서 무조건 경영에 참여하고 경영권을 승계 받는 관행은 이제 끝나야 한다.

1. 우리 사회의 갑과 을의 문화에 대해 토론해 보자.

2. 사회 지도층의 도덕적 의무(노블레스 오블리주, Noblesse oblige)에 대하여 생각
   해 보자.

3. 언론사가 동일한 사건을 서로 다르게 보는 이유에 대하여 발표해 보자.

4. 위 두 사설의 공통점과 차이점에 대하여 발표해 보자.

글 쓰 기 연 습 지	
월 일 요일 교시	학과(부) :
학 번 :	이 름 :

발 표 연 습 지

월 일 요일 교시	학과(부) :
학 번 :	이 름 :

발표 주제 :

인사말 :

발표 목적 :

청중 칭찬 :

가장 하고 싶은 말 :

관련 이야기(재미/경험) :

끝맺음말 :

토 론 기 록 지

강의 주제 :		월 일 요일 교시 조
토의 주제	발언자	발언 내용
찬성		
반대		
토론 결과	찬성	
	반대	
	결론	

수 업 점 검 표

강의 주제 :	월 일 요일 교시				
학 번 :	이름 :				

태도 점검	나는 오늘 수업을 미리 준비해 왔다.	①	②	③	④	⑤
	나는 수업 내용으로 질문을 하였다.	①	②	③	④	⑤
	나는 적극적으로 수업에 참여하였다.	①	②	③	④	⑤
	나는 개인적으로 스마트폰을 사용했다.	①	②	③	④	⑤
	나는 수업 방해 행위를 한 적이 있다.	①	②	③	④	⑤
발표 점검	나는 적극적으로 발표에 참여하였다.	①	②	③	④	⑤
	나는 주제에 적합한 내용으로 발표했다.	①	②	③	④	⑤
	나는 적절한 크기의 목소리로 발표했다.	①	②	③	④	⑤
	나는 청중의 반응을 살피며 발표했다.	①	②	③	④	⑤
	나는 하고 싶은 말을 다하였다.	①	②	③	④	⑤
토론 점검	나는 토론 참여자의 역할을 잘 수행했다.	①	②	③	④	⑤
	나는 주제와 관련된 주장을 말했다.	①	②	③	④	⑤
	나의 주장에 타당한 근거가 있다.	①	②	③	④	⑤
	나의 주장에는 해결책이나 대안이 있다.	①	②	③	④	⑤
	다른 사람의 주장을 존중하며 들었다.	①	②	③	④	⑤
	나는 언어 예절을 지키며 말했다.	①	②	③	④	⑤

■ 오늘 강의에서 느낀 것을 간단히 적어 보라.

제3장

대중매체와 자기표현

01 | 대중매체의 중요성

1. 대중매체의 가치

우리는 매체를 통해 수많은 정보를 얻게 된다. 게다가 신문, 텔레비전, 인터넷 등의 매체에 실린 정보를 사실로 인정하려는 태도는 매체 자체에 대한 신뢰성에 기인한다. 우리는 대부분 사실 자체에 대한 확인 없이 매체 정보를 믿기 때문에 매체에 의해 매개된 현실이 우리를 지배할 수 있게 되는 것이다.

다양한 매체가 발달하면 할수록 대중매체에 대한 관심은 점점 더 커지는 것 같다. 우리가 이러한 대중매체에 관심을 갖는 가장 큰 이유는 그것이 우리의 삶에 끼치는 영향력 때문일 것이다. 현대인은 누구나 대중매체와 더불어 살고 있어서 그 영향으로부터 자유롭기가 쉽지 않다.

서울방송(SBS)의 인기 드라마 <별에서 온 그대>는 우리에게 적어도 세 가지 문제를 생각해 보도록 했다. 하나는 우리나라의 복잡한 공인인증 절차와 컴퓨터 상거래 환경 때문에 극중 천송이가 입고 나온 코트를 온라인상에서 구매하기 쉽지 않다는 것이고, 다음으로는 천송이 역을 맡은 배우 전지현이 2014년 유통 업계를 강타한 이른바 '천송이노믹스(천송이+이코노믹스의 합성어)'라 불릴 정도의 대중매체 영향력이 크다는 것이며, 마지막으로는 우리의 방송에서도 어느덧 자연스러워진 간접 광고 곧, PPL(Product PLacement)에 대한 것이었다.

세계적인 석학 노암 촘스키는 저서 <세상의 권력을 말하다>에서 현대사회의 3대 권력으로 정부·대기업·언론 권력을 꼽으며, "정부 권력에 대한 감시 비판 기능을 해야 할 언론이 제 기능을 못한 채, 3대 권력이 서로 야합하는 악순환을 반복하고 있다."라고 비난했다. 물론 그의 공격 대상은 미국이지만, 세계 언론인에게 커다란 울림을 던지고 있다. 촘스키의 충고는 권력에 대한 비판과 감시라는 언론 고유의 기능이 갖는 무게감을 새삼 느끼게 한다.

그런데 만약 언론이 권력에 대한 견제 기능을 제대로 수행하지 못한다면, 언론을 비판하고 감시하는 기능은 시민사회의 몫으로 넘어가고 말 것이다. 그래서 오늘날의 사회학자들은 '제4의 권력'이라는 언론에 맞서 시민사회를 '제5의 권력'으로 규정하기도 한다. 그러므로 우리는 대중매체의 영향력을 막연하게 신뢰하기보다는 비판적 시각으로 현실을 인식하고, 언론이 형성하는 여론에 대해서도 자기표현을 할 수 있는 자세를 길러야 한다.

2. 대중매체의 종류

인간이 의사소통을 위해 발명한 모든 것은 미디어(media, 매체)에 포함된다. 예컨대, 개인들 사이에 주고받는 편지도 문자언어를 통하여 소통하는 것이므로, 매체로 볼 수 있다. 우리는 문자언어 이외에 다른 기호를 통해서도 의사소통을 할 수 있는데, 그림이나 모스 부호, 봉수대에서 사용한 불, 연기 등이 그것이다. 이러한 기호들은 모두 미리 정해진 약속에 의해 일정한 의미를 전달할 수 있는 것이기 때문에 모두 매체에 포함될 수 있다.

일반적으로 미디어를 매체로 번역하여 사용하는데 불특정 다수에게 많은 양의 공적 정보를 일방적으로 전달하는 신문, 텔레비전, 라디오, 영화, 잡지 등이 대표적이다. 흔히 이러한 매체들을 대중매체(매스미디어, 매스컴, mass communication)라고 한다. 또한 매체는 그 전달의 수단에 따라 인쇄 매체와 전파 매체로 나누어진다. 인쇄 매체는 문자언어로 정보를 전달하는 것인데, 신문, 잡지가 대표적인 것이다. 전파 매체는 음성과 영상으로 정보를 전달하는데, 라디오, 텔레비전, 영화 등이 대표적이다. 전파 매체는 시각적인 영상과 청각적인 음성이 지배적인 전달 수단이어서 시청각 매체라고 부르기도 한다.

인쇄 매체는 19세기 중엽 윤전기 등의 발명으로 획기적인 발전이 있었고, 전파 매체는 19세기 말부터 20세기에 걸쳐 무선 전신의 송수신 기술과 영화 기술 등의 발명으로 커다란 발전이 있었다. 최근에는 다양한 기술의 발달로 대중매체의 기반이 확대되고 그에 따라 도시화, 산업화, 대중화된 사회가 확산되고 있다.

최근에 우리는 멀티미디어(multi media)라는 낱말을 자주 접하고 있다. 하지만, 이 말을 정확히 이해하고 사용하는 사람은 적은 것 같다. 일반적으로 미디어란 문자언어나 음성언어, 그림 등과 같이 정보를 전달하는 수단을 말하는 것이므로, 멀티미디어란 미디어를 복합적으로 사용하여 정보를 표현하는 것이라 할 수 있다. 그런데 단순히 미디어를 두 가지 이상 사용하는 것만으로 멀티미디어를 규정하기에는 문제가 있다. 그것은 이미 오래전부터 문자언어와 그림이 함께 사용된 책과 같은 미디어를 멀티미디어라고 하지 않기 때문이다.

따라서 멀티미디어를 이해하기 위해서는 새로운 정보 전달의 방법에 대한 개념 규정이 필요하다. 책을 멀티미디어에서 제외하려면 동영상과 같은 개념이 필요한데, 동영상은 텔레비전과 같은 전파 매체로 전달이 가능하다. 따라서 텔레비전 역시 멀티미디어로 보기는 어렵다. 그래서 수용자 선택권과 상호소통의 개념을 가져올 필요가 있다.

텔레비전은 여러 가지 미디어를 사용하여 정보를 전달하지만 미디어 수용자에게 선택권을 주지 않는다. 이에 반해 인터넷 홈페이지는 사용자가 화면의 어느 부분에서 마우스 버튼을 누르는가에 따라 다른 정보를 보여주는데, 이는 사용자의 의사가 반영된 것이다. 또한 멀티미디어 사용자는 전달자가 제공하는 정보를 일방적으로 수용하는 것을 넘어 자신의 생각이나 정보를 실시간으로 전달자에게 보낼 수 있는 기능을 활용한다. 이러한 기능은 다른 매체가 갖는 표현방법을 뛰어 넘는 새로운 커뮤니케이션의 방법으로 멀티미디어를 발전시킨 원동력이 된다.

3. 대중매체와 뉴스

전통적으로 우리가 뉴스를 접하는 대중매체는 방송과 신문이었지만, 현대 정보화 사회에서는 대부분의 뉴스를 인터넷으로 접하고 있다. 이는 한국언론진흥재단의 '2013년 언론 수용자 의식 조사'를 보아도 알 수 있는데, 신문 기사를 이용하는 경로가 모바일 기기를 통한 인터넷(55.3%), 개인용 컴퓨터나 노트북 등 고정형 단말기를 통한 인터넷(50.7%)과 종이신문(33.8%) 순이라고 한다.

우리가 많이 접하는 텔레비전 뉴스는 전체 뉴스 프로그램의 구조가 [주요 뉴스 예고(헤드라인 뉴스)] → [앵커 멘트] → [개별 뉴스] → [스포츠 뉴스] → [날씨] → [진행자 마무리]의 순서로 구성되어 있고, 개별 뉴스는 [앵커 멘트와 헤드라인 자막] → [뉴스(기자 보도문, 인터뷰, 영상, 음향)] → [기자 마무리] 형태로 구성되는 것이 보편적이다.

또한 신문 보도 기사의 구조는 대체로 그 형식이 제목(title), 전문(lead), 본문(body) 등 3부분으로 구성돼 있다. 제목은 일반적으로 독자가 기사를 읽을 때 가장 먼저 읽는 것으로, 대부분의 독자는 해당 기사의 제목을 보고 리드 혹은 본문을 읽을 것인지 말 것인지를 결정하게 된다. 전문 또는 리드는 기자가 맨 처음 제시하는 문장으로 전체 기사의 내용을 요약해서 전달하는 역할을 한다. 본문은 리드를 제외한 기사의 나머지 부분을 말한다. 기사는 통상적으로 리드에 기사의 핵심을 집약해 제시한 뒤 본문을 통해 구체적인 사실을 내용의 중요도에 따라 차례로 기술해 나가는 형식을 취하게 된다. 따라서 리드에 따라 붙는 본문의 후속 문장들은 리드를 뒷받침해 주는 역할을 한다.

그러면 어떤 것이 뉴스가 되는가, 선택되는 뉴스의 기준은 무엇인가. 흔히 뉴스로 선택될 수 있는 사건의 가치는, 최근의 것, 뉴스 수요자와 가까운 것, 유명인과 관련된 것, 놀랍고 재미있는 것, 이해관계가 대립되는 것, 뉴스 수요자 규모가 커서 파급 영향력이 큰 것, 부정적인 것 등으로 제시하고 있다. 그런데 뉴스 선택의 요소는 모든 분야의 뉴스에 함께 적용되는 것이 아니라, 뉴스의 분야와 내용, 시기 등의 요소에 따라서 선택 요소가 다르게 나타날 수 있는 것으로 보아야 한다.

뉴스와 현실의 관계를 규정하는 시각은 거울반사이론의 시각에서 현실재규정이론의 시각을 거쳐, 현실인식이론의 시각으로 변해왔다고 언론학자들은 주장한다. 거울반사이론이란, 뉴스는 현실(reality)의 반영이나 반사물로써 현실에 있는 것을 그대로 반영한다는 것이고, 현실재규정이론이란, 뉴스는 현실의 단순한 반영물이 아니라, 언어 및 기호로 뉴스화 과정을 거치기 때문에, 현실을 재규정하게 되고, 그렇게 재규정된 모습으로 현실이 인식된다는 것이다. 현실구성이론이란 현실과 뉴스는 분리된 것이 아니고, 뉴스가 표출하는 것이 바로 우리가 인식하는 현실이라는 시각이다. 곧, 뉴스가 현실을 구성해주는 역할과 기능을 담당하고 있음을 강조하는 이론이다.

우리는 텔레비전 뉴스를 객관적인 사실을 전달하는 미디어로 알고 있지만, 취재에서 방송까지의 과정을 보면, 그것을 객관적이라고 말하는 것은 적절하지 않다. 뉴스 제작 과정에서 여러 사람의 인식 과정을 지나온 사건이나 사건은, 진실한 실체로 전달되기보다는 편집 과정에서 특정한 해석이나 의도가 반영될 수밖에 없는 특성을 가지고 있다.

실제로 뉴스는 언론사의 정체성을 가장 뚜렷하게 드러내는 대표적인 프로그램이라고 할 수 있다. 현실에서 최근에 일어난 사건과 사고를 시의성 있고 흥미롭게 언론사의 관점에서 편집하여 우리에게 전달한다. 이와 같이 뉴스의 원천이 되는 사실과 정보가 뉴스 미디어 조직 내에서 기자나 편집자와 같은 뉴스 결정권자에 의해 뉴스가 취사선택되는 과정을 게이트키핑(gate keeping)이라고 한다. 언론사에서 사건이나 사고를 덮거나 골라서 독자에게 필요하다고 생각한 뉴스만 보도한다는 의미다. 곧, 뉴스는 정보를 제공하는 것이 가장 중요한 기능이지만, 실제로는 뉴스 수용자에게 호소하거나 더 나아가 특정한 목적을 의도로 대중을 설득하려는 기능을 가지고 있는 것으로 이해해야 한다.

읽기 자료

조롱과 테러, 파리의 두 야만

김동춘(성공회대 사회과학부 교수), 한겨레 | 2015.01.21.

이번 1월 9일 시사 주간지 <샤를리 에브도> 기자들에 대한 충격적인 테러 직후 프랑스와 서방 사람들은 "나는 샤를리다."라고 공감과 지지를 표시했다. 150만의 시민이 대규모 반테러 시위에 참가했고, 프랑스 총리는 '테러와의 전쟁'을 선포하기도 했다.

이 사건을 두고 사람들은 '표현의 자유'의 허용 한계, 혹은 '문명의 충돌' 등으로 설명하지만 나는 프랑스 출신 한 런던대학 교수가 말한 '야만주의의 충돌' 명제가 더 다가왔고, 한 걸음 나아가 이것은 '무신경하고 오만한 서구 급진적 자유주의와 제3세계의 충돌' 아닌가라고까지 생각을 한다. 그것은 내가 표현의 자유라는 인류의 공통 자산을 부정해서도 아니고, 샤를리 에브도 기자들의 반권위주의 입장을 지지하지 않아서도 아니며, 이번 사건을 일으킨 이슬람 근본주의 세력의 테러 전략을 옹호해서는 더더욱 아니다.

"나는 샤를리다."라는 서방의 연대전선은, 미국에서의 9·11 테러 직후 <르몽드>가 "우리는 모두 미국 시민이다."라고 이슬람 근본주의자들의 테러에 맞서자는 연대 의사를 표시한 일이나, 1963년 미국 대통령 케네디가 베를린을 방문하여 "나는 베를린 시민입니다."라고 동독 공산주의에 맞서는 서독에 연대를 표시하여 환영을 받았던 일을 연상시킨다. 미국을 필두로 한 서방국가는 '자유'라는 기치 아래 과거에는 공산주의라는 '악마'와 맞섰다면, 지금은 테러세력이라는 '악마'에 맞서는 연대를 과시하고 있다. 이 반공에서 반테러로 이어지는 서방 연대에는 선교사 제국주의, 미국의 남미 독재정권 지원, 중동 석유 장악을 위한 영·미의 개입, 이스라엘의 팔레스타인 점령 후원 등의 치부는 물론 주류 백인들의 인종주의와 자국 내 제3세계 이주노동자들에 대한 멸시와 차별의 역사는 완전히 묻혀 버린다.

'자유, 평등, 박애'라는 프랑스 혁명의 정신은 제국주의와 독재의 사슬에서 신음했던 전세계 모든 사람들에게 정신적 복음이었던 것도 사실이다. 그러나 프랑스는 영국이 식민지를 포기한 지 한참 뒤인 1960년대 초까지 알제리를 포기하지 않았고, 물러갈 때도 그냥 간 것이 아니라 현지 대리자들을 통해 수많은 피억압 주민들에게 폭력과 학살을 자행하였다. 공산주의라는 야만에 맞서자던 케네디는 쿠바를 침공하였고, '자유'의 이름으로 베트남전쟁에 부당하게 개입하였다. 물론 샤를리 에브도는 반전운동을 했던 68운동의 주역들이 운영했다. 그러나 오늘 프랑스에 살고 있는 500만 무슬림이 왜 프랑스로 오게 되었는지, 그들이 내부의 소수자로서 겪고 있는 낙인과 차별에 대해 이 매체가 어느 정도 공감을 하는지는 의심스럽다. 수백년 전 절대왕조를 향해 그들의 조상들이 부르짖었던 '표현의 자유'는 목숨을 각오한 용기를 필요로 했지만, 오늘 문화적 기득권층이 된 그들이 '저주받은' 사람들과 그들의 종교를 비하하고 조롱하는 것도 '용기'의 일종인지 의심스럽다.

이번 테러 이후 프랑스와 유럽 전역에서 이슬람 교당에 대한 폭력 행사가 나타났고, 극우파가 득세하는 한편, 과거 프랑스 식민지였던 아프리카 여러 나라나 파키스탄에서 교회를 파괴하거나 반대시위가 발생하고 있다. 오만한 '자유'는 폭력을 낳고 오히려 근본주의를 부추긴다. 지난 2세기 이상 서방이 누린 자유와 풍요는 문명이라는 이름의 야만 통치의 대가로 얻어진 것이라는 것을 '반테러 전쟁'을 선포한 서방 진영이 잊어서는 안 된다.

테러세력의 배후를 캐자는 '음모론'은 자신이 무엇을 했는지 알지 못하는 기득권

세력의 한계다. 평범했던 젊은이들을 테러범으로 만든 것은 바로 프랑스 사회의 과거와 현재다. 과거 식민지 원주민의 자식들이 이제 내부 식민지 주민이 된 오늘, 사르트르가 말했듯이 "이주민이 되기보다는 비참한 원주민이 되는 것이 낫다."는 것을 이들이 '이등 시민'으로서 잔인하게 체험해야 한다면 앞으로도 테러는 지속될 것이다. 독을 독으로 제거하려 하면 생명체는 죽는다. 종교적 근본주의만큼이나 급진 자유주의도 서구 문명의 치부를 드러내 준다.

02 | 대중매체 바로보기

1. 대중매체와 윤리

다국적 홍보기업 에델만(Edelman)이 조사한 2015년 에델만 신뢰지표에 따르면, 온라인 검색엔진이 전통미디어(62%)를 제치고 가장 높은 신뢰도(64%)를 보이고 있다. 그런데 우리나라 대학생들의 대중매체에 대한 신뢰도는 여전히 높은 것으로 분석된다. 이는 2.1 지속가능연구소와 대학생언론협동조합이 전국 130여개 대학생 2천300명을 상대로 설문조사한 결과를 보면 알 수 있는데, 가장 신뢰하는 대상은 가족(95.8%)과 친구(88.1%)이며, 다음으로 국제기구(38.1%), 병원(33.3%), 학교(26.6%), 법원(20.7%), 시민단체(19.4%), 신문(17.3%), 라디오(17.2%), 텔레비전(14.0%) 순이었다. 신문과 라디오, 텔레비전을 합친 대중매체의 신뢰도로 보면 모두 48.5%로 높은 편이다. 에델만 신뢰지표에서도 우리나라의 뉴스와 정보 신뢰도는 51%로 나타나 유사한 결과를 보인다.

비록 대중매체에 대한 신뢰도가 긍정적인 결과라 할지라도 각 언론사별로 보면, 그 신뢰도는 다르게 이해된다. 2014 한국대학신문 대상 시상식에서 최우수 언론대상을 수상한 <한겨레신문>은 대학생 여론조사에서 종합일간지 신뢰도

(23.7%) 1위에 올랐고, 그 뒤로 <경향신문>(13.5%), <중앙일보>(12.6%), <조선일보>(8.5%) 차례였다. 또한 2014년 4월 펀미디어에서 취업커뮤니티 '스펙업' 회원을 대상으로 가장 신뢰하는 방송언론매체'를 주제로 설문조사한 결과 제이티비시(JTBC)가 532표(46.14%)를 받으며 압도적으로 1위를 차지했다. 반면, 공영방송인 한국방송(KBS, 10.84%)를 비롯한 지상파 방송(서울방송 SBS 11.27%, 문화방송 MBC 6.24%)들의 보도 내용에 대한 신뢰도가 크게 하락한 것으로 조사됐다.

또한 기자들의 언론사에 대한 신뢰도를 파악할 수 있는데, 2014년 한국기자협회 창립 50돌 기념 전국 기자 303명을 대상으로 한 설문조사에서 가장 신뢰하는 언론으로 <한겨레신문>(23.4%), 2위 <한국방송>(12.9%), 3위 <경향신문>(10.0%), 4위 <제이티비시>(7.9%) 순으로 꼽았다. 같은 조사에서 기자와 쓰레기가 합쳐진 '기레기'라는 신조어에 대해서도 68.7%가 "맞는 말이다."라고 답했고, '맞지 않다.'고 응답한 기자는 29.5%인 것으로 보아, 기자들 스스로도 언론이나 기자에 대한 부정적 시각을 인정하고 있음이 확인된다.

왜 이렇게 언론사마다 신뢰도가 제각각인 것인가. 언론 종사자들은 신뢰도 회복을 위해 과연 어떤 노력을 하고 있는 것인가. 언론인에 대한 사회적인 시선은 왜 이렇게 부정적인가. 그것은 언론의 윤리 때문일 것이다. 언론인들은 거의 매일 여러 가지 다양한 사실들을 선택하는 과정에서 윤리적 결정을 해야 한다. 왜냐하면 선택한 결과에 따라 합리적이고 윤리적인 결정으로 평가받기도 하지만 선택이 잘못될 경우 비윤리적인 보도로 신뢰도를 잃고 심하게는 사법적 판단까지 기다려야 하는 경우도 발생하기 때문이다.

대중은 자신이 선택한 매체에 대한 신뢰와 지지를 보낸 만큼 매체가 실망을 주었을 경우 분노하여 비난하는 특징이 있다. 따라서 대중매체에 종사하는 언론인들은 분명한 기준을 갖고 현실에 존재하는 사건과 사고를 선택하는 윤리적 결정을 내려야 한다.

대중매체를 매일매일 접하는 일반 대중들은 미디어 윤리와 도덕적 가치 판단을 구별하지 않고 사용한다. 대체로 자신에게 유리하고 긍정적인 보도 태도를 취하면 윤리에 맞고 도덕적이라 판단하게 된다. 그런데 언론학자들은 윤리란, 무엇이 옳고 그름을 판단하는 원칙이 확실하게 정해진 것이 아니라, 사람이나 상황에 따라 윤리적인 행동이나 태도를 결정해야 하는 것이라고 설명한다. 곧, 구체적으로 개별행위가 옳고 그른가 하는 문제는 도덕에 대한 것이고 그러한 행위가 왜 옳은지 혹은 상황에 따라 어떻게 해석해야 맞는지에 대한 문제는 윤리에 대한 것이라고 주장한다.

최근에는 온라인 매체가 급속도로 등장하면서 속보 경쟁과 자극적인 보도가 점점 늘어나고 있다. 그러나 언론의 사실 검증 기능은 오히려 약화되고 단순히 사건, 사고의 전달자에 그치면서 정확성에 대한 책임의 소재가 불투명해진다는 비판을 면하기 어려운 상황이다. 이러한 언론 환경 때문에 언론인들도 뉴스의 정확성을 확보하는 사실성 확인의 필요성에 대다수 공감하고 있다. 따라서 우리는 언론인이 합리적인 근거를 바탕으로 공정하게 사건과 사고를 우리에게 전달하고 있는가를 보고 언론인 또는 언론사에 대한 윤리적인 판단을 하는 것이 필요하다.

2. 대중매체 바로 보기

우리가 대중매체에 보도된 사건이나 사고를 보고 정확하게 그 상황과 의미를 이해하기란 쉽지가 않다. 그것은 대중매체가 세상에서 일어난 사건이나 사실을 보도할 때, 대중의 생각을 특정한 방향으로 유도하기 위하여 늘 일정한 의도를 갖고 편집한 뒤에 대중에게 전달하기 때문이다. 따라서 대중은 대중매체가 전달하는 사실을 이해할 때 숨겨진 의도를 파악하기 위해 노력을 해야 한다.

일반적인 대중매체 수용자의 관점에서 언론 보도를 접했을 때, 가장 쉽게 판단할 수 있는 것이 진실성과 정확성일 것이다. 그런데 대중매체에서도 보도하는 기사의 신뢰도를 높이기 위하여 진실성, 객관성, 정확성, 공정성 등의 용어를 즐겨 사용하고 있다.

보도 기사에서 진실성은 아무리 강조해도 지나침이 없다. 진실성은 언론사의 윤리강령에서도 가장 중요시하는 항목이며 신문, 방송, 광고 등에서도 허위를 표현해서는 안 된다고 명시하고 있다. 그런데 대중매체에서 말하는 진실은 무엇이며 누가 그것을 결정하는지가 중요한 고려 사항이 되어야만 한다. 대중매체에서 말하는 진실성은 영원불변한 개념이 아니라 언론사가 만들어 낸 고정관념을 강화하려는 사실들로 이해될 수 있기 때문이다.

대중매체에서 말하는 객관성은 명확하게 개념이 확정된 것으로 보기 어렵다. 기사의 취사선택 과정에서 주관성이 개입할 수밖에 없으므로 최대한 주관성을 배제하기 위한 노력이 필요할 뿐이다. 정확성 역시 육하원칙에 따라 최대한 완전성을 높여 기사를 작성할 뿐, 엄격한 판단 기준을 제시하기가 곤란하다. 다만, 취재원을 분명히 밝히고 명확하게 인용하는 방법을 쓰거나 사전에 철저히 내용 확인을 거친 뒤에 기사화 하는 방법 등이 있다. 공정성은 기사의 내용에 따라 이권이 상반되는 양쪽의 입장을 충분히 고려하는 것을 의미하는데 불편부당한 공정성을 발휘하기란 매우 힘들다.

미국의 존 메릴(John Merrill) 교수는 언론 보도의 취재나 편집과정에서 TUFF라는 과정을 거쳐서 윤리적 고려를 할 필요가 있다고 주장한다. 기사는 제 1의 원칙으로 사실에 기반을 둔 진실하고 객관적인 보도를 해야 하고(Truthful), 편견이 없이 불편부당한 보도를 해야 하며(Unbiased), 사안의 총체적 진실을 다루어 완전한 보도를 위해 노력해야 하고(Full), 비록 절대적으로 공정성 개념을 정의하고 실행하기는 어려우나 다수의 그룹에 공정해야 한다(Fair)는 것이다.

우리가 손만 뻗으면 만날 수 있는 대중매체는 우리에게 새로운 정보를 매일 전달하고 여론을 형성한다. 그렇게 형성된 여론은 국가 정책에까지 영향을 미치기 때문에, 여론 형성에 중요한 역할을 하는 언론인은 대중에게 가장 중요한 것이 무엇인지 반드시 귀를 기울이는 태도를 갖추어야 할 것이다.

3. 신문 기사의 이해

신문의 경우 일부 독자들은 아예 1면부터 마지막 면까지 기사의 제목만 훑어 보는 경우가 있다. 신문 독자들의 구독 시간이 짧아지면서 기사 제목을 먼저 읽고, 그 다음에 기사를 골라 읽는 형태로 신문을 읽는 방법이 바뀌는 것은, 너무도 당연한 흐름이다. 우리나라 신문 독자들은 신문 기사의 제목과 기사 앞부분인 리드를 주로 읽는 구독 형태를 가지고 있고, 또 미국에서도 1940년대부터 기사 제목 위주로 신문 읽는 사람들이 많다는 연구 결과가 나왔다. 이들을 '신문 헤드라인 소비자(headline shopper)'로 부른다. 그런데 신문의 제작과정을 보면, 기사를 취재하고 작성한 사람이 기사의 제목까지 만들지는 않는다. 곧 신문 기사의 제목은 편집자가 취재 기자의 기사를 받은 뒤에 신문 전체 기사의 편집을 고려하여 적당하게 만들어 붙인다.

따라서 신문사의 편향적 의도에 따라 사건의 현실을 판단하지 않고 주체적인 관점에서 신문을 제대로 읽으려면, 적어도 기사의 헤드라인과 리드를 함께 살펴서 견주어 보아야 한다. 기사의 제목은 내용을 제대로 반영할 수도 있지만, 언론사의 정체성을 드러낼 가능성이 매우 높기 때문이다. 곧, 독자에게는 기사 제목의 가장 중요한 기능이 기사 내용에 대한 이해를 돕는 것임에도, 종종 선정적이거나 과장된 제목 달기의 관행으로 본문의 내용을 왜곡하는 문제점이 나타난다는 것이다.

실제로 이제까지 헤드라인에 관한 미국에서의 연구 결과를 보면, 헤드라인은 본문을 적절히 대표하지 못하고 있으며, 헤드라인을 주로 읽는 독자들은 사건을 잘못 이해하거나 뉴스에 대한 그릇된 의견을 가질 가능성이 높다고 한다. 우리나라 역시 기사 제목의 부적절성이나 편향성 때문에 독자들의 잘못된 여론 형성에 영향을 미친 것으로 나타나기도 하였다. 그것은 우리나라의 기자들은 신문 헤드라인에 주관적인 의견을 담아도 무방하다는 판단을 하는 경향이 높기 때문이다. 우리가 신문을 읽을 때 적어도 헤드라인과 리드의 관련성을 살펴보아야 하는 이유이다.

또 뉴스를 보도할 때, 프레임을 만들어 제시하는 경우가 있다. 프레임(frame)이란 대중들이 정치적, 사회적 의제나 이미지 등을 인식하고 파악할 때, 일정한 사건의 본질과 의미, 사건과 사실 사이의 관계를 결정하는 직관적 틀을 의미한다. 조지 레이코프(George P. Lakoff)가 제시한 프레임 이론은 2000년 미국 대통령 선거와 2003년 캘리포니아 주지사 선거의 패배를 배경으로 쓴 『코끼리는 생각하지마』에서 제안된 이론이다.

예를 들어 "코끼리는 생각하지 마."라고 요구하면 오히려 '코끼리'라는 이미지에서 벗어나지 못하는 경향성을 띠는 것과 같다. 곧, '코끼리'를 생각하지 않으려면 먼저 '코끼리'를 떠올려야 하는 인식론적 딜레마에 빠지게 된다. 우리나라에서도 '학교 급식'을 '무상 급식'의 프레임에 가두어서 '복지 급식'이나 '기초 급식'이라는 용어를 아예 사용할 수 없도록 한 사례가 있었다.

읽기 자료

언론보도로 인한 법적분쟁, 어디까지 면책되나
한국언론진흥재단, 서울 프레스센터서 '언론보도와 법적분쟁' 교육

시민의 소리 | 2014.11.09.

언론은 공정성과 객관성에 입각해서 보도해야하기 때문에 법적분쟁에 휘말리는 경우가 종종 있기 마련이다. 언론보도로 인한 분쟁. 어떻게 해결해야할까?

한국언론진흥재단은 지역신문발전위원회 기금으로 5~7일 서울 프레스센터 12층 언론교육센터 대강의실에서 '언론보도와 법적 분쟁' 교육을 마련했다.

교육은 언론중재위원회 여운규 수시교육팀장의 '인격과 언론분쟁 사례'. SBS보도국 뉴미디어 심석태 부장의 '언론이 짚어 보는 취재·보도시 이것만은 알고가자!', 법무법인 시화 김학웅 변호사의 'SNS 세상에서 표현의 자유', 동아일조 심규선 대기자의 '세월호 참사를 통해 본 언론보도', 인하대학교 법학전문대학원 김진한 교수의 '언론의 자유와 헌법', 김형진 미국 변호사의 '저작권 제대로 알기' 등의 일정으로 진행됐다.

첫 번째 교육에서 여운규 수시교육 팀장은 언론보도로 일어날 수 있는 분쟁, 언론중재위원회의 역할과 기능 등 2가지로 나누어 강의를 시작했다.

여 팀장은 "명예훼손의 구성요건은 당사자 특정, 사실의 적시, 사회적 평가저하 3가지 요소가 있다."며 "이름과 얼굴이 나오지 않더라도 누구인지 알아보고 주변사람들이 알아볼 수 있으면 특정 당사자에 해당한다."고 설명했다.

그러나 언론사의 면책요건이 있다. 언론이 명예훼손을 했어도 국민이 알아야할 내용이어야 하는 공익성과 반드시 진실에 부합하는지 진실성 등 2가지가 성립한다면 언론사는 면책이 가능하다고 말했다.

기자는 국가기관의 공식발표인가, 객관적이고 신뢰성 있는 자료로 뒷받침 되었는가, 사실 확인을 위한 적절하고 충분한 조사를 하고 기사를 써야한다. 하지만 국가기관의 공식발표, 보도 자료여도 기자는 단정적인 표현을 사용하지 않아야 한다.

언론중재위원회는 언론보도로 인해 명예훼손, 초상권 침해, 사생활 침해 등의 피해를 받았을 때 피해회복을 위해 정정보도, 반론보도, 손해배상 등 조정, 중재를 하는 역할을 한다.

위원회에 접수가 되면 14일 이내 처리가 되고, 다양한 합의방안을 도출한다. 언론중재위원회 신청은 무료다.

다음 강의에서 SBS보도국 뉴미디어 심석태 부장은 "사실관계 확인부족, 정치적 편향, 광고주 편향, 출입처 동화, 자사 이기주의, 시청률 집착, 관습적 기사작성 등이 방송 저널리즘의 7대 문제유형이다."며 "사실 확인의 원칙, 독립성의 원칙, 공공성의 원칙에 입각해야 한다."고 설명했다.

심 부장은 "공인은 사회적으로 화두를 삼을 만할 인물로 인정이 되느냐 문제이며, 하급이더라도 재량권이 있는 공무원인 경우가 공인이다."고 말했다.

둘째 날 교육으로 법무법인 시화 김학웅 변호사는 "국가가 질서위주의 사고만으로 규제하려는 경우는 표현의 자유는 큰 장애를 초래한다."며 "이 분야에서 규제의 수단 또한 헌법의 틀 내에서 다채롭고 새롭게 강구되어야 한다."고 말했다.

김 변호사는 "선거는 보통, 평등, 직접, 비밀 투표의 원칙을 갖고 있어 실명 게재 시 무효표가 된다."며 "헌법상 대통령과 국회의원조차 같은 위치에 있지만 실제로 작동되는 것은 대통령 중심제다."고 설명한다.

그러나 대통령의 법률적 의견이나 대통령의 인사권에 대해 표결을 할 때는 '무기명'이 원칙이라는 것이다. 여기서 익명성은 정치적 표현의 자유를 보장하기 위한 기본이자 최후의 보루라고 한다.

한편 <시민의소리>에서는 김다이 기자가 언론보도와 법적분쟁 교육을 수료했다.

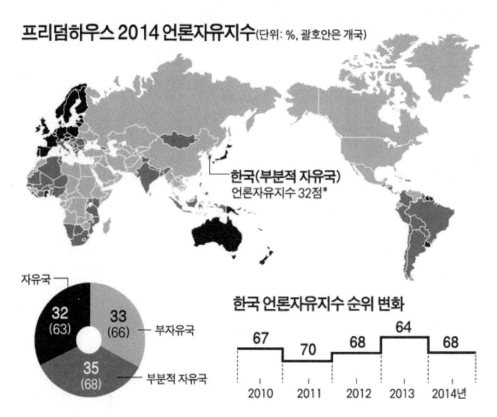

프리덤하우스 2014 언론자유지수 (단위: %, 괄호안은 개국)

한국(부분적 자유국)
언론자유지수 32점*

자유국
32
(63)

33
(66) ─ 부자유국

35
(68) ── 부분적 자유국

한국 언론자유지수 순위 변화

67   70   68   64   68

2010 2011 2012 2013 2014년

*23개 항목 0~100점. 점수가 낮을수록 자유가 보장됨. 자료: 프리덤하우스 '2014 언론자유보고서', 연합뉴스

〈최고의 언론자유국은 네덜란드 · 노르웨이, 한국일보 | 2014.05.02.〉

1. 우리나라의 언론 자유에 대하여 자신의 생각을 발표해 보자.

2. 언론 자유가 필요한 이유에 대하여 발표해 보자.

3. 우리가 언론 자유를 얻기 위해 해야 할 일은 어떤 것이 있는가?

4. 자신이 표현의 자유를 제한 받은 사례를 발표해 보자.

글 쓰 기 연 습 지

월 일 요일 교시	학과(부) :
학 번:	이 름:

발 표 연 습 지	
월 일 요일 교시	학과(부) :
학 번 :	이 름 :

발표 주제 :

인사말 :

발표 목적 :

청중 칭찬 :

가장 하고 싶은 말 :

관련 이야기(재미/경험) :

끝맺음말 :

토 론 기 록 지

강의 주제 :		월 일 요일 교시 조
토의 주제	발언자	발언 내용
찬성		
반대		
토론 결과	찬성	
	반대	
	결론	

수 업 점 검 표							
강의 주제 :		월	일	요일		교시	
학 번 :		이름 :					
태도 점검	나는 오늘 수업을 미리 준비해 왔다.	①	②	③	④	⑤	
	나는 수업 내용으로 질문을 하였다.	①	②	③	④	⑤	
	나는 적극적으로 수업에 참여하였다.	①	②	③	④	⑤	
	나는 개인적으로 스마트폰을 사용했다.	①	②	③	④	⑤	
	나는 수업 방해 행위를 한 적이 있다.	①	②	③	④	⑤	
발표 점검	나는 적극적으로 발표에 참여하였다.	①	②	③	④	⑤	
	나는 주제에 적합한 내용으로 발표했다.	①	②	③	④	⑤	
	나는 적절한 크기의 목소리로 발표했다.	①	②	③	④	⑤	
	나는 청중의 반응을 살피며 발표했다.	①	②	③	④	⑤	
	나는 하고 싶은 말을 다하였다.	①	②	③	④	⑤	
토론 점검	나는 토론 참여자의 역할을 잘 수행했다.	①	②	③	④	⑤	
	나는 주제와 관련된 주장을 말했다.	①	②	③	④	⑤	
	나의 주장에 타당한 근거가 있다.	①	②	③	④	⑤	
	나의 주장에는 해결책이나 대안이 있다.	①	②	③	④	⑤	
	다른 사람의 주장을 존중하며 들었다.	①	②	③	④	⑤	
	나는 언어 예절을 지키며 말했다.	①	②	③	④	⑤	

■ 오늘 강의에서 느낀 것을 간단히 적어 보라.

제4장
생각과 자기표현

01 | 생각의 힘

1. 생각의 중요성

문명의 이기로 받아들인 인터넷과 스마트 기기가 넘치는 21세기를 살고 있는 현대인들은 정보의 풍요 속에서 언제 어디서나 필요한 지식을 손쉽게 습득할 수 있다. 그런데 이러한 지식 습득의 경로 변화가 우리의 삶에는 어떤 영향을 미치고 있을까? 혹시 검색 엔진을 통한 인터넷 서핑으로 얻은 지식이, 인간의 생각하는 능력을 떨어뜨리거나 지식의 가치에 대한 깊은 천착을 할 수 없는 존재로 만들어, 인류 발전을 가로막는 결과를 낳은 것은 아닐까 하는 막연한 두려움마저 생긴다.

1964년 『미디어의 이해』를 발표한 언론학자 마샬 맥루한(Marshall Mcluhan)은 전화, 라디오, 영화, 텔레비전과 같은 20세기의 전자 미디어는 우리의 생각과 감각을 지배하고 있는 문자의 권위를 완전히 무너뜨릴 것이라고 선언했다. 그로부터 46년이 지난 2010년 『생각하지 않은 사람들』을 발표한 미래학자 니콜라스 카(Nicholas Carr)는 인터넷이 우리의 뇌구조를 바꾸고, 구글(Google)이 우리를 바보로 만들고 있다고 경고한다.

컴퓨터가 우리에게 편리함을 주지만, 생각하는 능력을 빼앗고 있다는 것을 누구나 한 번쯤 느꼈을 것이다. 스마트폰을 잃어버려 개인의 인적, 물적 정보가 노출될 수 있는 상황은 생각만으로도 끔찍하다. 그때는 정말 스스로가 할 수 있는 것이 하나도 없는 바보가 된 것이 아닌가 하는 착각이 들 수도 있다. 이렇듯 스마트 기기는 갈수록 사용자의 생각을 대신할 만큼 똑똑해지지만, 정작 그것을 사용하는 인간의 생각하는 능력은 퇴화하고 있다.

최근에는 나이가 들어도 명상 같은 뇌 훈련으로 노화도 방지할 수 있다는 하버드대의 연구 결과도 있었다. 그런데 현대인들은 스마트 기기의 지나친 사용으로 인하여 자신의 뇌 기능을 활성화하지 못한 불안감 때문에 이러한 뇌 훈련법이 오히려 더 걱정이다. 사람의 뇌는 이미 아날로그 시대를 지나 디지털화 되었다. 가까운 사람의 전화번호조차도 기억하기보다는 단축 번호를 누르고, 지도를 펼치기보다는 내비게이션의 지시에 따라 목적지로 향한다. 프랑스 시인이며 수필가이자 철학자인 폴 발레리(Paul Valéry)가 남긴 "당신은 당신이 생각하는 대로 살기 위해 용기를 내야 한다. 그렇지 않으면 머지않아 당신은 사는 대로 생각하게 된다."는 말이 결코 허언이 아님이 확인되는 순간이다.

이제 우리의 삶은 과거의 틀에서 벗어날 필요가 있다. 고도의 지식 정보화 사회가 됐지만, 사람들이 지향하는 삶의 가치는 과거 전통 사회의 모습 그대로다. 곧, 문명의 편리함으로 인류의 삶이 윤택하게 변화했지만, 생각하는 방식은 변하지 않았다는 것이다. 부와 명예를 중요하게 생각하는 삶의 가치를 지향했던 지난 사회의 삶에서 벗어나서 자신만이 할 수 있는 일을 찾아야 한다. 스스로의 능력을 발휘하고, 그것에 만족하는 창조적인 삶을 꾸릴 수 있는 사고의 전환이 필요하다. 한 분야에서 창조적인 사고를 할 수 있는 사람만이 여러 분야를 넘나들며 빠르게 변화하는 미래 사회에서 다양하게 사고하고 통합할 수 있는 주인공이 될 수 있는데, 이러한 사고는 이 시대의 선택이 아니라 필수가 되었다.

프랑스의 저명한 철학자 파스칼(Pascal)은 명상록 팡세(Pensees)에서 인간을 '생각하는' 갈대라고 표현했다. 인간은 지극히 유약한 존재처럼 보이지만 참과 거짓을 판단할 수 있는 생각하는 능력을 갖고 있기 때문에 결코 나약한 존재가 아니라는 의미이다. 비록 인간이 흔들리는 갈대처럼 한 평생을 살아가지만, 생각하는 생명체로서 굳건히 진리를 향해 한걸음씩 다가서는 존재로 기능할 때 그 가치가 무한히 빛나는 것이다.

또한 데카르트(Descartes)는 "나는 생각한다, 고로 나는 존재한다(cogito ergo sum)."라는 유명한 말을 남겼다. 우리는 아무 생각 없이 하루하루 살아가는 그를 진정한 의미의 사람이라고 할 수는 없다. 생각 없이 살아온 어제를 반성하고, 오늘만이라도 진리를 찾아 온갖 사유의 길을 모색하는 존재로 거듭날 때 우리는 그를 생각하는 인간으로 인정할 것이다.

파스칼과 데카르트의 격언은 생각하지 않은 인간은 인간으로서의 존엄성을 인정받기 어렵다는 것을 시사한다. 아무리 쉽게 지식을 습득할 수 있는 시대가 되었다고 하더라도, 그 지식의 가치 곧, 지식이 우리에게 유용한 것인가, 제대로 활용할 수 있는 것인가와 같은 판단은 결국 인간의 생각하는 힘에 의해 좌우될 수밖에 없기 때문이다.

2. 판단력과 생각, 교육

새해가 되면 사람들은 건강, 경제적 여유, 가족 간의 화목 등을 담아 소망을 비는 것을 쉽게 볼 수 있다. 사람들의 소망이 추구하는 궁극적인 목적은 대체로 삶에서 누릴 수 있는 행복의 최소 조건으로 추측할 수 있다.

삶은 끊임없이 선택해야 하는 일련의 상황들이 연속적으로 펼쳐진다. 사람이 행복하려면 삶의 여정에서 자신이 선택할 수 있는 일이 많고, 그 선택에 대한 결정을 스스로 할 수 있는 것이 많아야 한다. 그런데 우리나라 학생들은 자신이 선택할 수 있는 것이 별로 없다. 그래서 별로 행복하지 않은 것으로 보인다. 17살 이하 아동, 청소년들을 대상으로 한 삶의 만족도 조사에서 우리나라는 100점 만점에 60.3점으로 OECD 국가 가운데 가장 낮은 것으로 나타났다.

조사 결과는 두말할 나위 없이 대학 입시 중심의 학교 교육 때문에 각종 숙제와 시험 성적으로 점철된 즐겁지 않은 수업 시간이 큰 몫을 담당하고 있음을 보여 준다. 또한 무한 경쟁을 뚫고 대학에 입학하더라도 기성세대의 관점에서 바라는 인생의 성공을 위하여 취업 전쟁을 한바탕 치러야 한다. 진리를 탐구해야 할 상아탑은 온데간데없이 사라지고 오롯이 취업에 필요한 스펙 쌓기에 충실한 직업훈련원만 존재한다. 이러한 교육 환경에서 우리 학생들이 행복하길 바라는 것은 후안무치로밖에 달리 말할 수 없는 일 아닌가.

우리의 교육 현실은 교육 주체조차도 표면적으로는 창의·인성 교육을 강조하지만, 실제로는 명문대 진학을 목표로 주입식 교육에 몰입하는 이중적인 태도를 취하고 있다. 지금부터라도 청소년들의 전인교육을 위해서 통합 교과교육을 활성화하고, 인간의 가치를 내면화하거나 체험할 수 있는 교육 과정을 개발해야 하며, 이를 제대로 가르칠 수 있는 역량 있는 교사 양성 또한 시급하게 이루어져야 한다.

인간의 모든 것은 생각에서 출발한다. 생각에 대한 이해와 활용이 전인교육의 밑바탕이 되어야 하는 이유다. 이를 실현할 수 있는 교육이 바로 생각 중심의 창의·인성 교육이다. 새로운 시대를 살아갈 인재가 갖추어야 할 능력은 단순한 암기 능력이나 계산 능력이 아니라, 스스로가 변화에 능동적으로 대처하는 능력, 자기정체성을 확보하여 상황에 대해 판단할 수 있는 능력이다. 곧, 끊임없이 새롭게 등장하는 현상의 가치에 대해 판단할 수 있고, 그것을 상황에 따라 이해하고 응용할 수 있는 능력을 갖추는 것이야말로 바람직한 인재가 갖추어야 할 능력인 것이다.

우리는 세상을 살면서 어떤 사회적 현상의 의미가 무엇인지 알아야 할 때가 있고, 또 다른 사람의 주장을 보면서 그 내용을 수용할 것인지 아닌지를 판단해야 할 때가 있다. 이와 같은 판단이라는 것을 해야 할 때, 우리는 자신의 인생이 유의미하며 가치 있다고 느끼게 된다. 교육은 그저 더 많은 지식을 짧은 시간에 머릿속에 기억할 수 있는 능력을 키우는 것이 아니라, 살면서 부딪히는 수많은 선택과 결정의 상황에서 보다 의미 있는 판단을 할 수 있는 능력을 길러 주는 것이다.

읽기 자료

나는 이완구 총리에 공감 못한다.

이철호(논설실장). 중앙일보 | 2015.01.27.

필자는 불행히도(?) 아들만 둘이다. 어제 현역 복무 중인 큰아들 녀석이 병가(病暇)를 얻어왔다. 녀석과는 방문을 걸어 잠근 중2 때부터 말도 잘 안 섞던 불편한 관계였다. 뭐라 야단치면 "요즘 세상에 자살만 안 해도 효자"라고 대들었다. 그래도 군대는 무서웠던 눈치다. 대학 2학년 때 좀 편하다는 공군과 의경을 넘보다가 접었다. 하루는 술을 먹고 "우리 집 DNA는 구질구질해. 키만 0.5㎝ 더 컸어도…"라고 넋두리했다. DNA가 형편없는 나는 미안했다.

그 녀석이 석 달 전 부대에서 전화를 했다. "아빠, 면회 한번 와 줄래. 발을 다쳤어." 30개월 예비역 병장답게 나는 단호히 꾸짖었다. "인마, 군대가 장난이냐? 좀 아파도 참는 거야." 다음주 녀석이 울먹이며 다시 전화를 했다. "자꾸 아파서 대전 군통합병원까지 갔는데 기다리는 줄이 너무 길어 허탕 쳤어." 녀석이 평생 장애를 안을까 봐 덜컥 겁이 났다. 곧바로 토요일 새벽에 달려가 외출을 신청했다. 시골 병원은 X선을 찍더니 "뼈는 이상 없네요. 발목이 겹질렸다."며 진통제와 반(半)깁스를 해주었다.

열흘 전 녀석이 휴가를 나왔다. "여전히 밤에 잠을 못 잘 만큼 아프다."고 했다.

서둘러 대형병원에 데려가 값비싼 MRI를 찍었다. 의사가 선명한 MRI 사진을 흔들며 말했다. "발목 인대 파열입니다. 여기 시커먼 선이 뚝 끊어졌잖아요. X선이나 CT로는 모르죠." 의사는 "곧 혹한기 훈련인데…"라고 걱정하는 아들에게 "빨리 수술 날짜부터 잡자."고 재촉했다. 그나마 "접합한 뒤 한두 달 조심하면 정상으로 돌아온다."는 말에 가슴을 쓸어내렸다.

아마 아들 녀석은 수술을 받고 일주일 뒤 부대로 돌아갈 것이다. 석 달 동안 인대 파열을 모른 채 물파스와 진통제만 준 군대를 원망할 생각은 없다. 사비(私費)로 댄 수백만원의 MRI와 수술 비용도 전혀 아깝지 않다. 무조건 "참아라."고 윽박지른 못난 아빠가 미안할 따름이다. 부디 병역을 마치고 무사히 돌아오길 바랄 뿐이다. 어쩌면 이 땅의 평범한 가정은 똑같은 심정일 것이다. 군에서 고장 난 아들을 다시 고쳐서라도 국가에 갖다 바치는 게 당연한 일이라 믿는다. 높은 나라 분들이 이 정도의 AS는 이 땅의 '의무'라고 하니까…

솔직히 나는 이완구 총리 후보자(이하 경칭 생략)가 부럽기도 하고 부끄럽기도 하다. 부러운 건 '신(神)의 가족'이기 때문이다. 본인은 '부주상골'로 입영 1년 만에 육군 일병으로 소집 해제됐다. 차남은 유학 중 축구를 하다 무릎전방십자인대가 파열돼 병역이 면제됐다. 둘 다 무시무시한 질병이었을 것으로 믿고 싶다.

또한 부끄러운 이유는 이 땅에 그만큼 인재가 없기 때문이다. 대통령 수첩에는 하자(瑕疵) 있는 인물만 넘쳐난다. 1년 1개월 만에 소집해제된 인사는 이완구뿐 아니다. 최경환·문형표·윤병세·김진태·안종범 등 수두룩하다. 김무성 새누리당 대표도 마찬가지다. 현 정부 각료의 병역면제와 대체복무 비율은 무려 50%다. 그 아들들 또한 만성 폐쇄성, 수핵탈출증, 사구체신염 등으로 병역면제가 흔하디 흔하다. 하기야 정신병으로 군대 안 간 인사가 검찰 핵심간부로 수사를 총지휘한 웃기는 나라가 대한민국이다.

아마 이완구 카드는 압도적으로 통과될 것이다. 야당에는 '학생운동－병역면제'를 훈장처럼 여기는 의원이 숱하다. 그럼에도 이제 병역 의혹은 지겹다. 지금이 어느 때인가. 현역 판정 비율이 91%인 국민 개병(皆兵) 시대다. 임 병장, 윤 일병 사건의 끔찍한 트라우마는 여전하다. 모두 병역의무에 따른 가슴 아픈 희생자들이다. 박근혜 대통령이 이런 분위기를 몰랐다면 민심에 둔감한 것이요, 알고도 이완구를 지명했다면 엄청난 강심장이다.

'책임 총리'에 앞서 '(병역) 책임을 다한 총리'부터 보고 싶다. 얼마 전 해안 초소 병사가 숨졌고 어제는 한 병사가 어머니를 살해했다. 눈물나게 슬픈 나날들이다. 지금 이완구는 납작 엎드려야지 철심 박힌 차남의 X선 사진을 흔드는 건 예의가 아니다. 나는 이번 인사에 공감할 수 없다. 청와대가 국민적 감동을 기대했다면 너무 염치없는 짓이다.

02 | 언어와 생각

1. 다양한 언어문화

문화와 언어의 관련성은 문화와 언어의 두 가지 중에서 어느 것을 더 우위에 두느냐에 따라 크게 두 가지 방향으로 나누어 살펴볼 수 있다. 하나는 언어를 문화의 핵심으로 보는 관점이고, 다른 하나는 언어를 문화의 한 하위 조직이나 반영체로 보는 관점이다. 둘 가운데 어느 쪽의 관점을 취하더라도 한 나라의 언어에는 그 나라 사람들의 삶의 모습이 송두리째 반영되어 있다는 사실을 부정하기는 어렵다.

언어와 문화의 관계에서 언어를 우위에 두는 대표적인 주장이 사피어-워프 가설이다. 언어학자이자 인류학자였던 사피어(E. Sapir)는 "인간은 우리가 보통 생각하듯이 객관적인 세계에 살고 있는 것이 아니다. 우리는 언어를 매개로 해서 살고 있는 것이다. 언어는 단순히 표현의 수단만은 아니다. 실세계라고 하는 것은 언어 관습의 기초 위에 세워져 있다. 우리는 언어가 노출시키고 분절시켜 놓은 세계를 보고 듣고 경험하는 것이다."라고 했으며, 그의 제자로서 그 또한 유명한 인류 언어학자인 워프(B. L. Whorf)도 "언어는 우리의 행동과 사고의 양식을 결정하고 주조한다."고 하였다. 그것은 우리가 실세계를 있는 그대로 보고 경험하는 것이 아니라 언어를 통해서 비로소 인식한다는 뜻이다.

반면에, 언어는 민족성을 크게 반영하지도 않으며, 언어가 달라도 사람의 생각이 같을 수 있다는 관점을 취하는 학자들도 있다. 20세기 최고의 지성이라 불리며 보편문법을 제창한 저명한 언어학자 노암 촘스키는 언어가 인간을 인간으로 특징 짓는 종의 특수적인 변별자질로서 선천적인 것이라며, 언어습득은 거의 전적으로 타고난 특수한 언어 학습 능력과, 일반 언어구조에 대한 추상적인 선험적 지식에 의해서 이루어진다고 한다. 언어가 본능적으로 타고나는 능력이라는 것에 『언어본능』을 저술한 스티븐 핑커(Steven Pinker)도 가세한다. 하지만 핑커는 언어가 인간을 동물과 구별해 주는 종의 특수적인 변별자질이라는 기존의 관념을 거부하고, 그저 인간이 진화하는 과정에서 개발된 의사소통 방법이며, 다른 종의 동물들이 가지고 있는 수많은 의사소통의 방법 가운데 하나일 뿐이라고 한다. 또한 그는 지구상에 존재하는 수많은 언어에는 보편적인 심층구조가 있으며 이것이 문법유전자에 입력되어 있다고 주장한다. 촘스키와 핑커는 모국어가 우리의 사고에 미치는 영향은 아주 사소하다고 본다.

그런데 어떤 개념이 중요하게 기능할 경우 사람들은 그 개념에 필요한 어휘를 만든다. 어떤 것이 중요하면 중요할수록 거기에는 더 많은 어휘들이 있게 마련이다. 예컨대, 눈에 대한 에스키모 인들의 어휘력은 자주 등장한다. 정확히 그들은 얼마나 많은 눈 관련 단어들을 갖고 있을까? 적게는 두 개(공기 중에 있는 눈 qanik, 땅 위에 있는 눈 aput)에서 많게는 수백 개까지 있다고 학자들은 주장하고 있다.

또한 우리나라에서는 '모, 벼, 쌀, 밥, 누룽지' 등으로 분화되어 있는 어휘가 영어에서는 'rice'라는 어휘로 통합되어 있음을 확인할 수 있고, 히브리어에서는 팔과 손을 구분하지 않고 모두 '야드'란 말로 통칭한다는 사실, 심지어 하와이어에서는 팔과 손, 손가락까지를 모두 한 단어로 지칭한다는 사실도 확인된다.

결국 언어가 생각에 미치는 영향에 대한 탐구는, 언어는 각 나라마다 차이가 있고, 그 차이에 걸맞은 사용 분야가 존재한다는 것을 통상적인 관념으로 받아들여야 할 것이다.

2. 언어문화와 자기표현

우리가 잘 아는 "가는 말이 고와야 오는 말이 곱다."라는 속담에서 볼 수 있는 것처럼 말하기는 단순히 자신의 의사를 전달하는 소극적인 자기표현의 수단을 넘어 적극적인 인간관계를 형성하는 의사소통의 수단으로 인식했다. 말은 이처럼 인간관계를 유지, 발전하는 데 매우 중요한 역할을 하는데, 이것은 우리의 말하기 문화에서 대인관계를 중요하게 생각하는 면이 크다는 것을 알 수 있다. 말하기는 사람들과의 관계를 긍정적으로 만들기도 하고, 부정적으로 만들기도 한다. 그래서 우리의 삶과 결코 떼서 생각할 수 없는 말하기는 늘 신중을 기해야 한다는 것이 우리 선조들의 생각이었다.

말은 곧 사람이고, 말에는 힘이 있다고들 한다. 이는 말하기 문화를 발전시켜 적극적으로 자기표현을 해야 할 필요성이 존재한다는 의미이다. 지식 기반 정보화 사회가 대두됨에 따라, 말하기로써 사람들 사이의 의사소통 상황이 점점 확대되어 간다. 그러므로 지금까지 소극적이었던 우리의 말하기 문화를 이제부터라도 적극적인 말하기 문화로 바꾸어야 할 이유는 충분하다.

요즘 방송이나 신문 기사를 보면, 아래 보기처럼 "~~ 같아요."와 "~~ 당부됩니다."라는 표현을 많이 사용하고 있다.

"~~ 같아요."는 우리의 언어생활에서 다른 사람을 평가할 경우, 자신의 생각이 절대적이지 않음을 언어로 표현할 때 사용한다. 그런데 위의 보기에서는 모두 자신의 감정을 표현하면서 "~~ 같아요."를 사용하고 있다. 이것은 우리가 자신의 생각이나 감정을 표현할 때, 스스로 책임지는 표현을 하지 않으려고 하는 의식이 언어에 반영된 것이다. 또한 "~~ 당부됩니다."는 정말 이해하기 힘든 표현인데, '당부'는 누군가가 '하는' 것이지 '되다'와 같은 피동 표현을 쓸 수 있는 어휘가 아니다. "주의가 필요합니다."와 같이 바꾸는 것이 훨씬 더 자연스러운 표현이다.

사람들이 말을 하면서 자신의 생각을 유보하는 "~~ 같아요."나 "~~ 당부됩니다.”와 같은 피동 표현을 많이 사용하는 것은, 급변하는 현대사회에서 자신의 정체성조차도 혼란스럽게 느끼는 무책임한 현실과 무관하지 않다. 곧, 자신의 생각조차도 밖으로 드러낼 때, 분명하고 뚜렷하게 표현하기보다는 마치 다른 사람의 생각처럼 표현함으로써, 책임에서 벗어나려는 현대인의 특성을 드러낸 표현이다. 따라서 변화의 시대를 살아가는 우리는 생각을 뚜렷하게 정리하여 정확하게 표현하는 의사소통 능력을 길러야 한다.

우리가 말하기나 글쓰기를 하면서 어려움을 겪는 이유는 잘 정리되지 않은 생각을 표현해야 하기 때문이다. 머릿속의 생각이 잘 정리되지 않았을 때, 그 체계를 잡는 가장 좋은 방법은 구체화 하는 것이다. 머릿속 생각을 글로써 시각화하고 말로써 청각화하면, 생각을 구체적으로 인지할 수 있어서 정리하기가 훨씬 쉽다. 곧, 머릿속의 생각은 실제로 관찰할 수도 없고, 떠다니는 추상적인 현상이기 때문에 그것을 구체적인 문자언어나 음성언어로 고정하지 않으면 사라져 버린다. 따라서 생각의 체계화 작업에서 가장 먼저 필요한 것이 말하기와 글쓰기라는 것을 우리는 이해해야 한다.

말하기나 글쓰기는 자신의 마음속에 품은 생각을 겉으로 표현하는 수단이기도 하지만, 그들의 생각을 감추기 위한 좋은 도구가 되기도 한다. 모든 말하기와 글쓰기에는 생각의 겉과 속이 있기 때문이다. 이러한 이유 때문에 우리는 자신의 생각을 정확하게 표현하는 말하기와 글쓰기를 끊임없이 반복하면서 연습해야 한다.

건강보험료 '대란'의 기억

김창엽(서울대 보건대학원 교수·시민건강증진연구소 소장), 한겨레 | 2015.01.29.

"농촌지역 의료보험료가 큰 폭으로 오르자 주민들이 반발하고 있다… 연간 소득액과 기본재산 평가분에 대한 보험료가 지나치게 많이 책정됐다며 이의 시정을 요구하고 있다." 1990년 1월 23일 <연합통신>(현 연합뉴스)이 전한 소식이다.

"농민들은 가족이 많은 편인데 가족 비례를 적용하고 농사 안 짓는 월급쟁이들은 소득 비례를 하고 있어요… 농사짓는 형이 교사인 동생보다 의료보험료를 더 내는 웃지 못할 일이 벌어지지요." 1995년 9월 5일 <한겨레신문> 기사를 그대로 옮겼다.

이때와 비교하면 보험료 시비는 줄었다. 고지서를 보낼 때마다 민원이 빗발친다지만, 기본이 동요하지 않는 것이 어딘가. 저절로 된 것은 아닐 터, 시간이 제법 지났으니 개선과 적응을 거쳐 안정된 것이다. 우여곡절을 거쳐 얻은 결과인 만큼 몇 가지 교훈이 없을 수 없다.

우선, 모두가 건강보험의 능력을 경험한 것이 큰 이유다. 봉급명세서나 보험료 고지서를 볼 때는 불만스럽다가도 나와 가족, 아는 사람들의 경험 때문에 누그러진다. 작건 크건 많은 사람이 도움을 받았다는 것이 중요하다. 건강보험과 보험료가 모든 이의 일상이 되었고, '삶의 양식' 속에 꽤 깊게 자리를 잡았다.

다른 이유 한 가지는 보험료를 내는 책임을 나누었다는 것이다. 직장을 가진 사람들은 처음부터 직원과 회사가 절반씩을 부담했다. 농어민이나 자영자는 국가가 일부를 보탰기 때문에 불만이 덜했을 것이다. 이렇게 부담의 책임을 나누고 사회화하면 낸 만큼 찾아 써야 한다는 상거래식 계산은 약해진다.

보험료를 정하는 과정이 조금은 민주적이라는 것도 빼놓을 수 없다. 보험료를 인상하거나 진료 수가를 정할 때 '건강보험정책심의위원회'라는 어려운 이름의 위원회를 거치는 것을 아시는지. 여기에는 소비자, 농어민, 근로자, 사용자, 의료인을 대표하는 위원이 참여해서 토론을 벌인다. 불만을 말하고 따질 최소한의 통로는 있는 셈이다.

형평성이라는 가치 기준이 늘 중심에 있었다는 것이 무엇보다 중요한 경험이 아닐까 싶다. 직장과 지역 보험을 통합할 때도 그랬고, 봉급생활자와 자영자의 보험료 부담을 비교하는 지금도 그렇다. 만족할 만한 정도까지 이루었다는 뜻은 아니다. 하지만 이런 지향성 때문에 제도의 신뢰가 높아졌고 부담에 동의하는 정도가 커졌다.

다 잘된 교훈이라 여기는 것은 아니다. 모두의 건강보험으로 만드느라 작은 혜택을 많은 사람에게 돌아가도록 해 놓은 것은 큰 빚이다. 힘을 합해 큰 부담을 덜어 주자는 사회연대가 제 원리지만, 이런 정신과 제도는 충분히 뿌리내리지 못했다. 똑바로 취지를 살리자고 하면 새삼 이익과 손해를 따지고 갈등이 불거지지나 않을까 걱정스럽다.

20년도 더 지난 보험료 시비를 떠올린 것 그리고 그 과정을 되새긴 이유는 다들 짐작하실 것이다. 연말정산과 복지 증세는 아직 세찬 소용돌이를 벗어나지 못했다. 한 세대를 헤쳐 온 건강보험의 경험이 어떤 도움이 될 수 있을까.

책임의 사회화나 민주성도 유용하나, 특히 보편과 형평의 교훈을 강조하고 싶다. 보편이란 부담과 혜택 모두 당사자의 범위가 최대한 넓어야 한다는 뜻이다. 많은 이들이 복지의 필요를 절감하고 그 능력을 실감해야 부담에 동의하기 쉽다. 누가 내고 어떤 이가 혜택을 보는지, 잘게 또 많이 나눌수록 갈등은 커지고 진전은 더디다.

형평으로 신뢰의 바닥을 다지는 것은 더 중요하다. 세액 공제가 옳다는 작은 형평성만 갖고는 모자란다. 부자 감세 서민 증세라는 혐의를 둔 채 반걸음이라도 나갈 수 있을까. 믿음을 얻으려면 먼저 할 일이 더 크다.

2014년 대한민국 직장인의 민낯을 제대로 보여줬던 tvN의 드라마 <미생>을 기억할 것이다. 윤태호 작가의 웹툰 <미생>을 원작으로 한 이 드라마에서 임시완이 열연한 장그래는 말단사원이다. 작가 이외수는 『감성 사전』에서 '말단사원'을 "하는 일은 가장 많으면서 받는 대우는 가장 적은 고용인이다. 찬바람이 불어오면 제일 먼저 참혹한 겨울 예감에 사로잡힌다. 그러나 작은 따스함에도 쉽게 언 가슴이 녹고 작은 감동에도 쉽게 눈시울이 젖는다. 아직 기계가 되지 않았다는 증거다."로 풀이하고 있다. 국립국어원에서 발간한 『표준국어대사전』에는 '말단사원'이라는 단어는 없지만, '말단'과 '사원'의 뜻을 모아서 풀이해 보면, "회사의 제일 아랫자리에서 근무하는 사람" 정도로 될 것이다. 우리는 아래와 같이 동일한 낱말에 대하여 서로 다른 상상을 한 사례를 볼 수 있다. 각 사전에서 제시하는 내용과 『표준국어대사전』의 뜻을 견주어 보고 자신의 생각을 다양하게 펼쳐 보자.

귀스타브 프로베르(Gustave Flaubert)의의 『통상 관념 사전』

- **발명가** : 모두들 보호 시설에서 죽는다. 그리고 다른 사람이 그들의 발견을 이용하는데, 그건 부당한 일이다.
- **바보** : 당신처럼 생각하지 않는 모든 사람들
- **사전** : 비웃을 것―무지한 자들을 위해서만 만들어진다.

국립국어원 『표준국어대사전』

- **발명가** : 아직까지 없던 기술이나 물건을 새로 생각하여 만들어 내는 일을 전문적으로 하는 사람.
- **바보** : 지능이 부족하여 정상적으로 판단하지 못하는 사람을 낮잡아 이르는 말. 어리석고 멍청하거나 못난 사람을 욕하거나 비난하여 이르는 말.
- **사전** : 어떤 범위 안에서 쓰이는 낱말을 모아서 일정한 순서로 배열하여 싣고 그 각각의 발음, 의미, 어원, 용법 따위를 해설한 책. 최근에는 콤팩트디스크 따위와 같이 종이가 아닌 저장 매체에 내용을 담아서 만들기도 한다.

앰브로스 비어스(Ambrose G. Bierce)의 『악마의 사전(Devil's Dictionary)』
- **국회(Congress)** : 법률을 무효로 만들기 위해 회합하는 사람들의 집합.
- **장관(Minister)** : 상당히 큰 권한을 갖지만 책임은 비교적 가벼운 공무원.
- **행복(Happiness)** : 타인의 불행을 생각하면 생기는 기분 좋은 느낌.

국립국어원 『표준국어대사전』
- **국회** : 국민의 대표로 구성한 입법 기관. 민의를 받들어 법치 정치의 기초인 법률을 제정하며 행정부와 사법부를 감시하고 그 책임을 추궁하는 따위의 여러 가지 국가의 중요 사항을 의결하는 권한을 가진다. 단원제와 양원제가 있는데 우리나라는 현재 단원제를 택하고 있다.
- **장관** : 국무를 나누어 맡아 처리하는 행정 각 부의 우두머리.
- **행복** : 복된 좋은 운수. 생활에서 충분한 만족과 기쁨을 느끼어 흐뭇함. 또는 그러한 상태.

이외수의 『감성 사전』
- **기도** : 신이 매사를 완벽하게 선처해 놓았는데도 이에 불만을 품은 인간들이 처우 개선을 구두로 상소하는 행위.
- **불행** : 행복이라는 이름의 나무 밑에 드리워져 있는 그 나무만한 크기의 그늘이다. 인간이 불행한 이유는 그 그늘까지를 나무로 생각하지 않기 때문이다.
- **주정뱅이** : 술이 인간을 마셔 버리고 동물만 남아 있는 상태에서 자신이 인간임을 주장하려고 발악적으로 애쓰는 사람.

국립국어원 『표준국어대사전』
- **기도** : 인간보다 능력이 뛰어나다고 생각하는 어떠한 절대적 존재에게 빎. 또는 그런 의식.
- **불행** : 행복하지 아니함. 행복하지 아니한 일. 또는 그런 운수.
- **주정뱅이** : 술에 취하여 정신없이 말하거나 행동을 부리는 버릇이 있는 사람.

1. 우리가 생각을 언어로 표현할 때 가장 중요한 것이 무엇인지 토의해 보자.

2. 같은 상황을 다르게 표현하면 어떤 일이 발생할지 생각해 보자.

3. 위에 제시한 글에서 동일한 단어를 서로 다르게 풀이한 이유는 무엇인지 발표해 보자.

4. 특정한 단어를 제시하고 서로 다른 관점에서 풀이하는 연습을 해 보자.

글 쓰 기 연 습 지	
월 일 요일 교시	학과(부) :
학 번 :	이 름 :

발 표 연 습 지	
월 일 요일 교시	학과(부) :
학 번 :	이 름 :

발표 주제 :
....

인사말 :
....
....

발표 목적 :
....
....

청중 칭찬 :
....
....
....

가장 하고 싶은 말 :
....
....
....

관련 이야기(재미/경험) :
....
....
....

끝맺음말 :
....
....
....

토 론 기 록 지		
강의 주제 :		월 일 요일 교시 조
토의 주제	발언자	발언 내용
찬성		
반대		
토론 결과	찬성	
	반대	
	결론	

수 업 점 검 표

| 강의 주제 : | 월   일   요일   교시 |
| 학   번 : | 이름 : |

태도 점검	나는 오늘 수업을 미리 준비해 왔다.	① ② ③ ④ ⑤
	나는 수업 내용으로 질문을 하였다.	① ② ③ ④ ⑤
	나는 적극적으로 수업에 참여하였다.	① ② ③ ④ ⑤
	나는 개인적으로 스마트폰을 사용했다.	① ② ③ ④ ⑤
	나는 수업 방해 행위를 한 적이 있다.	① ② ③ ④ ⑤
발표 점검	나는 적극적으로 발표에 참여하였다.	① ② ③ ④ ⑤
	나는 주제에 적합한 내용으로 발표했다.	① ② ③ ④ ⑤
	나는 적절한 크기의 목소리로 발표했다.	① ② ③ ④ ⑤
	나는 청중의 반응을 살피며 발표했다.	① ② ③ ④ ⑤
	나는 하고 싶은 말을 다하였다.	① ② ③ ④ ⑤
토론 점검	나는 토론 참여자의 역할을 잘 수행했다.	① ② ③ ④ ⑤
	나는 주제와 관련된 주장을 말했다.	① ② ③ ④ ⑤
	나의 주장에 타당한 근거가 있다.	① ② ③ ④ ⑤
	나의 주장에는 해결책이나 대안이 있다.	① ② ③ ④ ⑤
	다른 사람의 주장을 존중하며 들었다.	① ② ③ ④ ⑤
	나는 언어 예절을 지키며 말했다.	① ② ③ ④ ⑤

■ 오늘 강의에서 느낀 것을 간단히 적어 보라.

제 2 부

말하기와
자기표현

제5장
말하기의 원리

  말은 마음의 거울이고, 때와 장소를 가려서 해야 한다는 것쯤은 대학생들에게는 상식 중의 상식일 것이다. 그러면 말이 마음의 거울이라는 것은 무엇을 의미하는가? 쉽게 생각하면 말에는 말할이의 현재 감정 상태가 표시된다는 것으로만 파악할 수 있다. 그러나 곱씹으면서 따져보면 말 속에는 말할이의 육체적·정신적 건강 상태, 놓인 상황, 성장 배경, 연령, 사회적 계층, 성, 세계관, 관점, 가치관, 들을이와의 사회적 관계, 들을이에 대한 말할이의 태도 등이 모두 함께 표출된다.

  말은 때와 장소를 가려서 해야 한다고 말하지만 이것도 따져보면 가려야 할 것들이 더 늘어난다. 이와 관련해서 논의되고 있는 것들은 '시간적 맥락, 장소적 맥락, 문화적 맥락, 사회·심리적 맥락'이다. '시간적 맥락'은 때를 가려야 한다는 것으로 이것은 다시 시기와 시간으로 나누어 볼 수 있다. 결혼 적령기에 있는 사람에게 결혼에 대해서 이야기하는 것은 문제가 되지 않지만, 혼기를 놓친 사람에게 결혼에 대해서 이야기하면 싫어하게 된다. 명절에 노총각이나 노처녀가 고

향집에 가지 않으려고 하는 것도 시기를 가리지 않고 말하는 것을 듣기 싫어하는 데서 오는 행동이다. 전통시장의 상거래에서 값을 깎기 위해 흥정을 하는 것은 우리의 미덕쯤으로 받아들이고 있다. 그런데 아침 일찍부터 값을 깎아 달라고 요구를 하면 전통시장 상인들도 대단히 불쾌해 하는 경우를 종종 볼 수 있다. 이것은 흥정이 문제가 아니라 시간이 문제가 된 경우이다.

'장소적 맥락'은 장소를 가려서 말하라는 것으로 조용한 공간에서 말하는 경우와 혼잡하고 소란스러운 공간에서 말하는 경우는 방법이나 요령이 달라져야 한다는 것이다. 똑같은 말을 하더라도 장소에 따라서 말뜻이 다르게 전달되는 것은 장소적 맥락에 의해 말은 다르게 해석되기 때문이다. '문화적 맥락'은 말하기에 대한 규범이나 상식과 같은 것들이 문화나 세대에 따라서 다르게 형성되기 때문에 메시지의 전달에 영향을 끼친다는 것이다. 우리 문화는 아직 남 앞에서 자기부인을 칭찬하는 것은 '팔불출'이란 비난을 면하기 어렵다. 그러나 영어권 문화에서 자기부인을 칭찬하는 것은 당연한 것으로 받아들이고 있다. '사회·심리적 맥락'은 말하기에 참여하는 사람에 따라 말이 다르게 이루어진다는 것이다. 친구끼리 대화를 나눌 때는 점잖지 못한 말을 하더라도 크게 허물이 되지 않을 수 있지만, 친구가 아닌 다른 사람이 말하기에 참여한 경우 점잖지 못한 말은 큰 허물이 될 수 있다.

대면해서 대화하는 경우에는 언어적 표현과 비언어적 표현이 동시에 이루어지고, 이들은 대체로 나타내는 내용이 일치한다. 제1부 2장에서 살펴본 것처럼 말을 할 때는 무엇을 말하느냐도 중요하지만 어떻게 말하느냐도 대단히 중요하다. 곧 말하는 내용뿐만 아니라 말하는 방법도 중요하다. 그런데 말하는 내용이나 방법은 시대와 사회, 문화와 지역에 따라 각기 다르게 형성되어 있어서 용인성(acceptability)이 문제가 될 뿐, 하나의 이상적인 본보기를 설정하기는 어렵다.

우리 사회에 잘 알려진 말하기의 원리는 말의 내용 선정과 조직 및 표현과 관련된 것도 있고, 말하기의 태도 및 방법과 관련된 것들도 있다.

01 | 순환의 원리

순환의 원리는 말하기가 말할이와 들을이 사이에 순서가 교대된다는 것으로 방법과 관련된 원리이다. 그리고 순서 교대가 이루어졌을 때 항상 대응말을 해야 하는 것은 아니다. 대응말을 해야 하는 경우도 있지만 비언어적 행위만으로 대응 말을 대신할 수 있다. 또 '강의, 연설, 설교, 축사'와 같은 대중화법은 대부분 비언어적 행위로 순환이 이루어진다.

우리가 다른 사람과 대화할 때, 답답한 가슴이 뻥 뚫린 듯한 느낌을 갖는 경우도 있고, 답답함을 느끼는 경우도 있다. 이러한 느낌은 대화가 단절되었을 때도 느낄 수 있지만 대화가 지속되더라도 같은 느낌을 갖는 경우가 있다. 시원함을 주는 대화는 순환을 거듭할수록 내용이 구체화되고 정밀화되는 경우이고, 답답함은 순환이 거듭되어도 대화의 내용이 아무런 진척이 없을 때 주로 느낀다. 대화에서 답답함을 느끼게 되는 상대와는 좋은 관계를 형성하기 어려울 뿐만 아니라 믿음을 쌓기도 어렵고 궁극적으로는 삶을 공유하기도 어렵다. 그러므로 들을이는 그냥 듣고 단순한 반응만 할 것이 아니라 공감하면서 대화의 내용을 구체화하고 정밀화해서 순환이 잘 이루어질 수 있도록 노력해야 한다. 만남에서 대화의 시작은 대체로 적극적인 성격을 가진 사람에 의해서 이루어진다. 이때 들을이가 대화에 적극적으로 임하지 않으면 순환 오류가 발생한다.

> ❶ A : 야구 좋아하세요?
> B : 그저 그래요.

A의 물음에 B처럼 대답을 하면 B는 야구를 보기는 하지만 좋아하지는 않는다는 의미로 받아들여진다. 그러므로 A는 다시 B가 어떤 스포츠를 좋아하는지 물

을 수밖에 없다.

> ❷ A : 그럼 어떤 스포츠를 좋아하십니까?
> B : 뭐 특별히 좋아하는 것이 없습니다.
> A : ……

계속된 대화에서 A의 물음에 B처럼 대답하면 A는 더 이상 대화를 이어갈 수 없다. 이렇게 되면 두 사람 사이에는 순환 오류가 발생해서 침묵이 지속될 가능성이 높다.

그러면 순환 오류의 책임은 누구에게 있는가? 물론 두 사람 모두에게 순환 오류의 책임이 있다. A는 B가 관심이 없는 스포츠를 화제로 삼아 대화를 시작했기 때문에 순환 오류를 일으킨 부분에 대해서 어느 정도 책임이 있다. 그러나 더 많은 책임은 B에게 있다. B는 A의 물음에 대해 단순히 대답만 할 것이 아니라 적극적인 반응을 통해 다른 분야로 화제가 전환되도록 해야 한다.

> ❸ A : 야구 좋아하세요?
> B : 가끔 보기는 하지만 그렇게 좋아하지는 않습니다.
> A : 그럼 어떤 스포츠를 좋아하세요?
> B : 스포츠 구경보다는 운동을 위해 등산을 합니다.
> A : 저도 나이를 먹어가니까 체력이 달려서 운동을 생각하고 있습니다.
> B : 혹시 등산 좋아하시면 저와 산에 같이 가는 것은 어떻습니까?

위에서 보인 것과 같이 대화는 말할이와 들을이의 공통된 관심사를 찾고 순환하면서 구체화하고 정밀화해야 성공적으로 이끌어 갈 수 있다.

02 | 적절한 거리 유지의 원리

우리는 누군가에게 다가가고 싶고, 남보다 나와 가까운 사람으로 만들고 싶고, 가까운 사이가 되면 늘 보고 싶어진다. 그리고 가까운 사이가 된 사람에 대해서 나는 더 많은 것을 알고 싶은 욕망이 생기지만 상대가 나에 대해서 지나치게 많은 것을 알려고 하거나 너무 가까이 다가오면 부담스러움을 느끼기도 한다. 이렇게 상반된 욕구를 철학에서는 '연계성의 욕구'와 '독립성의 욕구'라 한다.

'연계성의 욕구'와 '독립성의 욕구'를 철학자 쇼펜하우어는 '고슴도치의 가시'를 이용해 비유적으로 설명하고 있다.

> 추운 겨울, 고슴도치들은 추위를 피하기 위해 한 곳으로 모여 서로에게 다가간다. 그런데 너무 가까이 다가가다 보면 그 날카로운 가시에 서로 찔리게 되니까 다시 멀리 떨어지게 된다. 그러다 보면 다시 추워진다. 서로에게 다시 다가간다. 이렇게 여러 차례 반복하다 보면 가시에 찔리지 않을 만큼의 거리를 유지하면서도 추위를 적절히 피할 수 있을 만한 최적의 지점을 찾게 된다. 고슴도치의 가시는 서로 간의 가장 적절한 거리를 결정해 주는 근거가 된다.
>
> 데보라 탄넨, 신우인 역 1993 : 34, 『말 잘하는 남자? 말 통하는 여자』

고슴도치의 가시는 사람과 사람 사이에서 작용하는 심리적 거리와 같다. 우리는 만나는 사람들과의 심리적 거리에 따라 두 욕구를 충족하면서 최적의 거리를 유지하려고 노력한다.

연계성의 욕구와 독립성의 욕구에 의해 설정된 심리적 거리는 대화상에서 공간적 거리로 나타난다. 문화나 메시지의 양식에 따라 약간의 차이가 있겠지만 공간적 거리를 유지해야 안정감과 편안함을 느낀다. 말할이와 들을이 사이의 공간적 거리에 주목해서 접근학(proxemics)이라는 새로운 용어를 만들어낸 에드워드 홀(Edward T. Hall, 1959)은 거리, 메시지, 분위기에 따른 말하기의 수행을 총 8단계로 세분하여 제시하고 있다.(채영희, 2003, 말하기·듣기 교육의 실제)

Edward T. Hall(1959)의 말하기 거리

① 매우 협착(very close, 3~6인치) : 속닥속닥, 극비 얘기

② 협착(close, 8~12인치) : 소곤소곤(들릴만한 속삭임), 비밀 얘기

③ 근접(near, 12~20인치) : 실내, 부드러운 목소리. 실외, 완전한 목소리, 비밀스런 얘기

④ 중립(neutral, 20~36인치) : 부드러운 목소리, 낮은 소리, 사적인 이야기, 신변잡사

⑤ 중립(neutral, 41/2~5피트) : 완전한 목소리, 사적이지 않은 얘기

⑥ 공적인 거리(public distance, 51/2~8피트) : 좀 큰 목소리, 남도 듣게 되는 공적인 정보

⑦ 방 건너(across the room, 8~20피트) : 큰 소리, 집단 간 대화

⑧ 원거리(실내 20~24피트, 실외 100피트까지) : 소리 지르는 거리, 손짓거리, 작별(인사)

구현정(2000)에서는 퍼스(Pease, 1987)의 연구를 바탕으로 다음과 같이 나누고 있다.

(가) 친밀한 거리(0cm~46cm) : 자신의 소유물처럼 보호하는 지역이므로 오로지 정서적으로 가까운 사람만이 그 안으로 들어오는 것이 허락된다.

(나) 개인적 거리(46cm~1.22m) : 친구 사이나 직장에서 동료들과 지낼 때 다른 사람과 떨어져 있는 거리이다.

(다) 사회적 거리(1.22m~3.6m) : 낯선 사람이나 배달원, 가게 주인, 새로 온 종업원과 같이 잘 모르는 사람들과 유지하는 거리이다.

(라) 공공적 거리(3.6m이상) : 많은 사람들 앞에서 연설할 때 편안하게 느끼는 거리이다.

대화를 할 때 유지되는 공간적 거리가 말할이와 들을이 모두 편안함을 느끼는 거리라면 서로 만족할 만한 대화가 이루어질 가능성이 높을 것이다. 그러나 대화에서 요구되는 적절한 거리는 심리적 거리뿐만 아니라 문화나 연령, 성이나 개인의 성격, 그리고 사회적인 관계에 따라서 차이가 나타나기 때문에 서로 만족하지 못하는 경우가 있다.

가까운 사람끼리 가까운 거리에서 이야기하는 것은 문화 보편적이다. 그러나 얼마나 가까운 거리를 유지하느냐는 문화에 따라 다르다. 미국 사람들은 대체로 1미터 내외를 최적의 거리로 생각하지만 남미 사람들은 그보다 훨씬 짧다. 따라서 두 사람이 함께 이야기하도록 하면 남미 사람들은 자꾸 다가가고, 미국 사람들은 자꾸 멀어져서 처음 대화를 시작한 자리에서부터 점점 멀어져 가면서 대화가 이루어지게 된다. 심지어는 한 사람은 다가가고, 또 한 사람은 뒤로 물러서면서 큰 홀 안을 한 바퀴 돌면서 이야기하는 경우도 발견된다.(구현정 · 전정미, 2007 : 82, 화법의 이론과 실제)

나이가 어리면 어릴수록 가까이 다가가서 대화를 하려고 하고, 나이가 들어갈수록 떨어져서 대화를 하려고 하는 경향을 보인다. 유치원생 정도의 어린 아동들은 이마가 닿을 듯이 다가가 대화를 하는 모습을 보이지만, 어느 정도 성숙된 학생들은 친밀한 거리에서 대화를 하지 않는다. 부모자식 간에도 어린 자녀들은 친밀한 거리에서 대화를 할 수 있지만, 자녀들이 성숙해 감에 따라서 대화하는 공간적 거리도 개인적 거리만큼 띄워서 대화를 하게 된다.

성의 차이에 따라서도 공간적 거리는 달라지는데 대체로 여성은 남성보다 가까이에서 대화를 나눈다. 이러한 특징 때문에 여성끼리는 손을 잡거나 팔짱을 끼고 걸어가면서 대화를 나눌 수 있지만, 남성의 경우는 특별한 일이 없는 한 손을 잡거나 팔짱을 끼고 걸어가면서 대화하는 모습은 보이지 않는다. 이러한 차이는 남성과 여성 사이에 서로 오해를 불러일으키기도 한다.

개인적 성격에 따라서 나타나는 공간적 거리의 차이는 외향성이 강한 사람은 대화에 적극성을 보이기 때문에 가까이 다가가고, 내성적인 성향이 강한 사람은 대화에 소극적이기 때문에 좀 더 떨어지려는 경향을 보인다. 그러나 외향성과 내향성은 상대적이기 때문에 누구와 대화를 나누느냐에 따라서 대화에 임하는 적극성은 달라질 수 있다. 그러므로 같은 사람이라도 대화 상대자에 따라서 더 다가가기도 하고 멀어지기도 한다.

사회적 관계에 따라서 나타나는 공간적 거리는 상하관계에 있는 사람들의 대화에서 쉽게 관찰된다. 대체로 아랫사람은 떨어지려고 하고 윗사람은 다가가려는 경향을 보인다. 이러한 특징 때문에 윗사람이 지나치게 아랫사람에게 다가가서 대화를 하려고 하면 위압감이나 공포감을 느끼기도 한다. 그러나 아랫사람이 꾸중을 들을 일이 있거나 사과할 일이 있을 때 자발적으로 윗사람에게 한 걸음 다가가서 잘못을 인정하고 사과하게 되면, 윗사람은 싫은 말을 못하게 되는 경우가 많은데 이것은 공간적 거리의 효과에 따른 것으로 볼 수 있다.

공간적 거리는 여러 요인에 의해서 조절되지만 실제 대화에서 상대방과의 공간적 거리는 말할이에 의해 유지될 수도 있고, 들을이에 의해 유지될 수도 있다. 대화의 장에서 유지되는 공간적 거리가 말할이 중심으로 조절되면 들을이는 불편하거나 만족스럽지 못한 상태에서 대화를 나누고 있다는 느낌을 받을 것이다. 곧 들을이는 말할이를 심리적으로 가깝게 느끼기 때문에 더 가까이 다가가서 대화를 나누고 싶은데 말할이가 다가오지 못하게 밀어내고 있다고 느낄 수도 있고, 그 반대의 심리적 관계로 좀 떨어져서 대화를 나누고 싶은데 지나치게 다가와서 부담감을 느낄 수도 있다. 그러므로 들을이가 만족할 수 있는 대화가 되기 위해서는 먼저 대화에서 유지되고 있는 공간적 거리가 누구에 의해서 선택된 것인가를 확인할 필요가 있다. 이것은 말할이가 들을이에게 한 걸음 앞으로 다가가면 확인된다. 말할이에 의해서 조정된 공간적 거리이면 들을이는 아무런 변화를 보이지 않겠지만, 들을이에 의해서 조정된 것이면 다가오는 것에 부담을 느껴 뒤로 물러나거나 표정의 변화가 나타난다.

03 | 정중성의 원리

의사소통을 위한 대화는 태도도 매우 중요하다. 태도는 겉으로 드러나는 표정이나 몸동작에 의해서 표시되기도 하고, 말에 의해서 표시되기도 한다. 이 두 요소가 이상적으로 결합되면 전달효과는 극대화될 수 있다.

1. 공손의 원리(politeness principle)

1) 요령의 격률(tact maxim)

이 격률은 들을이에게 부담을 주는 표현은 최소화하고, 혜택을 베푸는 표현은 최대화하라는 것이다. 이런 표현은 듣기 싫은 말을 하는 것보다 될 수 있으면 듣기 좋은 말을 하라는 것이며, 상대방에게 도움이나 이익이 되는 말을 하라는 것이다. 이렇게 되기 위한 말하기의 방법은 직접접인 것보다 간접적이고 우회적인 표현법을 쓰는 것이 더 좋다.

> ❹ A : 좀 비켜주세요.
>
> B : 바쁘지 않으십니까?

❹에서 보인 문장이 같은 표현의도를 나타낸다면, A는 말할이의 요구를 직접 드러내는 대화행위이고, B는 질문을 통해 요구를 드러내는 간접 대화행위이다. 대화 상황에서 말할이의 의도를 어떻게 표현하는가 하는 것은 들을이와의 관계 속에서 결정이 될 수 있다. 그러나 B처럼 표현하면 들을이에게 부담을 적게 줄 뿐만 아니라 자기 방어를 할 수 있는 장점이 있다. 곧 말할이의 요구가 거부되었을 때 자신의 요구를 쉽게 철회할 수 있고, 비켜달라는 요구가 아니었다고 바꿀

수도 있다.

> ❺ A : 훈아 배고프다 밥묵자.
>
> B : 밥 사도.
>
> A : 머라하노. 돌았나~
>
> B : 아 왜 밥 사도!
>
> A : 돈 없나?
>
> B : 용돈 다 써서 없다.
>
> A : 쓰레기네. 그래놓고 내 보고 밥 사달라나?
>
> B : 와…… 됐다 됐다. 사 줄 수도 있지. 치아라 안 묵을란다.

❺의 B가 밥 사 달라는 요구는 대화자끼리의 관계나 상황 등에 따라서 용인성이 달라질 수 있다. 대화자가 긴밀한 관계를 형성하고 있더라도 B의 '밥 사도'는 A에게 혜택은 없고 부담만 주는 직접 대화행위이기 때문에 강한 거부의 대응말이 이루어진 것이다.

2) 아량의 격률(generosity maxim)

이 격률은 요령의 격률을 말할이의 관점에서 말한 것으로 자신에게 혜택이 돌아가는 표현은 최소화하고 부담이 되는 표현은 최대화하라는 것이다.

> ❻ A : 밥은 내가 차렸으니, 식탁은 네가 치워라.
>
> B : 너는 바쁜 것 같으니 식탁도 내가 치울게.

❻의 A와 B가 같은 상황 속에서 이루어진 말이라면, A는 일의 분담을 요구하는 것이고, B는 말할이의 부담을 최대화하는 표현이다. 일의 분담을 요구하는 것

은 정당할 수 있지만 관계의 형성과 발전이라는 측면에서 보면 들을이에 대한 배려심이 문제가 될 수 있다. 아량의 격률은 먼저 혜택을 베풀면 더 큰 혜택이 돌아온다는 것을 바탕으로 한 것이다.

3) 칭찬의 격률(approbation maxim)

칭찬은 남녀노소를 불문하고, 지식의 많고 적음에 관계없이 모두 좋아한다는 것은 이미 잘 알려져 있다. 이 격률은 이러한 사실을 말하기에서 잘 이용하라는 것으로, 될 수 있으면 들을이에 대한 비방은 최소화하고, 칭찬을 최대화하라는 것이다. 만약 들을이를 비방할 일이 있으면 비방하기 전에 칭찬의 말을 많이 하고, 비방의 말은 덧붙이듯이 하는 것도 하나의 방법일 수 있다.

> ❼ A : 너는 옷이 그게 뭐니?
>   B : 너는 얼굴도 예쁘고, 몸매도 곱고, 목소리도 고와서 옷만 좀 제대로 갖추어 입으면 나무랄 데가 없겠다.

❼의 A처럼 들을이에게 비방의 말만 하면 들을이는 감정이 상할 가능성이 높다. 그러나 B처럼 칭찬의 말을 통해 들을이의 마음의 문을 연 상태에서 비방할 내용을 간접 대화행위로 나타낸다면 들을이의 감정은 상하는 경우가 적을 것이다.

4) 겸양의 격률(modest maxim)

이 격률은 칭찬의 격률을 말할이의 관점에서 말한 것으로 말할이 자신을 칭찬하는 표현은 최소화하고 말할이 자신을 비방하는 표현을 최대화하라는 것이다.

> **❽** A : 야, 너는 학교에 일찍 와서, 도서관에서 열심히 공부하는 것 같다.
>
> B : 아니야, 아빠가 출근할 때 같이 나오니까 일찍 오게 되고, 갈 데가 없어서 도서관에서 자리만 차지하고 있는 거야.

5) 동의의 격률(agreement maxim)

심리적으로 아무리 가까워도 의견을 달리하는 경우가 있다. 그러므로 이 격률은 들을이와 의견을 달리하는 표현은 최소화하고, 들을이와 의견이 일치하는 대화를 최대화하라는 것이다.

> **❾** A : 이 집 음식 참 맛있지?
>
> B : 어~응 그래.

사람은 외부세계에 대한 판단이나 느낌 등이 다르다. 맛에 대한 것도 예외가 아니다. 말할이가 맛있게 느낀다고 해서 모든 사람이 다 맛있게 느끼는 것은 아니다. 곧 맛에 대한 느낌은 다를 수 있기 때문에 의견이 일치하지 않을 수 있다. ❾처럼 의견이 일치하지 않을 수 있는 화제에 대해서 대화를 나눌 때는 '나는 이 집 음식 참 맛있는데, 너는 어때?'와 같은 물음이 필요하다.

2. 체면 세우기 원리

1) 체면의 개념

체면은 공적으로 지켜지는 개인의 자존심을 말한다. 체면은 두 가지의 측면이 있는데 하나는 적극적인 것이고, 다른 하나는 소극적인 것이다. 적극적인 체면(positive face)은 자립적·독립적 주체로서 한 사람의 신분을 인정받고자 하는 욕구인 반면에, 소극적 체면(negative face)은 한 사람이 외부의 간섭이나 부당한 외부의 압력으로부터 벗어나서 자기가 선택한 일을 하는 자유를 누리고자 하는 것이다. 여기에 대해서 자세한 것은 구현정·전정미(2007)에서 찾아볼 수 있다.

대화 상황에서 우리는 상대방의 체면을 손상시킬 가능성이 많기 때문에 항상 상대방의 체면 세우기에 신경을 써야 한다. 적극적으로 체면을 세워 주는 것은 상대방의 소중함을 인정하고 있으며, 좋은 감정을 가지고 있음을 느끼도록 해 주는 것이고, 소극적으로 체면을 세워 주는 것은 상대방의 개인적 권리를 침해하는 것을 알고 있으며, 그것에 대해 미안하게 생각함을 밝힘으로써 상대방을 존중한다는 사실을 확인시키는 것이다.

2) 체면 손상행위의 요인

체면 손상행위는 상대의 요청을 거절하거나 질책과 같은 말을 통해 상대의 체면을 손상시키는 행위이다. 체면 손상행위는 말하는 사람도 상당한 부담을 느끼게 되는데, 심리적 부담의 강도는 ❿과 같은 요인에 의해서 결정된다.

> ❿ 체면 손상행위의 강도
>
> 강도 = 힘 + 사회적 거리 + 부담의 크기

이러한 요인에 따라 어떤 경우에는 체면 손상행위로 인한 부담이 크고, 어떤 경우는 체면 손상행위를 하고도 전혀 부담을 느끼지 않기도 한다.

> ⓫ A : 야, 너 쭉정이 아니야? 자식, 이게 얼마만이냐?
>
> B : 아, 누구시더라? 최영돌 씨 아니십니까?
>
> 이거 정말 오래간만입니다.

⓫이 오랜만에 만난 초등학교 동창 사이에 이루어진 대화라면, A는 반가운 마음에 어릴 때와 같은 기분으로 인사를 했고, B는 격식을 갖춘 인사를 했다. 이 대화에서 누가 누구의 체면을 손상시킨 것일까? A가 사용한 사회적 거리를 나타내는 말(쭉정이)은 B의 체면을 손상시켰다. B의 말은 A가 전제로 했던 가까운 관계를 무시하고, 자신의 체면을 손상시킨 것에 대한 책임을 A에게 지우고 있다. 일차적으로는 사회적 거리를 잘못 계산한 A가 체면을 손상시켰지만, B의 태도에 따라서 A의 말은 자연스럽게 수용될 수 있다.

3) 체면 세우기의 책략

대화 상황에 따라 체면 손상행위를 하게 되는 경우 책략은 여러 단계로 나눌 수 있다.

1단계, 보상적인 표현 없이 노골적으로 체면 손상행위를 하는 경우이다.

⓬ a. 꾸물거리지 말고 빨리 나오세요.
   b. 등 좀 두드려라.
   c. 이 과자 먹어.

⓬의 예들은 모두 직접적인 명령이어서 상대방에게 체면 손상행위를 하는 표현으로 볼 수 있다. 그러나 ⓬a가 위험한 상황에서 이루어진 것이라면 체면을 손상시키는 표현이 아니며, ⓬b는 할머니와 손자의 관계처럼 상대방에 비해 월등히 큰 힘을 가지고 있는 경우나 아주 가까운 관계의 경우는 체면 손상행위로 보지 않는다. ⓬c는 상대방에게 이익이 되는 경우 체면 손상행위가 아닌 것으로 본다.

2단계, 체면 손상행위를 하려면 적극적인 정중어법을 사용하라. 이것은 상대방의 적극적인 체면을 세워 주어야 하는 경우이다.

> ⓭ A : 이거 정말 죄송하게 되었습니다.
>
> B : 아닙니다. 우리가 어디 한두 번 만난 사이입니까?(소속감)
>
> 게다가 고의로 그러신 것도 아니고요.(역할)
>
> 일을 하다 보면 누구나 그런 경우를 겪게 되는 거지요.(공감)

⓭은 B가 A의 적극적인 체면을 세워 주기 위해서 소속감을 나타내는 표현을 통하여 친근감을 강조하고, 상대방의 역할에 대한 변명과 공감을 나타내는 정중어법을 사용하고 있다.

3단계, 체면 손상행위를 하려면 소극적 정중어법을 사용하라. 이것은 상대방의 간섭받지 않으려는 욕구인 소극적 체면을 세워 주어야 하는 경우이다.

> ⓮ A : 지난 번 약속에는 나오지 않으셨더군요.
>
> B : 너무 죄송해서 뭐라고 드릴 말씀이 없네요.
>
> 솔직히 말씀을 드리자면 제가 깜빡 약속을 잊어버리고 말았어요.
>
> A : 그러셨군요.
>
> B : 저어, 부담스러우실 거라고 생각은 되지만, 혹시 시간을 조금만 내 주실 수 있으시다면 꼭 한 번 다시 만나 뵙고 싶어요.

⓮의 대화는 약속을 지키지 못한 B와 그것 때문에 기분이 상한 A 사이에서 오간 대화이다. B는 자신의 행동이 A의 체면을 손상시킨 것이라고 생각하기 때문에 다시 만나고 싶다는 요청을 하면서 상대방의 소극적 체면을 세우기 위해 노력하고 있다.

4단계, 체면 손상행위를 겉으로 드러내지 않고 암시적으로 하라. 이것은 체면 손상행위가 상대에게 인식되지 않도록 하기 위한 것으로 누군가에게 어떤 요청을 하면서 상대방이 거북하게 생각할까 봐 혼자서 슬쩍 이야기하고 지나가는 것과 같은 경우이다.

> ⑮ A : 와, 그 과자 정말 맛있게 생겼다.
>
> B-1 : 그래, 이 회사가 과자는 정말 잘 만들어.
>
> B-2 : 그래, 이것 같이 먹자.
>
> B-3 : 그래? 그럼 너도 하나 사 먹어.

A의 말은 요청이 아니기 때문에 B-1의 체면을 손상시킬 위험이 없다. B-2처럼 A의 의도에 맞게 말을 하더라도 이것은 A의 요청이 아니고, B-2의 요청으로 바뀌기 때문에 체면의 손상을 가져오지 않는다. 그러나 B-3처럼 상대방의 암시적 요청을 명시적으로 거절하는 경우에는 상황이 다르다. 이 경우 상대방이 암시적으로 말한 효과는 없어지고, 서로의 체면을 손상시킨 결과가 된다.

5단계, 체면 손상행위를 하지 않는 경우이다. 이것은 자기가 말을 하는 것이 명백하게 상대방의 체면을 손상하는 행위가 된다는 것을 알 때 아무 말도 하지 않는 경우이다. 안으로 불만이 가득 차 있지만 참고 말하지 않는 것, 위험을 감수하면서까지 답변을 거부하고 침묵을 지키는 것 등은 모두 어떤 말이라도 하면 그것이 상대의 체면 손상행위가 된다는 것을 명백히 알기 때문에 나타나는 현상들이다.

04 | 협력의 원리

말하기는 말할이와 들을이가 서로 협력해서 새로운 의미를 창조해 가는 역동적 과정이다. 그라이스(Grice : 1975)는 이러한 관점에서 두 사람이 대화를 정상적으로 진행시키기 위해서 노력하는 것을 '협력의 원리(Cooperation principle)'라 했다. 협력의 원리는 '대화가 진행되는 각 단계에서 대화의 방향이나 목적에 의해 요구되는 만큼 기여하라'는 것이다. 그리고 그는 협력의 원리를 4가지의 격률로 공식화해서 제시하고 있다.

1) 양의 격률(The maxim of quantity)

양의 격률은 주고받는 대화의 목적에 필요한 만큼만 정보를 제공하라는 것이다. 대화가 오가는 동안 정보의 공유현상이 진행되는데 이때 필요 이상의 정보를 드러내거나 모자라면 대화의 진행에 방해가 일어난다.

> ⓖ A : 뭐해?
>
> 　B : 카톡.

이 대화는 필요한 만큼의 정보를 제공한 대화가 될 수도 있고, 그렇지 않을 수도 있다. 대화에서 필요한 만큼의 정보인지 아닌지를 판단하기는 쉽지 않다. 다만 두 대화자의 심리적 거리에 따라 좀 멀다고 판단되는 경우에는 ⓖ만으로도 대화상에서 필요한 만큼의 정보가 될 것이다. 그러나 심리적으로 가깝게 느끼는 사람은 ⓖ만으로는 필요한 만큼의 정보가 제공되었다고 판단하지 않고 ⓗ처럼 세부적이고 구체적인 정보를 더 알기 위해 대화를 이어갈 것이다.

> ⓗ A : 누구랑?
>
> 　B : 친구.
>
> 　A : 친구 누구?
>
> 　B : 고등학교 때 단짝인 영호와 영식이.

말할이가 심리적으로 가깝지 않게 느끼는 사람이 ⓱과 같이 계속 대화를 이어 가면서 구체적인 정보를 요구하면 부담스러운 대화가 될 수 있다. 그러나 심리적 거리는 사람마다 다르기 때문에 들을이는 말할이를 가깝게 느낄 수도 있으므로 개인적인 비밀이 아닌 한 성실히 대화에 임해야 한다.

대화상에서 필요한 만큼의 정보는 문화에 따라서 다를 수 있다. 우리나라 사람은 수와 관계된 것들은 다른 나라 사람에 비해서 구체적인 정보를 잘 주고받지 않는다.

> ⓲ A : 너 지금 돈 얼마나 있어?
>   B : 한 만 원쯤 있을 거야.

우리나라 사람은 보통 ⓲과 같은 모양의 대화를 많이 한다. 그러나 영어권 사람들은 물음에 대한 대답으로 ⓲의 B는 정보의 부족으로 여기고 성실하게 대답하지 않는 것으로 인식한다. 영어권의 대답으로는 '9달러 10센트'처럼 정확한 돈의 액수를 알려주어야 한다. 만약 자기가 가진 돈의 액수를 정확하게 모를 경우에는 주머니를 뒤져서 헤아려 본 다음에 정확하게 대답한다.

2) 질의 격률(The maxim of quality)

질의 격률은 진실한 정보만을 제공하도록 노력하라는 것으로 거짓이라고 생각되는 말은 하지 말고, 증거가 불충분한 것도 말하지 말라는 것이다. 거짓말은 한 순간을 넘길 수 있지만 언젠가는 진실이 밝혀진다. '양치기 소년'처럼 거짓말이 밝혀지면 사람들은 더 이상 그 사람을 신뢰하지 않는다. 한번 신뢰가 깨어지면 그 사람이 하는 말은 아무리 진실된 말이라도 믿어주지 않는 것이 사람의 마음이다.

> ⑲ 아들 : 엄마, 책값 10만 원만 주세요.
>
> 엄마 : 무슨 책인데 10만 원이나 하니?
>
> 아들 : 전공 책이라 좀 비싸요.
>
> 엄마 : 전공 책이라도 5만 원이면 다 살 수 있다.

⑲의 대화를 통해 우리는 엄마가 아들을 신뢰하지 않고 있음을 알 수 있다. 매우 불행한 일이지만 이렇게 된 원인을 추적해보면 아들이 지금까지 성장해 오면서 엄마를 거짓말로 속이고 그것을 엄마가 알게 되어, 이제는 아들을 완전히 신뢰하지 않고 항상 의심하면서 대화에 임하는 것이다.

> ⑳ 아들 : 엄마, 책값 10만 원만 주세요.
>
> 엄마 : 무슨 책 사려고?
>
> 아들 : 전공 책이라 좀 비싸요.
>
> 엄마 : 혹시 더 필요한 책이 있을지 모르니 15만원 가져가거라.

⑲에 비해서 ⑳은 엄마가 아들을 완전히 신뢰하고 있음을 알 수 있는 대화이다. 서로 신뢰하는 경우는 대화의 분위기가 부드러워질 뿐만 아니라 말소리도 곱고 부드럽게 된다. 만약 부모와 자식 사이의 관계가 ⑲처럼 신뢰하지 못하는 경우라면 더 큰 불행이 다가오기 전에 ⑳과 같은 신뢰의 관계로 바꾸는 것이 좋다.

> ㉑ A : 영수는 이상한 사람 같아.
>
> B : 왜 무슨 일이 있어서?
>
> A : 어제 길에서 만났는데. 인사를 해도 모르는 척하잖아.
>
> B : 설마, 바쁜 일이 있거나 다른 생각한다고 못 보았겠지.
>
> A : 아니야, 분명히 보고도 못 본 척하는 것 같았어.

㉑은 두 친구의 대화로, A는 질의 격률을 어기고 있다. 단지 인사를 받아 주지 않았다는 한 가지 사실을 가지고 상대를 이상한 사람으로 평가하고 있다. 이와 같은 판단은 증거가 불충분하므로 지나치게 자기중심적인 판단으로 평가된다. 이처럼 주관적인 성격이 강하게 반영되는 느낌이나 감정의 경우는 내가 잘못 느끼고 판단할 수 있다는 점을 알고, 나 아닌 다른 사람에게 이야기할 때는 늘 조심해야 한다. 그렇지 않으면 나만의 느낌이나 감정에 치우쳐서 판단하고 이야기한다는 부정적인 평가를 상대에게 심어줄 수 있다.

3) 관련성의 격률(The maxim of relevance)

관련성의 격률은 대화의 목적 달성에 적당한 것이나 주제와 관련성이 있는 것을 말하라는 것이다. 관련성의 격률을 어기면 대화가 중단되며 상대방으로 하여금 어이없게 하거나 황당하게 한다. 이런 경우 젊은이들 사이에서는 '사오정'이라 부르기도 한다. 관련성의 격률을 어기는 경우는 대개 상대의 말을 귀담아 듣지 않고 이야기를 하거나, 잘 모르면서 아는 척할 때 발생한다. 그러나 겉보기에는 관련성의 격률을 어긴 것처럼 보이지만 함축적 의미에 의해서 관련성의 격률을 유지하는 경우도 있다. 이런 방식의 대화는 어린아이에게는 적절하지 않다.

> ㉒ A : 도착하면 할 일이 많아서 서둘러야 되겠다.
> B : 여기는 눈이 참 많이 왔네.

㉒처럼 B가 관련성의 격률을 어기게 되면 A는 무시당한 느낌을 받게 되어 침묵하거나 여러 가지 감정적인 반응을 보일 가능성이 높다. 이렇게 되면 좋은 분위기로 대화를 계속하는 것은 기대하기 어렵다.

> ㉓ A : 요즘 소녀시대가 가요계를 지배하는 것 같아.
>
> B : 다섯 명 모두 예쁘고 노래도 잘 부르더라.

㉓의 B는 '소녀시대'에 대해서 잘 모르면서 아는 척하려는 의도 때문에 관련성의 격률을 어기게 된 것이다. 젊은이들 사이에서 이런 현상이 빚어지는 것은 주로 매스컴을 통해 전파되는 유행어이다. 그러므로 나이가 어릴수록 유행어를 몰라 또래집단에서 사오정이 되는 것이 싫어 많은 시간을 텔레비전에 매달리게 된다.

> ㉔ A : 너, 내일부터 기말시험이라면서 공부 안 하니?
>
> B : 야, 저 가수는 정말 노래도 잘하고 춤도 잘 춘다.

㉔는 겉보기에 관련성의 격률을 어긴 동문서답처럼 보인다. 그러나 이 대화는 B가 더 이상 시험에 대해서 이야기하기 싫다는 함축적 의미를 전달하고 있다. 이 것처럼 문장의 표면적인 의미를 넘어서 어떤 의도를 전달하는 것을 그라이스는 '대화 함축(conversational implicature)'이라고 한다. 함축적 의미는 상황, 앞 뒤 문맥, 이야기의 전체적 배경지식, 상대방에 대한 축적된 지식 등이 모두 작용해서 표현 되고 전달되는 것이기 때문에 이런 것들을 판단하기 어려운 경우에는 사용할 수 없다.

4) 표현 형식에 관한 격률(The maxim of manner)

표현 형식에 관한 격률은 말을 간단하고 명료하게 하라는 것이다. 이 격률은 네 가지의 항목으로 구성되어 있다.

㉕ a. 모호성을 피하라.

　 b. 중의성을 피하라.

　 c. 간결하게 말하라.

　 d. 조리 있게 순서대로 말하라.

　대화에서 모호한 표현은 상대를 난처하게 한다. 긍정인지 부정인지 판단하기 어려운 경우도 있고, 선택을 말할이에게 미루는 경우도 있다. 모호한 표현으로 선택을 말할이에게 미루게 되면 말할이는 선택에 어려움을 겪을 수도 있다.

㉖ A : 내일 영화 보러 갈래?

　 B : 모르겠다.

㉗ A : 점심 뭐 먹을래?

　 B : 아무거나?

　 A : 아무거나 뭐?

　 B : 그냥 아무거나?

　㉖의 경우 B는 내일 영화 보러 갈 수 있다는 것인지 아니면 갈 수 없다는 것인지를 명확하게 밝히고 있지 않아서 대화의 진행 곧 내용의 구체화와 상세화를 이루어낼 수 없다. 그리고 ㉗은 대화에서 소극적인 자세를 취하는 사람들이 보이는 습관이다. 이런 대화가 몇 번 지속되면 A는 B와 만나는 것 자체를 기피할 수도 있어서 둘의 심리적 거리에 악영향을 미칠 수도 있다.

　중의성은 하나의 문장이 두 개 이상의 의미로 해석될 수 있는 것이다. 대화상에서 하나의 문장이 중의성을 지니면 들을이는 자신의 입장에서 문장의 의미를 해석하기 때문에 대화 오류가 발생한다.

> ㉘ A : 제주행이 몇 시예요?
>
> B : 4시 30분에 도착합니다.
>
> A : 아니요, 출발하는 비행기요?
>
> B : 아! 출발은 제일 빠른 것이 4시 10분입니다.

㉘의 첫 대화는 중의성을 지닌다. 곧 A의 물음은 출발시간을 묻고 있지만, B는 도착시간을 묻는 것으로 해석해서 대답하고 있다. 이처럼 대화가 중의성을 지니면 서로 다른 해석에 의해서 서로 알아듣지 못하는 상태에서 대화가 점점 길어진다.

간결성은 대화의 시간을 필요 이상으로 길게 하지 말라는 것이다. 말을 필요 이상으로 길게 하면 상대방의 긴장감을 떨어뜨려 지겹게 하고, 말의 중심 내용을 알아들을 수 없게 된다.

> ㉙ A : 어제 뭐 했어요?
>
> B : 오전에는 비도 오고, 날씨도 덥고, 별로 할 일도 없고, 그래서 좀 늦게까지 누워 있다가 아점을 먹고, 영수한테 전화를 하니 받지도 않고 해서 텔레비전 좀 보다가 저녁이 다 되어서 전화가 왔기에 수다를 30분쯤 떨다가 잠시 만났지.

대화에서 조리 있게 순서대로 말하는 것은 말할이의 측면에서 보면, 하고자 하는 말을 빠뜨리지 않고 차분하게 할 수 있게 한다. 그리고 들을이의 측면에서 보면, 말할이가 하고자 하는 말을 쉽게 알아듣고 잘 기억하게 된다.

> ㉚ A : 큰일 났어요!
>
> B : 뭐가?

A : 영수가 큰일 났어요!

B : 영수가 왜?

A : 학교에서 오다가 넘어졌어요!

B : 많이 다쳤어?

A : 무릎에 피가 나요!

B : 그래서 어떻게 했어.

A : 양호실에 약 바르러 갔어요.

B : 괜찮다 약 바르면 빨리 낫는다.

❸⓪은 어린 손자가 할머니에게 친구가 다쳤다는 것을 이야기하는 대화이다. 손자는 친구가 다친 것을 보고 당황해서 조리 있게 순서대로 말하지 않았기 때문에 할머니는 대화의 초기에 손자의 말을 알아들을 수 없다. 조리 있게 순서대로 이야기하는 방법은 논리적인 순서나 시간이나 공간적 순서에 따라 이야기를 전개하는 것이다.

읽기 자료 1

협상하기

1. 협상이란 일종의 커뮤니케이션이다.

협상이란 목적 지향적 커뮤니케이션 활동이다. 서로 기대하는 바가 다를 때 어떻게 절충하여 서로에게 보다 바람직한 해결책을 찾을 것인가의 문제이다. "먼저 총을 쏴라. 질문은 나중에 하라.(Shoot first, ask questions later)"는 '카우보이'식 협상도 좋다. 협상은 업무와 무관한 것에 대한 접근으로 시작하여 업무와 관련된 정보를 교환하고 서로 설득하고 양보와 협정을 맺는 것이다. 하지만 협상에서 중요한 것은 '결코 포기하지 말 것'을 포기하지 않는 것이다.

2. 구매 동기가 없으면 협상도 없다.

거래 당사자들 간에 요구를 만족시키지 못하게 되면 더 이상 협상은 진전되지 않는다. 따라서 서로의 원천적인 요구를 구체화하려는 노력이 매우 중요하다. 사람들은 표면적인 것을 구입하는 것이 아니다. 사람들은 소유에 따른 행복이나 아름다움, 보장과 같은 것을 구입하는 것이다. 그러므로 구매자들에게 제품 자체를 설명하기보다 구매자의 요구에 대해서 대답하고 자신의 상품이 제공하는 편익(benefit)에 대하여 강조해야 한다. 상대방이 진정으로 원하는 동기는 다음과 같다.

사람들은
자신이 훌륭하다고 느끼고 싶어 한다. 자신이 불리한 입장에 처하는 것을 피하려 한다. 직업을 유지하고 승진되기를 원한다. 보다 쉽게, 그리고 보다 힘을 덜 들이고 일하는 것을 원한다. 자신이 중요한 일을 처리하고 있다고 느끼고 싶어 한다. 자신의 의견을 잘 들어주기를 기대한다. 자신이 훌륭하게 대우받기를 원한다. 좋은 설명을 원한다. 남들이 자기를 좋아하기를 원한다. 진실을 알기를 원한다. 돈, 재화 그리고 서비스를 원한다. 협상을 끝내고 또 다른 일에 착수하기를 원한다.

3. 판매자와 구매자의 관점은 서로 다르다.

대체로 영업사원들이 협상에 임할 때 최소한 완수해야 할 활동들은 다음과 같이 6단계로 나뉜다. 1단계 예상 전망, 2단계 방문 계획, 3단계 접근, 4단계 프레젠테이션, 5단계 저항에 대한 협상, 6단계 판매의 종료이다. 하지만 구매자들의 관점에서는 1단계 주의, 2단계 관심, 3단계 납득, 4단계 욕구, 5단계 행동이다. 최초로 고객과의 물리적인 접촉이 시작되는 것은 세일즈 측면에서 보면 3단계인 접근단계이다. 이때 불과 몇 초의 순간에 고객으로부터 우호적인 관심을 끌어내야 한다.

4. 협상은 타이밍, 힘, 능력으로 결정된다.

협상이 전개될 때 그릇에 해당하는 것이 계획수립(planning)이다. 그리고 이 그릇에 담아야 할 것은 힘, 능력, 타이밍이다. 힘은 당사자들이 발휘할 수 있는 영향력이나 자원들의 총량이며, 능력은 협상의 각 당사자들에 의해 발휘되는 것들로 말솜씨나 지적·정치적·사회적·심리적 능력이다. 타이밍은 협상의 요소들을 제때 즉 정확한 시기와 시점에서 발휘하는 것을 말하는데, 특히 일관성과 지속성이 중요하다.

인간관계론, 임창희·홍용기, 2014 : 196

읽기 자료 2

미소는 미소를 부른다

대개 짐승들이 그렇지만 특히 무서운 악어는 표정이 없다. 미소는 더욱 없다. 악어가 만들어낼 수 있는 표정은 두 가지밖에 없다. 즉 입 벌리고 눈 뜨기와 입 다물고 눈 뜨기이다. 그러나 인간은 다르다. 부부싸움을 하고 출근을 했는지 험상궂고 시무룩한 표정으로 회의에 들어온 상사 앞에서 톡톡 튀는 아이디어를 제안할 사람은 별로 없다. 말로 천 냥 빚을 갚는다면 미소로는 천금을 얻을 수 있다. 조직 내 커뮤니케이션 중 가장 필요한 것이 바로 여유요, 미소이다.

말을 잘하는 것이 언어적 커뮤니케이션이라면 말 이외에도 상대방과 교류하는 것들이 많은데, 그것이 바로 미소와 같은 비언어적 커뮤니케이션 수단들이다. 예를 들면 문자와 같은 글, 시간과 공간의 사용, 제스처, 얼굴표정, 눈 맞추기(Eye contact), 이미지, 스타일, 옷과 장신구 등과 같이 신경을 써야 할 것들이 헤아릴 수 없을 정도로 많다.

부하가 상사에게 보고를 하는 순간, 상사가 고개를 끄덕이는 것 하나만으로도 부하는 신이 날 수 있다. 회사에 정해진 시간보다 일찍 출근한 사원의 태도에도 메시지가 들어 있으며, 외부로부터 걸려온 전화에 대응하는 억양과 말솜씨에서도 회사 사랑의 마음을 읽을 수 있다.

∥∥∥∥ 연/습/문/제/

다음의 문제들을 말하기의 원리로 설명해 보시오.

1. 말이 통하는 사람과 말이 통하지 않는 사람은 무엇이 다른가?

2. 낯선 사람이 다가오면 부담스러운 이유는 무엇인가?

3. 고마운 사람은 어떤 사람이며, 우리는 왜 고마움을 느끼는가?

4. 대화상에서 가까운 사람이 뭔가를 감추고 숨기는 듯한 느낌은 언제 일어나는가?

글 쓰 기 연 습 지	
월 일 요일 교시	학과(부) :
학 번 :	이 름 :

발 표 연 습 지

월 일 요일 교시	학과(부) :
학 번 :	이 름 :

발표 주제 :

인사말 :

발표 목적 :

청중 칭찬 :

가장 하고 싶은 말 :

관련 이야기(재미/경험) :

끝맺음말 :

수 업 점 검 표		
강의 주제 :		월 일 요일 교시 .
학 번 :	이름 :	

자기 점검	나는 오늘 수업을 미리 준비해 왔다.	① ② ③ ④ ⑤
	나는 수업 내용으로 질문을 하였다.	① ② ③ ④ ⑤
	나는 적극적으로 수업에 참여하였다.	① ② ③ ④ ⑤
	나는 개인적으로 스마트폰을 사용했다.	① ② ③ ④ ⑤
	나는 수업 방해 행위를 한 적이 있다.	① ② ③ ④ ⑤

◼ 나의 수업 태도를 통해 느낀 점은 어떤 것이 있는가?

제6장

말하기의 실제

말하기의 여러 유형 중에서 우리가 가장 흔히 접하는 것은 생활 속에서 이루어지는 대화이다. 우리는 대화를 통해 나 아닌 다른 사람과 가까워지기도 하고 멀어지기도 하면서 삶을 공유한다. 대화는 여러 사람이 사적으로 만나 주변의 이야기나 취미 등을 말로 주고받는 사적 대화와 형식을 갖추어 말을 주고받는 공적 대화로 나눌 수 있다.

우리 주변에서 이루어진 대화를 살펴보면 형식이나 격식 없이 이루어진 것처럼 보이는 대화도 일정한 구조를 가지고 있음을 발견할 수 있다. 대화는 말할이와 들을이의 역할이 바뀌면서 이야기를 주고받는데 말할이의 말을 '주는 말'이라하고 들을이가 듣는 말을 '받는 말'이라 한다. 한 쌍의 주는 말과 받는 말을 '짝말'이라고 하는데, 짝말은 화제를 전환하는 경우가 아니면 하나의 화제를 구체화하고 상세화하는 데 기여한다. 짝말은 서로 다른 말할이에 의해서 순서를 지키며 이루어진다. 그리고 짝말은 주는 말이 물음이면 받는 말은 대답으로, 명령이면 수용이나 거부로 나타나는 유형성을 갖는다.(채영희, 2003 : 41-42)

대화는 사람, 상황, 내용, 관계 등에 따라 짝말이 많이 이루어지는 경우도 있고, 하나의 짝말만으로 대화가 끝나는 경우도 있다. 하나의 짝말만으로 끝나는 대화를 '단순한 대화'라고 하는데, 단순한 대화는 심리적 거리가 가까운 사람들이 앞선 때에 이루어진 대화의 내용을 다시 확인할 때 이용되거나, 여러 사람들 속에서 자신들만의 비밀을 지키고자 할 때 쓰기도 한다. 하나의 화제에 대해서 둘 이상의 짝말이 이루어지는 것을 '복잡한 대화'라고 하는데, 복잡한 대화는 대체로 '시작부, 펼침부, 맺음부'의 구조를 갖는다. 시작부는 대화를 시작하는 부분으로 대화의 통로를 여는 역할을 하며, 들을이의 현재 상황을 살필 수 있는 부분이다. 시작부는 '안녕하세요, 날씨가 참 좋습니다.'처럼 인사말이나 관용화되어 있는 말이 주로 사용된다. 펼침부는 대화의 목적에 도달하기 위해서 중심내용을 주고받는 부분으로 시작부나 맺음부에 비해서 길이가 길고, 형태가 다양하다. 맺음부는 대화를 끝맺는 부분으로 대화를 종결하는 부분과 작별 인사를 하는 부분으로 이루어진다. 일반 대화에서 맺음부는 종결하는 부분이 생략된 채 작별 인사만으로 끝나는 경우가 많다. 대화를 끝낼 때 주의할 점은 의도하지 않았음에도 불구하고 대화 상대자가 마음의 상처를 입지 않았는가를 살피는 것이다. 마음 상할 가능성이 조금이라도 있다면 헤어지기 전에 상한 마음을 치유하는 말을 해야 한다. 그렇지 않으면 다음에 다시 만나 대화하고 싶은 마음이 사라지게 될 것이다.

대화는 목적, 상황, 대상 등에 따라 다양하게 분류할 수 있다. 목적에 따라 대화를 분류하면 칭찬·질책·부탁·거절·격려·사랑·설득 등의 유형으로 나누어진다.

01 | 칭찬의 대화

좋아하는 이성으로부터 가장 듣고 싶은 말은 '사랑해'일 것이다. 그러나 다른 사람으로부터 가장 듣고 싶은 말은 '칭찬'일 것이다. 칭찬은 상대방이 잘한 것에 대해서 말하는 것으로 일종의 긍정적 보상 행위이지만 '아부'와 잘 구분되지 않는 경우가 많다. 뿐만 아니라 들을이가 잘하는 것으로 놀리기도 하기 때문에 칭찬도 잘하는 방법을 익혀야 한다.

> ❶ A : 영희야, 머리핀 참 예쁘다.
> B : 그래, 고마워.
> A : 너는 옷 입는 것도 그렇고 헤어스타일이랑 머리핀을 코디하는 것도 잘 하는 것 같아. 너는 내가 보기에 패션 감각이 뛰어난 것 같아.
> ❷ A : 그 핀 나한테 오늘만 좀 빌려줘, 나 오늘 데이트 있거든.

❶은 친구가 새로 산 머리핀을 보고, 패션 감각이 뛰어나다고 칭찬하는 대화이다. 그러나 대화가 비슷한 전개양상을 보이더라도 ❷와 같은 대화가 이어나면 아부가 된다. 칭찬과 아부는 주로 대화의 마지막 부분에서 갈리는 경향이 있다. 그러므로 칭찬의 말을 들을 때는 끝까지 경청해서 칭찬과 아부를 잘 구분해야 하고, 칭찬의 말을 할 때는 상대에게 아부처럼 들리지 않도록 주의해야 한다.

왜 사람들은 칭찬을 듣고 싶어 하고, 아부에 가까운 말이라도 하려고 할까? 이 물음에 대한 대답은 나가사키 가즈노리(2002)에서 찾아볼 수 있다.(구현정·전정미, 2007 : 212-213)

①   칭찬은 사람을 성장시키는 마법이다.
②   칭찬은 용기와 열정을 가져온다.
③   칭찬은 마음의 문을 열어준다.
④   칭찬은 칭찬하는 사람을 더 행복하게 만들어준다.

　칭찬은 어떻게 해야 할까? 좋은 칭찬은 들을이에게 즐거운 마음으로 더 잘하고자 하는 의욕이나 용기, 열정 등이 솟아나게 하는 것이다. 칭찬에 대한 반응은 듣는 사람에 따라서 달라질 수 있기 때문에 칭찬의 말도 들을이에 따라서 달라질 수 있다. 그러므로 어떤 형태의 칭찬을 이상적인 본보기로 삼을 수는 없다. 다만 좋은 칭찬이 되기 위한 최소한의 조건으로 몇 가지 유의점을 소개한다. 첫째, 칭찬할 만한 일을 했을 때만 칭찬을 해야 한다. 이때 칭찬할 만한 일의 기준은 내가 아니라 상대방이 기준이며, 상대방의 기준으로 보아 칭찬 받을 만한 일이 아님에도 불구하고 칭찬을 하면 '아부'로 비칠 가능성이 높아진다. 아부는 품속에 비수를 감추고, 상대방의 기분을 좋게 하는 말을 해서 자기가 원하는 것을 얻고자 하는 말이다. 둘째, 칭찬은 제때에 해야 효과가 있다. 시간이 너무 많이 지난 뒤에 칭찬을 하면 별 의미가 없고, 긍정적 보상 행위로서의 역할을 하기 어렵다. 셋째, 칭찬을 할 때는 상황이나 이야기의 분량 등을 고려해야 한다. 남편이나 부인에 대한 칭찬은 시가나 처가에서 할 수 있지만 그렇지 않은 상황에서 하게 되면 역효과를 볼 수 있다. 장황한 칭찬은 역기능을 할 수 있으므로 적절한 길이로 해야 한다.

　칭찬의 방법은 여러 가지가 있을 수 있다. 우리 사회에서 많이 쓰이는 칭찬의 방법은 말로 하는 것과 물질적 보상을 통해 칭찬을 대신하는 것이다. 물질적 보상으로 칭찬을 대신하는 것은 필요악이 될 가능성이 높다. 사람의 바람은 점점 커지는 성질이 있으므로 다음에는 더 큰 물질적 보상을 기대할 가능성이 높아진다. 다음에 칭찬할 일이 있을 때 상대가 기대하는 수준의 물질적 보상을 해주지 않으면 칭찬을 받았다고 생각하지 않을 것이다. 특히 나이가 어릴수록 물질적 보상 행위는 긍정적인 효과보다 부정적인 효과가 더 클 것이다.

칭찬은 상대에게 직접적으로 할 수도 있지만 간접적으로 할 수도 있다. 둘은 상황과 대상에 따라 효과가 달라질 수 있다. 예를 들면, 부인에 대한 칭찬은 장인이나 장모에게 "집사람은 마음씨가 매우 착해요. 그리고 음식 솜씨도 장모님을 닮아서 아주 뛰어나요."라고 간접 칭찬을 하면 아내에게 직접 칭찬을 하는 것보다 더 효과적일 수 있다.

칭찬을 들을 때는 어떻게 해야 할까? 칭찬을 듣는 자세는 문화에 따라 차이가 나타난다. 영어권 사람들은 대체로 감사함으로 받아들이지만, 우리나라는 부정하거나 다른 사람의 도움으로 그렇게 되었음을 표현해야 겸손하게 칭찬을 듣는 것으로 본다.

> ❸ 선배 : (도구를 만지면서) 이건 이렇게 잘 올려 줘야 되는 거야.
> 후배 : 쉬워 보이는데…… 제가 해볼게요.
> 선배 : 오~ 잘하는데. 그래 그렇게 하는 거야.
> 후배 : 저 잘하죠. 제가 어릴 때부터 손재주가 있었거든요.
> 선배 : 이제 나보다 더 잘하는 거 같은데…… 내가 배워야겠는걸.
> 후배 : 하하하…… 선배도 참.

위의 대화는 공동작업실에서 선배가 후배를 칭찬하기 위해서 이루어진 것이다. 선배는 후배가 잘한 것에 대해서 말로 표현하지 않았지만, 담화상황 속에서 무엇에 대해서 칭찬을 하는지 구체적으로 알 수 있어서 문제점이 없는 것처럼 보인다. 그러나 후배의 '저 잘하죠'는 겸손하지 못한 말이다. 겸손하지 못한 말은 한 순간에 대화의 방향을 바꿀 수 있다. 그러나 위의 대화는 다행스럽게도 선배가 후배의 말을 용인함으로써 대화의 방향이 바뀌지는 않았다. 이렇게 자기 자신을 자랑하는 말은 공손의 원리에서 보면 '겸양의 격률'을 어긴 표현이 된다.

02 │ 질책의 대화

질책의 대화는 상대방의 잘못을 바로 잡아 더 이상 그런 일이 반복되지 않도록 하기 위한 말하기이다. 이미 이루어진 상대방의 행위가 잘못되었음을 밝혀야 하기 때문에 질책을 할 때는 유의해야 할 것들이 많다. '세 번 생각하고 한 번 말하라'는 격언의 대표적인 본보기가 질책이다. 질책을 할 때는 잘못이 드러난 행위에 한정해야 한다. 그렇지 않으면 상대방은 자존감의 상실, 무능함, 부끄러움 등으로 인해 마음의 상처를 입을 수 있다. 상대방이 마음의 상처를 입으면 자기의 잘못을 수긍하지 않고, 한 때 유행한 말처럼 '너나 잘 하세요!'라고 맞대응을 하기도 하고, 더 많은 잘못을 저지르거나 인간관계마저 외면하는 결과를 초래할 수 있다. 질책의 강도가 강하면 상대는 자기에게 이익이나 도움이 되는 말이 아니라 '저주, 위협, 협박' 등으로 느끼게 된다.

말할이의 판단으로 볼 때 상대가 질책 받을 만한 행위를 했더라도 반드시 상대가 그런 행동을 하게 된 사유를 들어보고, 질책할 필요가 있다고 판단될 때 질책을 한다. 질책을 할 때도 질책의 말을 하기 전에 들을이의 마음의 문을 여는 말을 먼저 해야 한다. 마음의 문이 열리지 않은 상태에서 이루어지는 질책은 들을이를 진정으로 생각하는 마음에서 이루어진 것으로 받아들이지 않는 경우가 많다. 질책이 들을이를 생각하는 마음에서 이루어지는 것임을 느끼도록 하기 위해서는 이성을 가지고 평온한 마음으로 해야 하며, 1 : 1로 품위 있는 말로 조용히 꾸짖어야 한다. 그리고 일관성 있는 태도로 간단명료하게 해야 할 뿐만 아니

라 개선 방법을 일러 주어야 하며, 일정한 시간이 지난 뒤에는 위로나 격려를 해
주어야 한다.

> ❹ A : 지금이 몇 시인데 이제 와?
>
> B : 엄마는 내 말도 안 들어보고 야단만 쳐.

❹는 늦게 집으로 돌아온 자녀에게 늦게 온 사유를 듣지도 않고 질책을 하는
대화이다. 이런 상황에서 더 나은 질책의 대화는 ❺와 같은 모양일 것이다.

> ❺ A : 늦게 왔네. 무슨 일이 있었어?
>
> B : 응, 오는 길에 할머니가 쓰러져 있어서 119에 신고하고, 병원으로 모시고 가
>   는 것을 보고 온다고 늦었어. 미안해. 걱정 많이 했지?
>
> A : 많이 놀랐겠구나! 우리 딸이 정말 좋은 일을 했네! 너가 아니었으면 할머니
>   가 큰일 날 뻔했겠네! 그렇더라도 집에서 기다리는 사람을 위해 전화는 해
>   야지.
>
> B : 응, 알았어. 엄마 미안! 다음에는 꼭 전화할게.
>
> A : 그래. 딸을 믿지 못한 엄마도 미안해.

❹와 ❺는 대화의 분위기나 오가는 목소리가 확연히 다를 것이라는 짐작은 누
구나 할 수 있을 것이다. ❹는 감정적이고 화가 난 상태에서 이루어진 질책이고,
❺는 이성적이고 평온한 상태에서 질책의 유의점을 잘 지킨 대화이다. 대체로 심
리적 거리가 매우 가까운 사람이 같은 잘못을 반복해서 하면 ❹와 같은 질책이
이루어질 가능성이 높다. 사람은 누구든지 잘못된 행동을 할 수 있는데, 그럴 때
❺와 같은 질책은 같은 잘못을 반복하지 않았을 때 이루어진다.

질책의 대화 방법은 '나-전달법(I-message)'이 좋다. '나-전달법(I-message)'은 주

어가 일인칭인 '나'로 문장을 시작하는 대화 방법을 말한다. '나-전달법'의 목적
은 상대방이 하고 있는 문제의 행동을 반발이나 저항 없이 변화시키는 데 영향
을 주려는 것이다.

> ❻ 언니 : 소연아, 음악 소리 좀 줄여 주겠니?
> 　　　네가 음악을 크게 틀어 놓으면, 나는 내 공부에 집중을 할 수 없고, 그러
> 　　　다 보면 정해진 날짜에 과제를 낼 수가 없어서 너무 스트레스를 받아.
> 　　동생 : 알았어, 언니. 진작 말하지, 나만 나쁜 사람 되었잖아.

　　질책은 상대의 감정을 다치게 하기 쉽다. 상대의 감정을 다치지 않게 하기 위
해서는 나의 감정을 객관적으로 표현하려는 노력이 필요하다. 나의 감정을 객관
적으로 표현하는 방법으로는 '나-전달법'이 도움이 된다.

03 | 부탁의 대화

　　부탁의 대화는 상대방에게 어떤 일을 도와 줄 것을 의뢰하기 위하여 하는 말
이다. 부탁은 상대방이 나의 의도대로 생각하게 하거나 행동하게 하는 것이 목적
이므로 넓은 의미로 보면 설득의 대화에 속한다.
　　상대가 나의 부탁을 들어 주도록 하기 위해서는 상대방의 마음을 움직일 수
있는 방법을 사용해야 한다. 부탁하는 내용에 따라서 달라지지만 어려운 부탁일
수록 부탁하기 전에 상대방에 대해서 최대한 많이 알아야 한다. 낯선 곳에서 길
을 물을 때는 그 지역 사람인지 아닌지를 알면 되지만, 부탁할 내용이 상대방에
게 큰 부담으로 작용할 수 있는 것이면 부탁할 내용과 관계된 상대방의 처지를

면밀히 살펴야 된다. 부탁을 할 때는 예의 바른 태도와 말로 안도감과 신뢰감을 갖도록 해야 하고, 부탁할 내용을 명료하고 간결하게 요약해서 정중하게 말해야 한다. 상대방이 부탁을 들어주면 보은할 것을 말하고, 감사의 인사를 전해야 한다.

> ❼ A : 이제 라면이 질린다.
>
> B : 왜 만날 라면만 먹나?
>
> A : 아! 요새 돈이 없어 죽겠다. 그래서 만날 라면만 먹는다.
>
> B : 용돈 다 썼나?
>
> A : 엉, 옛날에. 그래서 말인데 돈 좀 빌려도. 아가씨랑 데이트 가야 한다.
>
> B : 얼마나?
>
> A : 한 3만원만, 다음 달에 용돈 받으면 줄게.
>
> B : 싫다. 너한테 말라고 빌려주노? 언제 받을지도 모르는데.
>
> A : 아! 좀 빌려도.
>
> B : 싫다.

❼은 상대방의 마음을 움직일 수 있는 방법으로 동정심을 이용하고 있다. 상대방이 동정심에 약하다는 것을 알고 대화에 임했기 때문에 '얼마나?'라는 말까지 들을 수 있었다. '얼마나?'라는 말은 상대방은 지금 돈이 있고 빌려 줄 마음도 있다는 것을 단적으로 드러낸다. 그러나 그 다음에 전개 되는 대화를 보면 부탁은 성공하지 못하고 거절을 당하고 있다. 거절의 사유는 '언제 받을지도 모르는데'에 있다. 이 말은 두 가지 의미로 해석할 수 있는데, 하나는 돈을 빌려 주고 나면 상대방은 돈을 돌려받는 다음 달까지 용돈이 모자라서 어려움을 겪기 때문에 빌려 주기 싫다는 의미일 수도 있고, 두 번째는 동정심 때문에 빌려 줄 마음이 있었지만 '다음 달에 돌려주겠다'는 말을 듣고 이성적으로 판단할 때 부탁하는 사람을 신뢰하기 어렵고, 돌려받는 데 대한 안도감이 모자라기 때문에 빌려주기 싫다는 의미일 수 있다. ❼과 같은 부탁이 성공하기 위해서는 보은의 말이 불안한

안도감과 신뢰감을 보완할 수도 있을 것이다.

04 │ 거절의 대화

거절은 상대방의 부탁을 들어 주지 않고 물리치는 대화이다. 남이 나에게 부탁할 때, 될 수 있으면 부탁을 들어 주는 것이 좋은 인간관계를 형성하고 유지하는 데 꼭 필요한 마음의 자세이고 행동이다. 그러나 내가 남의 부탁을 들어 줄 수 있는 상황이나 처지가 되지 않으면 거절할 수밖에 없다. 이때 어려운 부탁을 하는 사람은 나를 잘 아는 사람이기 때문에 상대방과의 인간관계에 금이 가거나 단절되지 않도록 주의해야 한다. 거절을 할 때는 상대방이 충분히 납득할 수 있는 구체적인 이유를 들어 분명히 말하고, 부탁을 들어 주지 못하는 것에 대해서 미안함을 표현하는 것이 좋다. 목소리는 부드럽게 하고, 비언어적 표현도 충분히 한다.

> ❽ A : 급해서 그러는데 돈 있으면 좀 빌려 줘.
> B : ① 미쳤나, 너한테 돈 빌려 주게. ② 내가 너 은행이가?

❽은 요즘 부산지역의 젊은이들 사이에서 흔히 들을 수 있는 거절의 대화이다. ❽과 같은 대화는 거절의 이유를 분명히 밝힌 것으로 볼 수 있을지 모르겠다. 그러나 밝힌 이유가 돈을 빌려 주면 미친 사람이 되거나, 상대의 은행 역할을 하는 사람이 되기 때문에 우리 사회에서 용인될 수 없는 거절이 된다. 그러므로 (8)은 구체적인 이유를 밝혀서 거절한 것으로 보기 어렵다. 뿐만 아니라 부탁을 들어 주지 못하는 것에 대한 미안함이나 부드러운 목소리, 미안함이 묻어나는 표정도

없이 거절을 하는데, 이런 모양의 거절은 더 이상 인간관계를 유지할 수 없는 상태가 되므로 거절이 아니라 '거부'라고 할 수 있을 것이다. 그런데 이런 거부를 당하고도 친구관계를 유지하면서 다시 만나는 것을 보면, 좀처럼 이해하기 어렵다. 단지 짐작할 수 있는 것은 거친 말하기 환경에 많이 노출되었기 때문에 언어적 감각이 무디어져서, ❸과 같은 정도의 거부로는 마음의 상처를 입지 않는 것처럼 보인다.

거절의 대화는 말의 순서도 대단히 중요하다. 같은 말이라도 어떤 순서로 말을 하느냐에 따라서 들을이는 다르게 느낄 수 있다.

---

❾ A : 해운대에 엄마 심부름 가야 하는데 나는 해운대를 안 가봐서 낯설어서 그러는데 같이 가 줄 수 있니?

B : 미안해. 내일 제출할 과제가 많아서 지금 좀 바빠.

A : 갔다 와서 내가 도와줄게.

B : 해운대에 안 가봤으면 좀 그렇겠다. 어디가 어디인지 잘 모르고 가면 여러 가지로 힘들겠다. 그래도 내 과제는 내가 하고 싶어.

A : 알았어. 그럼 과제 해.

❿ A : 해운대에 엄마 심부름 가야 하는데 나는 해운대를 안 가봐서 낯설어서 그러는데 같이 가 줄 수 있니?

B : 해운대에 안 가봤으면 좀 그렇겠다. 어디가 어디인지 잘 모르고 가면 여러 가지로 힘들겠다. 그런데 내일 제출할 과제가 많아서 지금 좀 바빠.

A : 갔다 와서 내가 도와줄게.

B : 그래도 내 과제는 내가 하고 싶어. 미안해.

A : 알았어. 그럼 과제 해.

---

❾와 ❿은 대화의 내용이 같다. 그러나 ❾는 B의 '미안해'라는 거절의 말이 앞서기 때문에 그 뒤에 이루어지는 거절의 사유에 대해서 A는 듣지 않을 수도 있

고, 다른 뜻으로 해석할 수도 있을 것이다. 그러나 ⑩과 같은 순서로 거절이 이루어지면 A는 B의 말을 끝까지 다 들을 뿐만 아니라 제시한 거절의 사유도 진심으로 받아들일 것이다. 한 걸음 더 나아간 거절의 대화는 상대의 입장을 고려해서 대안을 제시해 주면 좋을 것이다. 예를 들면 '그래도 내 과제는 내가 하고 싶어. 미안해. 그런데 해운대는 낯설어도 폰 길찾기를 이용하면 쉽게 찾을 수 있을 거야.'와 같은 대안을 제시하는 것도 하나의 방법이 될 것이다.

05 | 격려의 대화

격려는 상대방의 용기나 의욕을 북돋우고 힘을 내게 하기 위해서 하는 말이다. 친분이 있는 사람이 어떤 일로 인해서 용기나 의욕을 상실하고 절망에 빠져 있을 때 우리는 그 사람에게 격려를 해 주어야 할 때가 있다. 격려를 할 때는 먼저 상대방의 처지를 이해하고 그것을 바탕으로 대책을 제시해 주어야 한다. 대책은 상대방의 능력과 장점으로 해결할 수 있는 것이어야 한다.

⑪ A : 나 시험 망쳤다.

B : 왜 많이 못쳤나?

A : 응 어떡하노. 많이 망친 것 같다.

B : 얼마나?

A : 몰라 아무튼 못쳤다.

B : 아 진짜…… 괜찮다 기말 남았다아이가.

A : 아 진짜 몰라.

B : 가자! 내가 음료수 사줄게.

❶❶은 시험을 잘 못 보아서 걱정하는 친구를 격려하기 위해서 이루어진 대화이
다. 친구의 걱정을 들어주기 위해 기말시험이 남았다는 것을 상기시켜주고, 위로
를 위해 음료수를 사겠다는 제안을 한 것은 잘 된 것으로 볼 수 있다. 그러나 상
대방의 능력과 장점을 바탕으로 대책이 제시되지 않은 점에서는 아쉬움이 있는
대화이다. ❶❶의 경우 ❶❷와 같은 모양의 대화가 이루어졌으면 더 좋았을 것이다.

> ❶❷ A : 나 시험 망쳤다.
>
> B : 왜 많이 못쳤나?
>
> A : 응 어떡하노. 많이 망친 것 같다.
>
> B : 얼마나?
>
> A : 몰라 아무튼 못쳤다.
>
> B : 아 진짜…… 괜찮다 기말 남았다아이가. 니는 공부도 잘하고 집중력도 좋아
>   서 기말에 조금만 더 노력하면 좋은 성적을 받을 거야.
>
> A : 아 진짜 몰라.
>
> B : 가자! 내가 음료수 사줄게.

06 | 사랑의 대화

사랑의 대화는 사랑을 키워가기 위한 말하기이다. 마음속으로 사랑을 하면서
사랑의 대화법을 몰라 상황과 대상에 걸맞지 않은 말을 함으로써 상대방에게 사
랑을 받지 못하는 경우가 많다. 사랑에 빠진 사람들을 비난할 때 '눈에 콩깍지가
씌었다'는 말을 하기도 한다. 이 말은 사랑에 빠지면 상대의 모든 것을 좋게만
바라보는 것을 비난하는 말일 것이다.

사랑에 빠진 사람들은 상대의 모든 것이 왜 좋게만 보일까? 아마도 그 근원은

상대를 냉철한 이성(理性)으로 바라보지 못하고, 달콤한 감성에 사로잡혀 있을 때 일어나는 현상일 것이다. 이렇게 보면 사랑하는 사람의 만남은 감성이 매우 활성화된다고 할 수 있다. 감성이 활성화되면 조그마한 변화에도 서로 민감하게 반응하기 때문에 대화를 할 때도 유의해야 할 것들이 많다.

부드럽고 달콤한 대화를 나누기 위해서는 유머와 위트를 적절하게 사용해서 대화에 활력을 주어야 하고, 상대방의 좋은 점을 들어 칭찬도 자주하는 것이 좋다. 상대방의 생활에 관심이 있음을 표현하고, 비유적인 언어로 사랑의 감정도 더 크게 전달하는 것이 좋다. 품위 있고 예절 바른 말을 구사함으로써 감정의 충돌을 최소화하려고 노력해야 하고, 화제가 빈곤할 적에는 상대방과 함께 겪은 과거의 경험을 화제로 삼아 이야기하는 것도 좋은 대화 분위기를 이어갈 수 있는 한 방법이 될 것이다. 그러나 분위기나 감성에 휘둘려서 자신의 비밀을 털어놓거나, 어떤 일에 대해서 거짓말을 하는 것은 둘의 관계를 위험에 빠뜨릴 수 있다는 점도 유의해야 한다.

읽기 자료

원세(圓世) 소통법, 중부매일, 2014년 08월 24일

[아침뜨락] 이종완 농협중앙교육원 교수

세상은 더불어 살아가는 곳이다. 타인과 좋은 관계 맺기가 행복과 성공의 근원이다. 관계는 소통으로 시작되고 소통은 관계로 완성된다. 좋은 관계가 좋은 소통을 낳고, 좋은 소통이 좋은 관계를 낳는다. 관계가 서먹서먹하고 불편하면 좋은 소통을 기대하기 어렵다. 상처를 주고받는 말에서 좋은 관계가 싹트기는 힘들다. 살면서 겪게 되는 많은 갈등과 문제는 불통(不通)에서 생긴다. 이것이 소통과 관계의 숙명이다.

역경(易經)에는 주변과 어울려 둥글게 살며 입신의 경지에 도달하는 '원이신(圓而神)'과 모난 것을 감수하고 원칙을 지키며 사는 '방이지(方以知)'라는 말이 나온다. 원만하고 둥글게 사는 '원이신'을 '원세(圓世)'라 하고, 모나지만 원칙을 지키며 사는 '방이지'를 '방세(方世)'라 한다.

작가 정순훈은 "세상살이를 하면서 겪는 괴로움이나 어려움은 대부분 인간관계에서 비롯된다. 그래서 원세(圓世)의 처세가 중요한 것이다."고 말한다. 세상살이에서 원세의 처세가 중요하다면 소통에서도 원세 소통법이 중요하다고 볼 수 있다. '원세 소통법'은 부드럽고 따뜻한 말로 소통하는 것이고, '방세 소통법'은 까칠하고 냉담한 말로 소통하는 것을 뜻한다.

세상은 내 생각대로 돌아가지 않는다. 인생은 양보하고 타협을 배워가는 과정이다. 살다보면 상대방과 내 생각의 차이를 좁혀야 할 때가 온다. 내 주장만을 고수하며 상대방을 사납게 비방하거나 매도하여 해치는 독설(毒舌)이 오고가면 생각의 차이만 키우게 된다. 나그네의 코트를 벗기는 것은 강한 바람이 아니라 따뜻한 햇볕이라고 했다.

'목소리 큰 사람이 이긴다.'는 문제해결 방식은 상대방과의 관계만 악화시킬 뿐이다. 부드럽고 따뜻한 말 한마디가 상대방의 마음을 열고 얻게 만드는 열쇠이다. 누군가의 닫힌 마음을 여는 데는 따뜻한 말만큼 효과적인 것이 없다. 상대방에게 너그럽게 대하고 부드럽게 말하는 것이 인생의 후회를 줄이고 성취를 이루게 하는 힘이다.

첫인상이 결정되는 시간은 5초라고 한다. 그 결정적 순간에 자신을 각인시키면 상대방을 추종자로 만들 수 있다. 상대방을 각인시켜 자신을 브랜드화 시키는 5초가 관계와 소통의 골든타임이다. 작가 이병률은 "말 한마디가 오래 남을 때가 있다. 다른 사람 귀에는 아무 말도 아니게 들릴 수 있을 텐데 쪼르르 내 마음 한가운데로 떨어지는 말. 한마디 말일 뿐인데 진동이 센 말. 그 말이 나를 뚫고 지나가 내 뒤편의 나무에 가서 꽂힐 것 같은 말"이 있다고 말한다. 누군가를 감동시켜 마음을 움직이는 말은 아무나 할 수 없고 흉내 낸다고 되는 것도 아니다. 부드럽고 따뜻한 말의 시작은 상대방을 존중하는 따뜻한 마음에서 움트기 때문이다.

시공테크 박기석 회장은 "30년간 기업을 운영하며 느낀 것은 인성 바른 사람이 일도 잘한다는 사실이다. 세상에 혼자 할 수 있는 일은 없다. 높은 성과는 남과 협력하고 시너지를 낼 때만 가능하다."고 말한다. 사람의 품격과 인성이 부드러운 말씨로 드러난다면 성과물은 구성원 상호간의 따뜻한 말과 소통에서 창출된다.

부드럽고 따뜻한 말 한 마디가 조직과 개인의 운명을 가른다. 같은 말도 독하게 내뱉는 사람이 있는가 하면 부드럽게 말하는 사람이 있다. 말하는 데 돈 들지 않는다는 것을 알면서도 좋은 말에 인색하다. 말은 곧 사람의 향기이고 인품이다.

언어생활과 자기표현 연습 답안지

강의시간 : 요일 교시	학과(부) :
학번 :	이름 :

다음 대화에서 유의점을 중심으로 지킨 것과 어긴 것을 찾아보자.

> A : 야, 니 오늘 좀 잘 생겼네!
>
> B : 니 갑자기 왜 이러는데.
>
> A : 아, 그냥 잘 생겼다고.
>
> B : 아, 왜 이러는데 갑자기 머꼬 말해라.
>
> A : 내 밥 사 먹을 돈이 없다. 돈 좀 빌리도.
>
> B : 아. 그거 때문이가?

지킨 유의점

....
....
....
....
....
....

어긴 유의점

....
....
....
....
....
....

> 엄마 : 철호야, 뭐하니?
>
> 철호 : 지금 컴퓨터 하고 있어요.
>
> 엄마 : 공부는 안하고 컴퓨터만 해도 되겠어!
>
> 철호 : 죄송해요. 이거 미션이 있어서 취소를 못하는데, 30분만 더하고 게임 끝내고 공부할게요.
>
> 엄마 : 아이구! 만날 하는 게임 그렇게 하고도 계속 하고 싶니?
>
> 철호 : 학교 갔다 온다고 요즘에는 오래 하지도 않는데 한 판 하는 것도 안 되는 거예요?
>
> 엄마 : 엄마 친구 아들은 이 시간에 학원 다니면서 공부한다는데 너를 보니 내가 답답해서 그런다. 도대체 커서 뭐하려고 컴퓨터만 하는 거니?
>
> 철호 : 공부한다고 받는 스트레스가 어느 정도일지 엄마는 알아요? 엄마는 진짜 아무것도 몰라. 엄마 미워!

지킨 유의점

....

....

....

....

....

....

어긴 유의점

....

....

....

....

....

A : 행님 휴대폰 바꿀 생각 없어요?

B : 생각이야 있지. 근데 왜?

A : 행님 요번에 싸게 하나 맞춰드릴게요. 저한테 사세요.

B : 왜? 니 휴대폰 가게에서 일하나? 통신사 어딘데?

A : △△요. 지금 가게에서 정책이 좋게 나와서 싸게 행사하고 있거든요.
　　행님 사시면 노마진으로 드릴게요. 행님, 하나 팔아주세요.

B : 아 진짜? 생각 한번 해볼게. 가격대는 어느 정도 나오는데?

지킨 유의점

어긴 유의점

A : 나 내일 아침 일찍 좀 깨워주면 안 돼?

B : 몇 시에?

A : 7시에 좀 깨워줘. 도서관 갈 거야.

B : 싫어. 저번에도 그래 놓고 안 일어났잖아.

A : 아니야, 내일은 진짜 일어나야 돼.

B : 나 내일 1시 수업이라서 늦잠 잘 거야.

A : 깨워주면 안 돼?

B : 미안해.

지킨 유의점

어긴 유의점

글 쓰 기 연 습 지	
월 일 요일 교시	학과(부) :
학 번 :	이 름 :

수 업 점 검 표		
강의 주제 :		월 일 요일 교시
학 번 :	이름 :	

자기 점검	나는 오늘 수업을 미리 준비해 왔다.	① ② ③ ④ ⑤
	나는 수업 내용으로 질문을 하였다.	① ② ③ ④ ⑤
	나는 적극적으로 수업에 참여하였다.	① ② ③ ④ ⑤
	나는 개인적으로 스마트폰을 사용했다.	① ② ③ ④ ⑤
	나는 수업 방해 행위를 한 적이 있다.	① ② ③ ④ ⑤

■ 나의 수업 태도를 통해 느낀 점은 어떤 것이 있는가?

제7장

발표(Presentation)

발표는 한 사람이 다수의 청중을 상대로 말하는 것으로 정치인의 연설, 웅변가의 웅변, 성직자의 설교나 설법, 교사의 강의, 회사원의 프레젠테이션, 학생의 연구발표, 학자들의 학술발표 등을 포괄한다. 대부분의 경우 발표의 내용은 발표자에 의해 사전에 준비되기 때문에 청중은 발표의 내용에 대해서 직접적으로 영향력을 행사하지는 못한다. 그러나 발표 내용에 대해서 최종적 판단을 내리는 쪽은 청중이므로 발표는 매우 치밀한 사전 준비 작업을 요한다.

01 | 발표 자료 만들기

1. 발표 준비

발표를 준비하는 일은 이전에 한 번도 존재한 적이 없는 새로운 무언가를 만들어내는 것이며, 어느 누구도 이렇게 디자인 한 적이 없는 것을 만들어내는 창조적 행위이다. 이러한 발표는 보통 준비하기, 숙고하기, 발현하기, 정련하기의 4가지 단계로 나눈다.

'준비하기'는 화제를 선정하고, 청중의 특성을 파악해서 소재를 수집하는 단계이다. '숙고하기' 단계에서 문제 해결의 실마리가 보이지 않으면 절망감에 사로잡히기도 한다. 이 시기에는 우리의 무의식적인 사고가 문제들을 해결하기 위해서 작업을 지속하고 있다. '발현하기' 단계에서는 흩어져 있던 해답들이 들어맞기 시작하며 깨달음이 점점 증가한다. 이러한 발현은 우리가 한참 발표 준비에 매달릴 때 찾아오기도 하지만 샤워나 산책 등 다른 행동을 할 때 찾아오기도 한다. 이때는 지난 수일 동안 했던 것보다 더 많은 것을 수 시간 안에 이룰 수 있다. '정련하기'는 쏟아져 나온 아이디어들을 점검하고 다듬는 과정이다. 이 과정을 거치지 않고 발표를 해 버리면 창의적으로 생산해 놓은 아이디어들이 세상의 빛을 보지 못할 수 있다.

1) 화제 선정하기

화제는 발표자의 경험이나 전문 영역, 관심 영역에서 도출하는 것이 좋다. 그러므로 화제를 도출하기 위해서는 스스로에게 많은 질문을 해야 한다. 활용할 수 있는 화제의 목록을 브레인스토밍 방법으로 도출할 수도 있다. 이 경우 떠오른 아이디어를 내적으로 검열해서는 안 된다. 말도 안 되는 아이디어가 좋은 아이디어를 떠오르게 할 수도 있고, 별것 아닌 아이디어들이 서로 엮어져서 탁월한 아이디어로 발전할 수도 있다.

브레인스토밍을 통해 다채로운 화제의 목록이 작성되었다면 그 중에서 우리가 말할 하나의 화제를 꼭 집어내기 위해서는 청중과 상황을 고려해야 한다. 청중이 어떤 사람이고, 왜 여기에 모여 있는지를 고려하면 화제 선택에 많은 도움이 될 것이다. 한국 주식시장의 변동에 관한 화제는 아무리 재미가 있더라도 초등학생들에게는 맞지 않을 것이다. 상품을 선전하거나 선거 유세를 하는 것은 추모식장에서는 적절하지 않을 것이다.

아직도 하나 이상의 화제가 목록에 남아 있다면 시의 적절하고 보편적인 화제를 선택하는 것이 좋다. 어떤 화제는 항상 있어 왔고, 앞으로도 인류 담화의 일부로 남아있을 것이다. 개인과 집단의 권리, 안전의 욕구와 모험의 욕구 등은 1000년 전에도 논의되었고, 100년 전에도 논의되었으며 앞으로도 계속 논의될 것이다. 현재의 사건을 이와 같이 영속적인 인류의 담화와 연결지을 수 있다면, 우리는 시의 적절하고 보편적인 것을 말하고 있는 셈이다.

2) 목표 설정

모든 말하기에는 일반적인 목적, 개인적인 목적, 기대하는 결과가 있다. 말하기의 일반적인 목적은 크게 '정보전달, 설득, 친교·정서'로 분류한다. 정보전달은 무언가를 설명하고, 가르치고, 정의하고, 분명히 하고, 예시하고, 지도하기 위한 말하기이며, 설득은 영향을 미치고, 확신을 주고, 동기를 부여하고, 무언가를 사게 하고, 전도하고, 행동을 촉발하기 위한 말하기이다. 친교·정서는 즐거움을 주고, 영감을 불러일으키고, 축하하고, 축사하고, 청중의 기억을 되살리기 위한 말하기이다.

하나의 목적만 가지는 말하기는 없다. 대부분의 말하기는 여러 가지 목적이 섞여 있으며 하나의 목적이 지배적인 역할을 할 뿐이다. 예를 들면 강의는 가르치는 것을 주목적으로 하지만 동시에 특정한 태도를 심어주는 역할을 한다. 선거유세는 지지자의 확보를 주목적으로 하지만 즐거움을 주기도 한다.

어떤 화제로 달성하고자 하는 개인적인 목적을 정하는 데 있어서 말하려는 일반적인 목적을 확인하는 것이 도움이 된다. 개인적인 목적을 명시화하는 과정에서 이야기를 하려고 하는 주요 이유들을 떼 내어보라. 여러 가지 잡다한 이유들이 많이 있겠지만 그것들 간의 명확한 우선순위를 정하지 않고서는 말할 내용을 고르고 조직하는 것도 녹록지 않을 것이다. 자신만의 개인적이고 현실적인 목적을 분명히 해야 말할 내용을 고르고 조직할 수 있을 것이다.

우리가 원하는 개인적인 목적을 명확히 했다면, 이제는 입장을 바꾸어서 청중으로부터 이끌어내고자 하는 행동을 명시해보라. 우리가 원하는 주요 결과를 확인하면, 우리는 말하기의 목적을 보다 분명히 이해할 수 있게 된다. 일반적인 목적에 내재해 있는 많은 하위 목적들은 청중으로부터 이끌어내고자 하는 구체적인 행동으로 진술할 수 있다. 청중들에게 기타를 배우게 하는 것이 우리의 궁극적인 목적이라면, 우리는 먼저 그들이 기타를 배우겠다고 결심하길 원하고, 둘째 그들이 기타를 사길 원하고, 셋째 그들이 기타 수업을 듣길 원하고, 마지막으로 그들이 기타 연습을 계속하길 원한다.

3) 청중 분석

발표는 화자의 심정적 의도만 있는 것이 아니며, 진공 속에 존재하는 텍스트만을 의미하지도 않는다. 화자는 청중에게 발표할 내용을 일방적으로 주는 것이 아니다. 화자와 청중이 서로 의미를 창출해 내는 것이다. 화자가 실제적으로 말하려는 것과 어떤 과정을 거쳐서 말한 내용을 청자가 해석하는 것으로써 발표 상황의 궁극적인 산출물이 산출되는 것이다. 그러므로 청중 분석은 발표의 계획에서 중요하다.

청중이 어떤 사람인지 알지 못한다면, 발표자는 말하고자 하는 것 중에서 강조해야 할 것이 무엇인지, 발표내용을 가장 효율적으로 제시하는 방법이 무엇인지 등을 포함해서 지적인 수준을 결정하기 어려울 것이다. 청중의 나이, 성별, 태도, 기대하는 것 등이 발표의 계획에 영향을 미친다.

4) 장소 분석

청중의 기대를 이해하기 위해서는 발표 장소(place)의 상황적 특징을 알아야 한다. 전문적인 학술대회에서 발표하는지, 청중이 집에서 왔는지, 아침 일찍부터 와서 기다리고 있는지, 얼마동안 말해주기를 기대하는지, 중간 휴식시간을 갖는지, 앞선 상황에서 오랫동안 보고를 들었는지, 자신의 발표가 핵심 이벤트인지, 혹은 발표자를 따르려고 하는지 등을 알면 발표에 도움이 될 것이다.

또한 발표장의 시설 및 비품에 대한 점검을 해야 하는데 빔 프로젝터 및 스크린의 설치 여부, 컴퓨터, 마이크 및 오디오 시설, 레이저포인터 준비여부, 칠판 및 화이트보드의 사용 가능 여부 등을 사전에 확인해 두면 발표시에 당황스러움을 줄일 수 있을 것이다.

2. 발표 내용 짜기

발표내용은 '도입부 – 본론부 – 결론부'의 삼단 구성으로 만드는 것이 좋다. 도입부는 청중의 관심과 흥미를 유발하며, 분위기를 무르익게 하고, 발표의 주제를 도입하며, 본론의 내용을 예고하는 기능을 한다. 청중의 관심을 끌기 위해서 '깜짝쇼, 긴장유발, 시각자료 소개, 이야기' 등을 사용하기도 하고, '인용, 주변 상황 코멘트, 신변잡담' 등을 사용하기도 한다.

관심 끌기 도입부의 예

❏ **깜짝쇼 기법**

누군가 초인종을 눌렀습니다. 멍구는 앉았던 자리에서 벌떡 일어나 갑자기 세 바퀴를 빙글빙글 돕니다. 그리고 문쪽으로 달려갔다 다시 소파 쪽으로 돌아옵니다. 다음에는 소파 위로 뛰어 올랐다가 다시 내려옵니다. 멍구가 미친 걸까요? 아닙니다. 멍구는 청각장애인의 귀를 대신해 주는 '보충견'입니다. 그는 방금 소리를 듣지 못하는 주인에게 문 밖에 손님이 와 있다는 것을 알려준 것입니다.

❑ 긴장유발 기법

지난 일요일 여러분 대부분이 그 이름을 알고 있는 한 남자가 아무 죄도 없는 사람을 정말 죽도록 두들겨 팬 사건이 발생했습니다. 수많은 사람들이 이 광경을 지켜보았지만 어느 누구도 이 광경을 말리려 하지 않았습니다. 이 남자의 행위는 정당방위도 아니었고, 원한 때문에 그런 것도 아니었습니다. 그는 단지 돈을 벌기 위해서 이 일을 한 것입니다. 그는 프로 권투선수이지요.

❑ 인용─잘 알려진 명언을 패러디하는 기법

"노병은 죽지 않는다. 다만 사라질 뿐이다." 어느 군인이 한 말입니다. "노병은 죽지 않는다. 다만 기운이 없을 뿐이다." 어느 개그맨이 한 말입니다. "노병은 죽지 않는다. 여전히 칼을 갈면서 기다릴 뿐이다." 몇 달 전 어느 회사에서 명예퇴직한, 아니 명예퇴직 당한, 아직도 젊디젊은 한 베테랑이 한 말입니다. 명예퇴직 제도! 이것이 지금 우리사회를 강타하고 있습니다.

본론부는 주요논점을 신중하게 선택한 후에 정확한 용어로 표현하고 전략적 구성(strategic organization)을 해야 한다. 강의실 발표에서 4~5개 이상의 주요논점을 피력할 여유는 없다. 발표의 길이와 상관없이 주요논점이 지나치게 많을 경우 청중은 내용 구성을 이해하기 힘들 것이다. 주요논점을 열거한 후에 지나치게 많아 보이면 다시 압축해야 한다.

주요논점은 주제와 목적, 청중에 따라 여러 방식으로 구성될 수 있다. '연대기적 순서(chronological order)'는 시간의 흐름을, 그리고 공간적 순서는 방향의 흐름을 따른다. 인과적 순서는 주요논점이 원인과 결과의 관계에 의해 구성된다. 주제별 순서는 주제를 다시 하위 주제로 나눌 때 적절하다. 문제─해결 순서는 본론을 문제 제기와 해결책 제시 두 부분으로 구성된다.

뒷받침이 되는 입증 자료는 주요논점을 지원해 준다. 입증 자료를 구성할 때는 그 자료가 지지해야 할 주요논점과 직접적으로 연관되는지 반드시 살펴야 한다.

결론부의 첫 번째 목표는 특별한 표현이나 전달 방법을 통해 청중에게 발표가 끝나감을 알리는 것이다. 두 번째 목표는 본론 요약, 인용문, 드라마틱한 선언, 서론 언급 등으로 핵심개념을 강화하는 것이다. 이 기법들은 두 개 이상을 혼합할 수도 있다.

3. 시각 자료 만들기

발표에서 자신의 메시지를 시각적으로 제시할 경우 청중은 흥미를 갖고 더 쉽게 파악하고 더 오래 기억한다. 시각 자료를 적절하게 활용하면 발표의 거의 모든 측면을 향상시킬 수 있다. 보통 수준의 발표자가 시각 자료를 이용할 경우 그러지 않은 발표자에 비해 준비성과 신뢰도 측면에서 더 높은 평가를 받는다. 시각 자료는 무대공포증을 없애는 데 도움이 되며, 청중의 흥미를 자극하고 발표자에게 자신감을 심어주기도 한다.

시각 자료의 종류는 다양하다. 발표와 관련이 있는 물건이나 모형이 가장 명백하다. 표, 스케치, 그림 등은 발표자가 직접 만들어서 자신의 논점을 정확하게 설명할 수 있어서 좋다. 그래프는 수와 관련된 주제에, 차트는 많은 덩어리의 정보를 요약하는 데 사용된다. 비디오는 시각 자료로 유용하지만 발표에 잘 통합되도록 편집해야 한다. 사진은 청중이 모두 볼 수 있을 정도의 크기여야 한다. 적절한 장비만 확보되면 멀티미디어 발표도 가능하다.

분명하고 시각적으로 매력이 있는 자료를 준비하려면 다음 여섯 가지의 기본 지침을 따라야 한다.

1) 미리 준비하라

어떤 시각 자료라도 발표 당일보다 일찍 준비해야 한다. 미리 준비하면 창의적이고 매력적인 자료를 만들 시간과 자원이 풍부하며, 자료를 이용해서 연습할 수 있기 때문에 유리하다.

2) 되도록 단순화 · 명료화 하라

과도하게 정교한 시각 자료는 구상하지 마라. 시각 자료는 청자가 한 부분을 다른 부분과 쉽게 구별하는 데 필요한 정도의 세부사항만을 담고 있어야 한다. 너무 많은 데이터와 함께 모아서 발표자가 어느 부분을 가리키는지 청중이 이해하지 못하도록 만들지 마라.

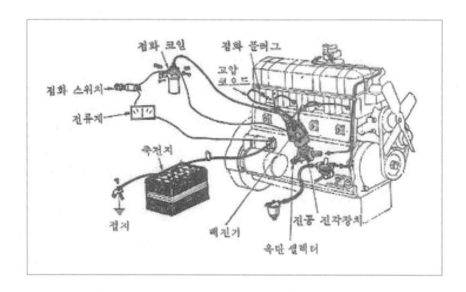

정보를 확산시킬 때는 지속성을 유지하라. 만약 원 그래프를 첫 번째 보조 자료로 사용했다면 유사하거나 관련된 정보를 다루는 어떤 후속 보조 자료도 원 그래프라야 한다.

3) 잘 보이도록 최대한 크게 만들어라

시각 자료를 쉽게 알아볼 수 없다면 무슨 소용이 있겠는가? 발표할 공간의 크기에 맞춰서 청중 모두가 알아볼 수 있을 정도의 충분한 크기로 자료를 만들어야 한다. 강단에서 자장 먼 곳에 가서 직접 가시성을 확인해 보라. 자신이 만든 자료의 글이나 그림을 자신이 잘 이해하지 못한다면 청중도 그럴 것이다.

컴퓨터로 자료를 제작할 때는 일반 활자 크기가 시각 자료용으로는 지나치게 작다는 사실을 명심하라. 파워포인트로 확대된 경우에도 마찬가지다. 전문가들은 제목을 36포인트, 소제목에는 24포인트, 본문은 18포인트를 추천한다.

모든 단어를 대문자로 사용한다면 모든 글씨가 쉽게 읽혀질지 몰라도 오히려 일반 활자보다 이해하기 어렵다는 연구결과가 있다. 제목이나 특별히 강조할 단어에만 대문자를 이용하라.

4) 알기 쉬운 글자체를 이용하라

시각 자료에 어울리는 폰트가 따로 있다. <표 7-1>의 왼쪽 장식체는 읽기 힘들고 청중의 관심을 분산시키기 때문에 피해야 한다. 반면 오른쪽은 덜 흥미롭지만 분명하고 읽기 쉽기 때문에 청중에게 친근하게 다가간다.

비효과적	좀 더 효과적
Airfoil Script	Airfoil Script
Bauble	Bauble
BLACK TIE ENGRAVED	Black Tie Engraved
Corruga	Corruga

〈표 7-1〉

5) 글자체의 종류를 제한하라

시각 자료에 다양한 글자체를 이용하면 매력적이겠지만, 지나치게 많이 사용하면 산만해지기 쉽다. 대부분의 전문가들은 하나의 시각 자료에서 두 개 이상의 폰트를 사용하지 말라고 충고한다. <표 7-2>처럼 제목용 폰트와 소재목과 본문용 폰트를 다르게 하면 좋다. 제목에는 주로 블록체가 사용되며, 소제목과 본문에는 둥근 활자체를 선호한다.

비효과적	좀 더 효과적
나 비 의 종 류	**나 비 의 종 류**
호랑나비	호랑나비
범나비	범나비
노랑나비	노랑나비

〈표 7-2〉

6) 색채를 효과적으로 이용하라

색채는 시각 자료에 힘을 더한다. 색채를 효과적으로 사용하면 인식력이 78퍼센트가 늘고, 이해력이 7퍼센트가 증가한다는 연구 결과도 있다. 같이 사용했을 때 전혀 효과를 발휘하지 못하는 색들도 있다. 붉은색과 초록색을 조합하면 가독성이 떨어지고 색맹은 이 두 색을 구분하지 못한다. 다양한 농도의 파란색과 초록색도 워낙 비슷해서 구별이 쉽지 않다. 주황색과 붉은색, 파란색과 보라색도 마찬가지다.

시각 자료에 지나치게 많은 채색을 하는 것도 좋지 않다. 차트와 그래프는 기능적인 목적으로 일관성 있게 사용될 수 있는 색채 몇 가지로 제한해야 한다.

7) 차트, 그래프, 표는 정보의 종류에 따라 적합한 것을 이용하라

일반적으로 선 그래프는 막대 그래프보다 추세를 보여주는 데 더 적절하고, 원

그래프는 선 그래프보다 전체에 대한 부분의 관계를 보여주는 데 더 좋다.

유형	주된 활용 방법과 사례
막대그래프/픽토그램	비교 특히, 양이나 빈도 비교하기 • 은행별 이율 • 컴퓨터 운영 체계별 사용자 수 • 지역별 판매고
선 그래프	시간에 따른 추세나 변화를 보여주거나 또는 한 요소가 또 다른 요소에 의해 받는 영향 보여주기 • 5년간 매년 신규 가입자 수 • 운동 수준에 따른 심장 박동 수 • 1년간 매월 상해 사건 수
원 그래프	부분과 전체의 관계, 상대적 비율, 백분율 등을 보여주기 • 부서별 프로젝트 비용 • 정당 선호별 유권자 수 • 대륙별 곡물 생산량
흐름도	과정 즉 관련된 일련의 결정이나 행위 보여주기 • 문제의 원인을 조사하고 해결하는 단계들 • 조직 내 정보의 흐름 • 컴퓨터 조립하기
표/격자	대량의 데이터를 한꺼번에 보여주거나, 분절된 요소를 병치하거나 비교하기 • 남녀 평균 수명을 보여주는 보험 통계표 • 연령 및 장소에 따른 풍진 감염률 • 상품별 특징 비교 점검표

〈표 7-3〉 차트, 그래프, 표 이용하기

02 발표하기

발표는 비언어적인 커뮤니케이션의 문제이다. 언어로 표현된 메시지를 전달하기 위해 발표자가 자신의 목소리와 몸을 어떻게 사용하는지에 관한 것이다. 효과적인 발표는 청중의 관심을 분산시키지 않으면서 발표자의 생각을 분명하고 흥미 있게 전달한다.

목소리를 효과적으로 이용하려면 성량과 고저, 속도, 멈춤, 목소리의 다양성, 발음, 조음, 사투리를 통제해야 한다. 성량은 목소리의 상대적인 크기이며, 고저는 상대적인 높음이나 낮음을 뜻하고, 속도는 말하는 빠르기의 정도이다. 이상적인 속도는 정해져 있는 것은 아니다. 발표자가 만들어 내려는 분위기나 청중의 구성, 상황에 따라서 빠르기는 달라진다. 타이밍을 잘 조절하면 멈춤이 큰 효과를 줄 수 있지만 허사를 이용한 멈춤("어~, 음~" 등)은 피해야 한다. 성량, 고저, 속도, 멈춤의 변화를 이용한 목소리의 다양성은 발표에 생기를 주는 데 필수적이다. 단어를 정확하게 발음하고, 또렷하게 조음해야 한다. 또한 청중이 발표자와 동일한 사투리를 사용하지 않거나 부적절하다고 여길 때는 사투리를 자제해야 한다.

자세, 외모, 얼굴표정, 제스처, 시선 맞추기 등도 청자가 발표자에게 반응하는 방식에 영향을 준다. 적절한 의상을 선택하고, 몸 움직임을 통해 메시지를 강화하고, 청중과 시선을 교환하는 것이 좋다.

불안감 대처하기

① 무대공포증을 거부하거나 없애려고 노력하기보다는 불안감을 부정적인 힘이 아니라 긍정적인 긴장으로 바꾸는 데 집중하자.
② 말하기 경험을 쌓는다.
③ 준비하고, 준비하고, 또 준비한다.
④ 긍정적으로 생각한다.

부정적인 생각	긍정적인 생각
• 이 발표를 하지 않았으면 좋겠어. • 나는 좋은 발표자가 아니야. • 발표할 때 늘 불안해. • 내 말에 아무도 관심을 갖지 않을 거야.	• 이 발표는 내 생각을 다른 사람과 나누고 발표자로서 경험을 쌓을 좋은 기회야. • 완벽한 사람은 없어. 나는 발표할 때마다 조금씩 나아질 거야. • 다들 발표를 앞두고는 불안해하지. 다른 사람들이 극복한다면 나도 할 수 있어. • 내 주제는 훌륭하고 준비도 철저하게 해뒀어. 사람들은 분명히 흥미를 가질 거야.

⑤ 시각 자료를 활용한다.
⑥ 불안감은 대개 드러나지 않는다는 사실을 인식한다.
⑦ 완벽을 기대하지 않는다.

시각 자료 사용 요령

① 칠판을 사용하지 마라.
② 청중의 시선이 닿는 곳에 시각 자료를 제시하라.
③ 시각 자료를 청중에게 직접 줘서 돌려 보게 하는 것은 피하라.
④ 시각 자료는 그것에 대해 말하고 있는 동안에만 보여줘라.
⑤ 시각 자료가 아니라 청중을 보고 말하라.
⑥ 시각 자료에 대해서 분명하고도 간략하게 설명하라.
⑦ 발표에 사용할 시각 자료를 갖고 충분히 연습하라.

　　몇 년 전에 한 젊은 엔지니어가 첨단 기계의 디자인을 제안했다. 그는 회사 간부들에게 그 기계에 대해 설명하고 투자할 만한 가치가 있다고 설득해야 했다. 그는 제안할 내용을 세심하게 작성하고, 슬라이드 등의 시각 자료를 준비하며, 회의실의 복잡한 강단과 프로젝션시스템을 이용해서 미리 연습하는 것이 좋다는 조언을 들었다.

　　불행히도 그 엔지니어는 설계 실력은 탁월했지만 발표 준비에는 그 정도의 노력을 기울이지 못했다. 무엇보다 그는 발표 때 실제로 사용할 장비로 연습하지 않았다. 발표장에서 그는 실내조명을 어둡게 한 후에 자신의 메모를 읽을 수 없어 당황하기 시작했다. 스크린에 처음으로 띄워진 슬라이드도 그의 것이 아니라 이전 발표자의 것이었다. 그는 간신히 자신의 슬라이드를 띄웠으나 활자가 너무 작아서 첫 번째 줄에 앉은 사람조차 읽을 수가 없었다.

　　뿐만 아니라 그는 레이저 포인터의 전원을 켜지 못해서 강단에서 스크린 앞까지 걸어가서 자신이 말하는 부분을 직접 가리켜야 했다. 그 와중에 마이크를 강단에 놔둔 바람에 뒤쪽에 앉은 사람들은 그의 말을 듣지도, 스크린의 글자를 잘 보지도 못했다.

　　설계 슬라이드가 띄워졌을 때 그는 스크린 옆에서 서 있었기 때문에 중요한 부분을 제대로 볼 수 없었다. 실내조명이 너무 어두워서 자신의 메모를 확인하지 못했고, 결국 무슨 말을 해야 할지도 잊었다. 레이저 포인터 대신 철심이 달린 포인터를 이용하다가 그만 스크린에 구멍을 뚫었다.

　　그는 좌절감에 사로잡혀 슬라이드를 포기하고 조명을 켠 후에 남은 부분을 후다닥 마쳤다. 그의 말이 워낙 빨라서 청중은 알아들을 수조차 없었다. 결국 그는 자신이 청중에 대한 당혹감에 그만 바닥에 주저앉았다.

Eric A. Walker, "About the 'Death' of an Engineer" Centre Daily Times, April 25, 1972

신체적 행동이 발표에 미치는 영향

션 오코너의 첫 번째 발표는 별로였다. 그는 흥미로운 주제를 선택하고 세심하게 조사하고 열심히 연습했지만 자신의 몸을 효과적으로 이용하는 법을 고려하지 못했다. 마침내 자기 차례가 되자 션은 겁먹은 표정으로 자리에서 일어나 단두대에 끌려가는 사람처럼 강단으로 터벅터벅 걸어갔다. 그의 목소리는 훌륭했지만, 그의 손이 문제였다. 그는 두 손으로 메모지를 만지작거리고 셔츠 단추도 만지고 머리카락도 만졌다. 발표 내내 고개를 숙이고 손목시계로 시간을 확인했다. 그는 자신의 발표내용과 무관하게, "이 자리에 있고 싶지 않아!"라고 온 몸으로 말하고 있었다.

드디어 발표가 끝나자 션은 자기 자리로 달려가서 푹 앉으며 안도한 표정을 지었다. 당연히 그의 발표는 성공적이라 할 수 없었다.

이러한 문제점을 지적받고 션은 태도를 고치려고 부단히 노력했다. 그의 두 번째 발표는 많이 달랐다. 그는 자리에서 일어나 자신감이 넘치는 태도로 강단으로 걸어갔다. 그는 두 손을 잘 모으고 청중과 시선을 마주하는 데 집중했다. 실은 그는 처음 발표할 때와 비슷한 정도의 불안감을 느끼는 상황이었기 때문에 이렇게 행동하는 것은 대단한 발전이 아닐 수 없었다. 하지만 그는 자신감이 있어 보이는 척하면 실제로 자신감이 생긴다는 사실을 깨달았다. 그가 발표를 마치자 친구들은 칭찬을 아끼지 않았다.

사실 그의 두 번째 발표내용은 첫 번째 것과 거의 비슷했다. 단지 신체적 행동 때문에 이런 차이가 생긴 것이다. 그가 자리에서 일어나 다시 돌아올 때까지 그의 몸은 "나는 자신감이 넘치고 이 상황은 내가 통제할 수 있어. 나의 발표내용은 의미 있고, 중요한 것이니 듣는 여러분도 그렇게 생각해 주기를 바래."라고 말하고 있는 듯했다.

1. TV에서 날씨 예보를 보자. 아나운서가 자신의 메시지를 전달하기 위해 어떤 식으로 시각 자료를 활용하는가? 시각 자료가 메시지의 명확성, 흥미, 지속성을 어떻게 강화하는가?

2. TV 드라마를 묵음처리해서 10분간 시청해 보자. 배우들이 의상과 제스처, 얼굴표정을 통해 무엇을 말하고 있는가? TV 코미디도 같은 방식으로 보자. 두 프로그램의 비언어적인 메시지에 어떤 차이가 있는가? 관찰한 내용을 발표해 보자.

글 쓰 기 연 습 지

월 일 요일 교시	학과(부) :
학 번 :	이 름 :

발 표 연 습 지	
월 일 요일 교시	학과(부) :
학 번 :	이 름 :

발표 주제 :

인사말 :

발표 목적 :

청중 칭찬 :

가장 하고 싶은 말 :

관련 이야기(재미/경험) :

끝맺음말 :

168

수 업 점 검 표		
강의 주제 :		월 일 요일 교시
학 번 :	이름 :	

자기 점검	나는 오늘 수업을 미리 준비해 왔다.	① ② ③ ④ ⑤
	나는 수업 내용으로 질문을 하였다.	① ② ③ ④ ⑤
	나는 적극적으로 수업에 참여하였다.	① ② ③ ④ ⑤
	나는 개인적으로 스마트폰을 사용했다.	① ② ③ ④ ⑤
	나는 수업 방해 행위를 한 적이 있다.	① ② ③ ④ ⑤

▣ 나의 수업 태도를 통해 느낀 점은 어떤 것이 있는가?

발 표 평 가 서

주 제 :

발표자 :

평가내용	평가척도		
	나쁨 4이하	보통 5-7	좋음 8-10
외모나 복장, 태도, 인사는 바르게 하는가?			
당당한 자신감과 열정으로 임하는가?			
손짓과 몸짓은 자연스러운가?			
시선처리는 올바르게 하고 있는가?			
적절한 음성과 발음, 억양으로 전달하는가?			
말의 속도는 적당한가?			
제시한 자료는 이해하기 쉽고 논점이 분명한가?			
시각 자료는 잘 작성되었는가?			
차트와 그래프, 표는 정확하게 사용하고 있는가?			

장점 :

단점 :

평가방법 : 각 항목별로 점수를 기입하거나 체크(∨)한다. 평가내용 외에 발표자의 장단점에 대
해서 언급할 사항이 있으면 하단에 기록한다.

제8장

면접

면접은 인재를 뽑는 쪽에서 보면 필기시험이나 학점 및 자격증 등 서류만으로는 알기 어려운 응시자의 인품, 창의력, 업무추진력, 리더십, 의사소통능력, 언행, 태도 등을 살피기 위해 것이고, 응시자 쪽에서 보면 자신이라는 상품을 팔기 위한 과정이다.

01 | 면접을 위한 기초 준비

지원하는 회사에 대한 충분한 사전지식이 필요하다. 회사의 연혁, 회장 또는 사장의 이름, 그의 출신학교, 그의 전공과목, 요구하는 신입사원의 인재상, 회사의 사훈 및 정관, 창업정신, 회사의 대표적인 상품과 특색, 업종 계열사의 수, 경쟁사와 비교했을 때 그 회사가 가지고 있는 장단점, 회사의 잠재적 능력개발에 대한 제언 등을 알고 성의 있게 면접에 임하는 자세를 보여줄 수 있어야 한다.

위와 같은 질문은 면접에서 가장 기본적인 것으로 사전에 반드시 조사해 두고 말할 내용도 연습해 두는 것이 좋다.

면접하는 날은 아침 일찍 대중매체의 새로운 정보를 읽고 가는 것이 좋다. 시사적인 문제에 대한 질문을 받게 되는 경우 당황해서 답변을 하지 못하는 일이 없도록 평소에 시사 문제를 꼼꼼하게 읽어두는 버릇을 길러야 한다.

면접에서는 첫인상이 중요하다. 면접에서 지원자의 첫인상을 평가하는 데 평균 2분 36초가 걸리고, 첫인상이 당락에 미치는 영향은 46.7%나 된다는 조사 결과도 있다. 그리고 첫인상에 가장 영향을 주는 부분은 얼굴 표정(25.6%)이었으며, 말투(22.2%), 바른 자세(19.4%), 이목구비 등 외모(10.3%), 복장(7.8%) 등의 순서로 나타났다. 첫인상을 좋게 하기 위해서 성형 열풍이 불고 있지만 첫인상은 예쁜 외모만으로 만들어지는 것이 아니다. 그러므로 첫인상을 좋게 하기 위해서는 밝은 표정과 예쁜 미소를 지을 수 있도록 노력하고, 고운 말투와 바른 자세도 연습이 필요하다.

면접에서 가장 많이 등장하는 질문은 '자기소개'이다. 응시자들은 '자기소개'를 '소개'에 그쳐서는 안 된다. 주어진 자기소개 시간을 '자기 PR'의 기회로 활용해야 한다. 자기소개에 포함되는 내용은 가족상황과 대학생활, 성격의 장·단점 및 지원 동기, 미래의 계획 등이다.

성격의 장·단점을 이야기할 때는 어설프게 명랑함·적극적·진취적 등을 장점으로 내세우는 것보다 자신의 단점을 장점으로 반전시킬 수 있는 지혜가 필요하다. 예를 들어 흔히 단점으로 비치는 소극적 성격을 가진 사람이 "자신은 적극적인 것이 장점이며 소극적 성격은 단점"이라고 말하는 것은 금물이다. "소극적인 점이 단점으로 비칠 수 있지만 오히려 신중하고 진지하다는 면에서는 그렇게 볼 수 없다."는 식의 표현을 통해 전화위복의 계기로 삼는 것이 좋다. 그리고 특정 분야를 지망하지만 해당 분야와 관련된 특별한 경험이나 지식, 자격 등이 없는 경우 일에 거는 <의욕>을 강조할 필요가 있다.

하지만 이때 필수 요소는 그 근거가 명확해야 한다는 점이다. 단순히 <멋진 일에 대한 동경>으로 보이지 않도록 지원 동기와 자신의 미래상에 연관지어 <왜 이 일에 의욕이 있는가?>를 설명해야 한다. 단 지원 동기와 미래 계획은 실례를 들어가며 구체적으로 표현할수록 설득력을 가질 수 있다.

이밖에 자신이 지원한 업계 동향 등을 말할 때 전반적 현황을 늘어놓거나 평론가적 해설을 되풀이하는 것은 삼가는 편이 좋다. 많은 응시자들 가운데 두각을 나타낼 수 있는 가장 좋은 방법은 현재 회자되고 있는 업계 동향에 대한 문제점을 들고 일반적 의견에 반대 의견을 제기하는 것이다. 꼭 맞는 말이 아니라 하더라도 흐름이 논리적이기만 하다면 좋은 점수를 얻을 수 있으므로 실수를 해도 좋다는 각오로 <지식>보다는 <의견>을 마음껏 피력하는 쪽이 자신의 인상을 강하게 남길 수 있다.

이 세상의 모든 시험이 다 그렇듯이, 문제에는 반드시 출제자의 의도가 숨겨져 있다. 따라서 출제자의 의도만 꿰뚫는다면 문제는 저절로 풀리는 법이다. 그런데 출제자의 의도를 무시하고 자기 마음대로 답안을 쓰면, 틀리지는 않았다고 할지라도 합격으로 연결되지 않는 결과를 불러오고 만다. 그렇다면 '자기소개를 해 보십시오.'라는 문제 속에서, 출제자인 면접관은 무엇을 알고 싶어 하는 것일까?

자기소개라는 단어는 대단히 추상적이며 넓은 의미를 포괄하고 있다. 혈액형에 관한 이야기도, 이름에 얽힌 사연도, 어릴 때의 추억도, 출신지에 대한 이야기도, 별자리에 관한 이야기도, 말하는 사람에 관한 일이라면 모두 자기소개가 될 수 있다. 물론 이런 것들도 자기소개임은 틀림없지만, 면접의 자기소개라는 조건이

붙으면 득점으로 이어져야 한다. 그렇지 않으면 단순한 소개에 지나지 않게 된다.

면접의 자기소개를 한마디로 말하면, '지금까지 무엇을 해왔는가?'라는 말로 집약할 수 있다. 앞에서 늘어놓은 말도 모두 자기소개임에는 틀림없지만, 면접의 자기소개로서 적합한 것과 적합하지 않은 내용이 있다.

02 | 직종별 면접 준비

<사람인>에 의하면 취업전문가와 기업 채용담당자들은 "직종별 어울리는 인상이 따로 있다."고 하며, 직종에 따라 면접 준비 방법은 따로 있다고 한다.

1. 전략/기획직

'전략/기획직'에 종사하는 사람은 턱이 뾰족하고 역삼각형 얼굴이 많다. 머리가 넓은 것은 두뇌 회전이 좋다는 뜻이고, 턱이 좁은 것은 생각을 많이 하는 사람의 특징이기 때문이다. 이런 얼굴을 가진 사람은 지구력이 약하다는 단점도 있다. 눈 좌우 길이가 긴 사람은 앞일을 길게 보고 계획을 짠다. 장기적인 전략을 짜야 하는 기획 업무에 잘 맞는다. 체형은 뼈가 가늘고 마른 듯한 사람이 상당수다. 전체적으로 성격이 온순하면서 예민해 보이는 사람이 이 직업에서 일하는 경우가 많다.

역삼각형 얼굴의 소유자는 성격이 세심하고 예민한 편이다. 이 사람들은 면접관의 질문에 지나치게 감정적으로 반응하면 안 된다. 면접관은 예민해 보이는 사람에게 일부러 공격적인 질문을 한다. 지원자가 조직생활에 적합한지 보기 위해서다. 지원자들은 당황스러운 질문에도 유머 등을 섞어 원만하게 넘어갈 수 있도록 준비해야 한다.

2. 영업직

이목구비가 큼직하게 생긴 사람들은 대부분 성격이 활발하다. 특히 입을 크게 벌리고 웃는 사람은 적극적인 성격의 소유자다. 뺨에 살이 통통하면서 광대뼈가 두드러진 얼굴이 영업직에 적합하다. 적극적이면서 대인 관계가 좋기 때문이다. 보험설계사들 중 이런 얼굴을 가진 사람이 많다. 코끝이 둥그스름하게 생긴 인상도 사람을 잘 사귄다. 입술 위 모양이 갈매기 날개처럼 생기면 언변이 좋다.

인상이 좋은 사람도 면접에서 웃지 않으면 감점을 받는다. 원만하고 호감이 가는 인상을 가진 사람도 자신의 장점을 살리지 못하면 면접 때 좋은 점수를 받지 못한다. 성격이 활발한 어떤 사람이 면접에서 너무 긴장해서 면접관의 질문에 딱딱한 표정으로 답했다. 결과는 탈락이다. 영업직에 지원하는 사람들은 좋은 인상을 살려 웃는 모습으로 면접에 임해야 한다.

3. 광고/홍보/마케팅직

광고업계 종사자는 머리 모양이 앞·뒤·옆으로 동그란 경우가 많다. 이 사람들은 톡톡 튀는 아이디어가 많아 창의적인 일에 잘 맞는다. 눈이 앞으로 튀어나온 사람은 남이 생각하지 못하는 발상을 한다. 홍보 종사자들의 경우 눈매가 중요하다. 눈빛이 살기를 띠거나 눈 흰자위가 자주 보이면 좋지 않다. 눈 안에서 빛이 나는 사람은 상대에게 호감을 준다. 아랫배에서 묵직하게 올라오는 목소리를 내는 사람도 홍보 업무에 어울린다. 목소리가 걸걸한 사람은 카리스마가 있을지 몰라도 이 일에 맞지 않다.

광고·마케팅 직종 면접 준비를 하는 사람들은 감성적인 성격의 소유자가 많다. 이 사람들은 감정적인 이야기에 빠지지 않도록 주의해야 한다. 가정사나 개인사에 대해 말을 늘어놓으면 전문성이 부족해 보인다. 평범한 인상의 소유자라면 면접에서 자신의 개성을 강조하는 것이 좋다. 평범한 인상을 가진 어떤 이는 면접에서 컬러명함을 면접관들에게 나눠 주며 자신을 홍보했다. 그는 창의성을 높이 평가받아 바늘구멍을 통과했다.

4. 연구/서비스직

이 업종에는 코끝과 턱이 뾰족한 사람이 상당수다. 이 인상의 소유자는 사람들과 어울리는 것보다 혼자 연구하는 것을 더 좋아한다. 볼의 살이 적은 사람도 연구직에 잘 맞는다. 연구직 중 코끝이 둥근 사람도 종종 있다. 서비스업 종사자들은 대개 코 높이가 낮다. 이 인상의 소유자는 남들 앞에서 자신을 낮출 줄 안다. 또 초승달 모양의 옅은 눈썹을 가진 사람도 서비스업에 잘 맞는다.

연구직 면접 준비를 하는 사람이라도 너무 소극적인 인상은 좋지 않다. 조직에 적응하기 힘든 사람으로 보일 수 있다. 서비스업 면접 준비를 하는 지원자는 단정하고 얌전한 이미지를 연출하는 것이 좋다. 자신의 개성을 지나치게 내세우면 면접관에게 좋은 점수를 얻기 힘들다.

03 | 면접의 유형

면접은 기업에 따라 다양한 형태로 이루어지는데 그 유형은 '일반적인 면접, 직무능력 평가 면접, 이색 면접, 인터넷 면접' 등으로 나눌 수 있다.

1. 일반적인 면접

이 유형은 오랫동안 이용해 왔던 면접의 방식으로 면접관과 응시자 사이에 질의－응답이 이루어지는 것이다. 이때는 이야기할 내용을 간결하게 정리해서 말하고 너무 일반적이고 당연한 대답이 되지 않도록 주의한다. 일반 면접은 면접자의 수에 따라 '단독 면접'과 '집단 면접'으로 나눌 수 있는데, 단독 면접은 짧은 시간 내에 '나는 이런 사람이다'라는 것을 충분히 보여줄 수 있도록 간단명료하게 자신의 장점과 단점을 요약해서 말해야 한다. 집단 면접은 여러 명의 수험생을 여러 명의 면접관이 평가하는 방식으로 면접자의 비교를 통해서 객관적인 평가를 이끌어낼 수 있는 장점이 있다. 집단 면접에서는 눈에 띄기 위해 혼자서 자기주장만 하거나, 다른 사람이 말할 때 한눈을 팔거나, 발언기회를 놓치고 당황하는 일이 없도록 해야 한다.

2. 직무능력 평가 면접

이 유형의 특징은 한정된 시간 내에 우수한 인력을 가려 뽑기 위하여 지원자가 가지고 있는 능력을 주어진 시간 안에 충분히 발휘할 수 있도록 하는 것이다. 이 방식이 활용되는 면접의 유형은 '집단 토론, 프레젠테이션, 동료평가, 합숙, 무자료 면접' 등이 있다.

집단토론은 전체 속에서 개인의 리더십, 판단력, 설득력, 협동심 등을 평가하기 위한 것이다. 토론의 주제는 시사성을 지닌 것들이 많이 제시된다.

프레젠테이션은 문제해결능력, 전문성, 창의성, 기본 실무능력 등을 관찰하는 데 중점을 둔다. 프레젠테이션은 전공지식이나 상식, 사회변화가 지원 회사에 미치는 영향과 향후 나아갈 방향에 대한 주제가 많다.

동료평가는 조직의 적응도, 팀워크 등을 살필 수 있는 평가방식이고, 합숙은 면접자의 인간적인 측면을 평가하는 데 주목적이 있다. 그리고 무자료 평가(blind interview)는 면접자에 대한 기초 자료 없이 표준 질문지만으로 면접하는 방식으로 편견이나 고정관념 등에서 벗어나 지원자를 공정하게 평가하려는 방식이다.

3. 이색적인 면접

그 기업만의 독특한 방식으로 기업이 원하는 인재를 찾으려는 데서 시작되었다. 지금까지 알려진 방식은 다차원 면접, 자율복장 면접, 현장 리크루팅 면접, 압박 면접(황당/모욕 면접) 등이 있다. 다차원 면접은 장소를 놀이공원, 사우나, 술집, 음식점, 운동장, 노래방 등으로 옮기면서 다양한 방법으로 자연스럽게 지원자를 파악할 수 있는 면접이다. 자율복장 면접은 디자인 관련 직종이나 서비스 관련 직종, 벤처기업에서 주로 이루어지는 방식이다. 자신의 이미지에 가장 적합한 패션을 연출해 자신의 창의적이고 감각적인 능력이 드러나도록 한다. 현장 리크루팅 면접은 취업 박람회에서 인재를 발견하는 즉시 실시하는 면접이다. 지원자의 발표력, 도전의식, 창의적인 사고력 등을 평가하는 방식이다. 압박 면접은 지원자들을 당황하게 하거나 모멸감을 느끼게 하는 방식으로 진행된다. 이런 면접의 근본 목적은 지원자들이 위기상황의 대처능력이나 근원적인 인성을 알아보려는 것이다.

인성을 중시하는 이유는 '심모원려(深謀遠慮 : 깊이 고려하는 사고와 멀리까지 내다보는 생각)'가 깔려 있다고 한다. 인성이 좋지 않은 사람은 '썩은 사과'처럼 주변의 다른 사람들까지 버려놓는 경우가 많다. '저렇게 해도 잘리지 않는구나'란 생각이 퍼질 수 있기 때문이다. 러셀레이놀즈의 고준 상무는 "천재 여러 명을 고용하는 것보다 '또라이' 한 명을 제거하는 게 나을 수 있다"고 조언했다.

또 인성이 좋지 않은 사람은 높은 자리로 올라갈수록 조직에 점점 더 큰 해악을 끼치게 된다. 로버트 서튼 미국 스탠퍼드대 교수는 "성격이 모질고 독한 사람이 많은 성과를 낸다"는 속설을 학문적으로 부정한 바 있다. 그는 "인성이 나쁜 사람, 특히 상사 때문에 발생하는 피해(창의성과 근로의욕 감소, 인재 유출)는 그 사람이 이끌어내는 이익보다 항상 크다"며 '총 또라이 비용(Total Cost of Jerks)'이란 개념을 제시했다.

인성이 뛰어난 사람들을 뽑는 것은 인재 육성 차원에서도 도움이 된다. 서튼 교수가 말하는 '또라이'들은 목적을 위해 수단을 가리지 않고 업무 성과보다는 내부 경쟁과 승진에 더 관심이 많은 경우가 대부분이다. 채용 단계에서 미리 이런 사람들을 걸러내면 인성과 실력이 뛰어난 진정한 인재들이 쓸데없는 에너지를 낭비하지 않고 성장할 수 있게 된다.

mikemoon@donga.com 문권모 · 장강명 · 김범석

매스컴을 통해 알려진 압박 면접 가운데 모욕적인 것은 '공부 엄청 못했나봐, 외모 때문에 고생 좀 하죠?, 그런 외모는 사회생활에 플러스가 안 된다. 외모 때문에 사회생활이 힘들 것 같다. 성형수술이 필요하다고 생각해 보지 않았나?, 학생 티가 너무 많이 난다.' 등이 있고, 황당한 질문은 '본인이 생각하는 삼국지의 영웅은 누구인가?, 오늘 야구는 누가 이길 것 같은가?, 10억이 생기면 어떻게 사용하겠는가? 택배가 배달되었다. 그러나 물건의 발신처가 거래처나 경쟁회사라면 열어보겠는가?(물건은 무엇인지 모른다), 회사 사정이 어려워서 월급을 못 준다면 어떻게 하겠는가?, 밤에 치한을 만난다면 어떻게 대처할 것인가?' 등이다.

기업의 압박 면접이 강화되면서 이색 스터디그룹도 속속 생기고 있다. 최근 대학가에 등장한 '모욕 스터디'는 압박 면접에 대해서 '내성'을 키우기 위해 참가자끼리 말실수나 약점을 꼬집어내 모욕을 주는 학습모임이다.

4. 인터넷 면접

인터넷 면접은 지원자의 인터넷 및 컴퓨터 사용능력을 체크하기 위한 것이다. 이에 속하는 면접은 동화상 면접, 채팅 면접, 미니 홈페이지 면접 등이 있다. 동화상 면접은 PC카메라가 있는 컴퓨터 앞에서 면접관과 지원자가 질의-응답하는 방식으로 이루어진다. 채팅 면접은 면접관과 채팅을 통해 대화를 주고받는 방식으로 이루어지며, 면접관은 지원자의 언어습관, 성격, 창조성 등을 평가한다. 이때 채팅에 쓰이는 은어나 비속어의 사용은 금물이다. 미니 홈페이지 면접은 IT산업에 알맞은 창의성과 독창성을 가진 인재를 찾아내는 방법이다.

04 | 면접장에서의 자세와 태도

1) 기업에서는 진실한 사람을 원한다

만들어진 외모는 금방 알 수 있다. 면접관들은 어쩌면 사람 보는 데는 전문가들이다. 표정과 태도에서 그 사람의 허와 실을 찾아낼 수 있다. 이미 만들어진 회사의 문화에 잘 어울리는 사람을 찾으려 한다. 이는 느낌으로 알 수 있다. 진실하고 자연스러운 태도를 보여주도록 노력해야 한다.

2) 단정하고 깔끔한 느낌을 전달하라

튀는 사람은 사양한다. 줄무늬가 요란한 양복, 흰 양말, 붉은 넥타이, 요란한 액세서리, 옷에 주렁주렁 달린 장식, 눈살을 찌푸리는 진한 향수, 화장으로 가려 버린 예쁜 얼굴들 이런 것들은 면접에 전혀 도움이 안 된다. 여자들은 뉴스 시간에 출연하는 앵커들을 벤치마킹하는 것이 도움이 된다고 생각한다. 누가 보더라도 무난하다고 생각하기 때문이다.

3) 질문의 핵심을 파악하라

질문의 핵심을 파악하고, 간단명료하게 답변하는 훈련이 필요하다. 답변이 너무 길어도 곤란하다. 답변에 군더더기를 많이 붙인 사람은 다음 기회를 준비하는 것이 차라리 좋을 것이다.

4) 논리적으로 설명하라

논리적으로 설명하면 틀려도 50점은 얻는다. 면접관이 질문할 때는 즉각적인 대답을 원하지 않는다. 짧게나마 질문에 대한 답변을 정리하고, 천천히 논리적으로 설명하고, 솔직하게 설명해야 한다. 급하게 할 이유가 없다. 정리하지 않으면

급해지고, 급해지면 횡설수설하게 된다. 천천히 정리하고 답할 시간과 여유는 누구에게나 주는 것이니 최대한 활용하라. 절대로 포장하지 말라. 면접관은 이미 당신을 알고 있을지도 모른다.

읽기 자료 1

자기소개를 늘어놓는 사람의 유형 http://www.withjobs.co.kr

첫째, **"집안 자랑형"**

자기 집안의 사람들이 얼마나 훌륭한 지위에 있고 얼마나 학식이 높은지 그리고 얼마나 화목한지, 입이 닳도록 집안 자랑을 늘어놓는 유형이다.

면접은 자기에 대한 이야기, 다시 말해 '나는 지금까지 20여 년 동안 무엇을 했는가?'를 말하는 자리이지, 집안 자랑을 늘어놓는 자리가 아니다.

둘째, **"급성 기억상실형"**

면접을 하다보면 기억상실증 환자들을 얼마든지 만날 수 있다. 설마 그럴 리가 있느냐고 웃을지도 모르지만 이것은 다른 사람 이야기가 아닌, 바로 당신 자신의 이야기다.

분명히 '지금까지 무엇을 해왔는가?' 하는 질문은, 한마디로 대답하기 어려운 문제이다. 과장해서 말한다면 자신의 주체성을 묻는 질문이기 때문이다.

응시자가 대답이 막히면 면접관은 '뭔가 생각나는 것이 없습니까?'라든지, '예를 들면 어떤 것이 있습니까?'라고 친절하게 물어주기도 한다. 처음 만난 면접관을 통해서 '과연 나는 누구인가?'라고 생각하게 되는 기회를 얻는 것이다.

지금까지는 '나는 무엇을 해왔는가?'라는 문제에 대해서 심각하게 생각할 기회가 없었을 테니까, 모처럼 좋은 기회를 만났을 때 철저하게 생각해보기로 하자.

이렇게 말하면 '지금까지 해온 일을 이야기하면 되는구나. 그거야 간단하지. 기억력에는 자신이 있으니까. 나는 태어난 병원의 벽지까지 모조리 기억하고 있다구!'라고 말하는 사람이 있기 마련이다.

그 사람이 바로 셋째에 해당하는 **"단편 소설형"**이다.

이런 유형의 사람은 태어난 날의 아침부터 현재에 이르기까지 구체적으로 기억하고 있다. 그러나 불과 10분 정도에 지나지 않는 면접에서는 유치원에 들어간 부분에서 시간이 끊겨 버린다. 그래서 단편소설형의 사람들은 대부분 시간이 너무 짧다고 투덜거린다.

그러나 면접에서 자신에게 주어지는 시간이 10분 정도라는 것은 상식이 아닌가? 필기시험에 시간제한이 있는 것과 마찬가지로 면접시험에도 시간제한이 있다. 10분 안에 자신을 팔지 못하는 사람이 어떻게 비즈니스에서 성공하겠는가?

넷째, "다이제스트형"

지금까지의 생애에서 이것도 했다, 저것도 했다 하고 주마등처럼 단숨에 떠들어대는 유형의 사람들이다. 이렇게 잔뜩 늘어놓으면 에너지가 왕성한 사람이라고 생각해주지 않을까 라는 속셈도 있겠지만, 이런 사람은 결국 단순 나열로 끝나고 만다. 게다가 에피소드 하나하나의 구체성이 없고 산만하기 때문에, 면접관에게 강렬한 인상을 주지 못한다.

면접의 자기소개에서 반드시 해야 할 말은 '지금까지 자신이 해온 일 중에서 가장 중요한 클라이맥스'다. 따라서 장황하게 나열하기만 해서는 패배한다는 사실을 깨달아야 한다.

다섯째, "왕년의 금송아지형"

'초등학교 때에는 야구를 꽤 잘했는데……'라고 서두를 꺼내는 사람들이다. 초등학교 때에 했던 야구가 그에게는 가장 큰 추억이라는 사실은 이해할 수 있지만, 그렇다면 그 이후에는 더 이상의 사건이 없었다는 뜻인가? 면접관이 고개를 갸우뚱거리는 이유도 바로 여기에 있다. 그는 도대체 대학시절에는 무엇을 했다는 말인가?

중학교 입시의 면접이라면 초등학교 시절의 추억을 이야기해도 좋지만, 어른이 되어서까지 어린 시절을 떠올린다면 너무 한심하지 않은가? 그의 인생은 초등학교 시절이 황금기였고, 그 이후는 다만 남겨진 삶에 지나지 않는다는 뜻인가?

시간적으로 현재와 너무 동떨어진 이야기는 역시 강렬한 인상이 남지 않는다. 책갈피 속에 끼어 있는 빛바랜 추억보다 바로 얼마 전에 일어난 사건이 훨씬 생생하게 전달되는 법이다.

따라서 에피소드는 가능하면 최근의 것을 선택해서 면접관에게 강렬한 인상을 남기도록 해야 한다. 자신이 얼마나 큰 한 사람의 어른으로 성장했는지 보여주는 것이다.

이렇게 말하면 '지금까지 아르바이트도, 동아리 활동도 하지 않은 사람은 무슨 말을 해야 할까요?' 하고 울상을 짓는 사람이 있다. 그런 사람은 지금까지 살아온 인생 속에서, 하룻밤 내내 이야기할 수 있을 정도로 재미있는 소재를 찾아야 한다. 당신이 정상적인 삶을 살아왔다면, 틀림없이 그런 소재 한두 가지쯤은 가지고 있어야 당연하지 않을까?

읽기 자료 2

취업 10계명

하나, 자신의 눈높이를 측정하라. 눈이 높다면 높은 직장, 낮으면 낮은 직장을 택하라. 현실적으로 자신을 측정하고 부족하다면 학생시절에 채워라.

둘, 고통보다는 교통을, 현재의 직무 자체보다는 미래의 비전을 고려하여 직장을 택하라.

셋, 월급만이 능사는 아니다. 적은 월급보다 더 중요한 것은 오늘의 내 현실이다. 쥐꼬리만큼 받더라도 돈을 모으자. 남의 돈 벌기가 제일 어려운 법이다. 많은 월급을 받는 데는 다 이유가 있다.

넷, 첫 직장에서는 적어도 1년은 버텨라. 다만 성희롱을 당했다면 당장 그만두라.

다섯, 백수로 있지 마라. 놀지 마라. 그렇다고 의미 없는 학원에 다니지 마라. 무조건 취업하라.

여섯, 근성을 가지고 입사하라. 당신의 실력을 보고 입사를 허용한 것이 아니다.

일곱, 꿈은 직장에서 이루어지는 것이 아니라, 일생의 어느 순간에 이루어지는 것이다. 꿈이 없는 사람이 되지 마라.

여덟, 대기업, 수익이 좋은 회사, 명성이 뛰어난 회사도 좋지만, 윤리적인 회사, 기업의 사회적 책임을 다하는 회사, 사회에 공헌하는 알짜배기 회사가 더 좋은 법이다.

아홉, 자신의 형편을 생각하라. 가족을 봉양하고, 가정을 꾸리기 위해, 1만 시간의 수련은 필요하다. 참고 인내하며 내일을 계획하라.

열, 피터팬 신드롬에서 벗어나라. 당신은 아이가 아닌 성인이며, 지금부터 당신은 사회인이다.

공채 이렇게 하면 100%탈락 … 금기 BEST 5

파이낸셜뉴스 | 2012.03.19 10:18

본격적인 공채시즌을 맞이해 삼성그룹, CJ그룹, 포스코그룹, 두산그룹, 현대자동차 등 국내 주요 대기업들의 상반기 신입사원 공채가 이어지고 있다.

이렇듯 공채 소식은 줄을 잇고 있지만 구직자들에게 여전히 공채합격은 바늘구멍에 낙타 꿰기만큼이나 어렵다. 실제 삼성그룹의 경우 4500명 모집에 역대 최대의 숫자인 5만여 명이 지원해 11대 1의 높은 경쟁률을 보이는 등 구직자들에게 공채의 문은 점차 좁아지고 있는 실정이다.

이런 때일수록 공채를 대비하는 마음가짐부터 준비가 철저해야 할 터. 이에 19일 취업포털 <사람인>이 공채에 합격하고 싶다면 반드시 피해야 할 '공채 금기 베스트5' 를 발표했다.

◆ 무조건 남보다 튀어야 산다?

높은 경쟁률을 뚫고 공채에 합격하기 위해서는 자신의 강점을 어필할 수 있는 능력도 필요하다. 특히, 조건이 비슷한 상황에서는 인사담당자에게 좀 더 강한 인상을 남겨야 취업 성공의 가능성이 높아지는 것도 사실이다.

하지만, 모든 것이 과하면 지나치는 법. 서류 및 면접 과정에서 남들보다 튀기 위해 무례한 말투를 쓴다거나 과도한 이벤트를 준비할 경우 역효과가 나 탈락하기 쉽다. 활발하고 개성이 강한 인재를 선호하는 경우도 있지만, 대부분 조직에 융화되어 잘 적응하고 예의를 지키는 인성을 가지고 있는지를 먼저 평가하기 때문에 지나치게 튀어 보이는 것은 조심해야 한다.

◆ 온라인 취업 커뮤니티의 정보가 취업의 왕도?

각종 온라인 취업 커뮤니티에는 채용정보를 비롯하여 취업 관련 각종 팁과 정보들이 올라온다. 특히 공채 시즌이 되면 구직자들끼리 지원한 기업에 대한 의견과 정보를 자유롭게 공유한다. 정보 중에서는 쉽게 얻을 수 없는 구직자들이 직접 겪은 내용이 생생하게 담겨 있어 다른 구직자들 입장에서는 매우 좋은 팁이 될 수 있다. 하지만 커뮤니티 정보를 맹신하다가는 큰 코 다칠 수 있다.

내용 중에는 검증 없이 개인이 올리는 것들도 다수 있기 때문이다. 커뮤니티 정보를 지나치게 신뢰하지 말고, 선별적으로 활용하며, 참고용 자료로 활용하는 것이 좋다.

◆ 나 정도 스펙이면 충분하다?

일부 공채 지원자들은 출신 학교, 학점, 어학점수, 인턴, 해외 연수 등의 스펙이 어느 정도 이상 뒷받침되면 공채에 쉽게 합격할 수 있을 것이라고 생각한다. 물론 스펙이 당락에 전혀 영향을 미치지 않는 것은 아니나 그것이 절대적인 합격을 의미하지는 않는다.

공채 최종면접 혹은 그 전 단계 정도까지 올라갈 경우 경쟁자들의 스펙을 비교해보면 크게 차이가 나지 않는다. 스펙은 공채 초반 단계에서 지원자들을 구분할 때 참고자료로 사용하긴 하지만 단계가 거듭될수록 주어진 업무를 잘 수행하고 주변 사람들과 어울릴 수 있는 인성적인 측면을 중시하는 경우가 많다.

실제 취업포털 <사람인>이 기업 인사담당자들을 대상으로 조사를 한 결과 기업 2곳 중 1곳이 인성평가를 실시하고 있으며, 이들 기업 중 97.2%의 기업이 인성평가 결과로 불합격시킨 지원자가 있었다고 밝혔다. 이는 스펙 못지 않게 인성에도 많은 신경을 써야 좋은 결과를 기대할 수 있다는 것을 보여주고 있다.

◆ 거짓말해서라도 잘 보이면 붙을 수 있다?

기업의 인재상에 부합하는 인재로 보이기 위해 자신을 어필하는 것은 좋지만 필요이상의 과대포장 혹은 거짓된 사항으로 공채에 임한다면 100% 떨어지게 되어 있다. 최근 공채 과정이 단계별로 심화되어 있고 면접 중 지원자의 거짓여부를 파악하기 위한 별도의 과정을 포함하는 기업도 늘어나고 있기 때문에 거짓말은 절대 피해야 한다.

인사담당자들은 지원자의 자기소개서와 이력서를 토대로 하나의 질문을 던진 후 나온 답변에 대해 2차, 3차 심층적으로 안으로 계속 파고들어 답변에 대한 사실 여부를 파악해낸다. 이 과정은 답변의 내용보다 지원자가 거짓말을 하고 있는지를 파악하기 위한 것이기 때문에 솔직하고 자연스럽게 자신의 이야기를 풀어나가는 것이 중요하다.

◆ 이력서 많이 낼수록 합격확률 높다?

청년실업이 심화되면서 취업에 대한 조급함 때문에 채용 공고가 뜨면 가리지 않고 지원하는 구직자들이 많다. 말 그대로 '묻지마 지원'을 하는 것이다. 뚜렷한 목표 없이, 지원하는 기업과 직무에 대한 이해가 부족한 상태에서 기존 지원했던 이력서와 자기소개서를 조금만 수정하여 제출하기를 반복한다. 하지만, 이렇게 급조된 것으로는 서류전형부터 통과하기 어렵다. 만약, 운 좋게 합격한다고 해도 높은 입사 열정과 직무 이해도를 가진 경쟁자들에게 밀려나게 될 것이다.

자신이 가고자 하는 기업에 대해 체계적으로 일정을 잡고 기업의 가치관, 이념, 인재상, 지원 분야에 대해 충분히 이해하고 여러 조건들을 매칭하여 지원해야 나중에 그 다음 단계인 인적성 검사 및 면접 과정에서도 좋은 결과를 기대할 수 있다.

<사람인> 임민욱 팀장은 "본격적인 공채 시즌 돌입으로 채용공고들이 줄을 잇고 있지만, 청년 실업난이 심해지면서 구직자들의 조급함은 더해졌다."며 "이럴 때일수록 평정심을 유지하고 자신의 강점을 부각시킬 수 있는 체계적인 공채 전략을 세울 필요가 있다."고 강조했다.

언어생활과 자기표현 연습 답안지 1

강의시간 :	요일	교시	학과(부) :
학번 :			이름 :

자신의 단점을 장점으로 반전시켜서 소개해 봅시다.

취업 분야 (구체적으로)	
단점	
반전시킨 장점	

언어생활과 자기표현 연습 답안지 2

강의시간 : 요일 교시	학과(부) :
학번 :	이름 :

모둠원끼리 압박 면접을 해 봅시다. 모둠원 각자에게 압박(모욕)질문을 하나씩 하고, 거기에 대한 대답을 글로 적어봅시다.

(질 문)

(대 답)

언어생활과 자기표현 연습 답안지 3

강의시간 :	요일	교시	학과(부) :
학번 :			이름 :

성공적인 취업을 위해 대학생활 동안 준비해야 할 것들과 로드맵을 적어봅시다.

취업 분야 (구체적으로)	
준비해야 할 것	
로드맵	

글 쓰 기 연 습 지	
월 일 요일 교시	학과(부) :
학 번 :	이 름 :

발 표 연 습 지

월 일 요일 교시	학과(부) :
학 번 :	이 름 :

발표 주제 :

....

인사말 :

....

....

발표 목적 :

....

....

청중 칭찬 :

....

....

....

가장 하고 싶은 말 :

....

....

....

관련 이야기(재미/경험) :

....

....

....

끝맺음말 :

....

....

....

수 업 점 검 표						
강의 주제 :		월	일	요일		교시
학 번 :		이름 :				
자기 점검	나는 오늘 수업을 미리 준비해 왔다.	①	②	③	④	⑤
	나는 수업 내용으로 질문을 하였다.	①	②	③	④	⑤
	나는 적극적으로 수업에 참여하였다.	①	②	③	④	⑤
	나는 개인적으로 스마트폰을 사용했다.	①	②	③	④	⑤
	나는 수업 방해 행위를 한 적이 있다.	①	②	③	④	⑤

■ 나의 수업 태도를 통해 느낀 점은 어떤 것이 있는가?

193

제 3 부

글쓰기와
자기표현

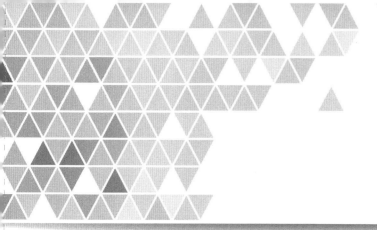

제9장
논증문(論證文)

01 | 논증문의 가치

논증문은 아직 명쾌하지 않은 사실이나 원칙에 대하여 그 진실이나 가치 여부를 증명하는 것이기에 지식이나 정보를 제공하는 데 그치지 않고 자신의 주장을 펼쳐 타인의 행동 변화를 이끄는 설득의 목적성이 있다. 그러므로 논증문은 글쓴이의 개인적 입장이나 소견을 허용하고 그것은 반드시 근거, 곧 논거를 바탕으로 이루어져야 한다. 아무리 상식적인 언급이라도 단정하는 형식의 주장은 곤란하며, 타당한 논거를 통해 제시해야 한다는 점에서 논증문의 생명은 논거 제시 능력에 있다고 하겠다.

논증문은 크게 두 방향으로 생각해 볼 수 있다. 자신의 견해를 밝혀 설득의 공통된 목적성을 지니되 그 견해가 새로이 발견한 사실이냐, 아니면 사고와 행위의 방향을 결정짓고자 하는 것이냐에 따라 논증의 성격이 달라진다. '사실'을 중시할 것이냐 '당위'를 중시할 것이냐 이른바 명제의 차이가 발생하는데 사실 명제를 중심으로 한 논증문과 정책 명제를 중심으로 한 논증문이 그것이다. "한글은 과학적인 문자"라는 견해가 객관적 사실로 입증되면 사실 명제를 바탕으로 한 논증문에 해당할 것이고 "한글을 사랑하고 발전시키자"는 주장이 정당한 논거에 의해서 입증되면 정책 명제를 중심으로 한 논증문에 해당할 것이다.

앞에서 논증문을 사실 제시와 당위 제시로 대별해 보았는데 여기에 가장 잘 대응하는 글로 논문과 논설문이 있다. 결론부터 말하자면 논문은 사실 명제를, 논설문은 정책 명제를 근저로 한다. 논문은 자연현상, 사회현상, 문화현상 등 주어진 사상을 관찰, 조사, 분석하여 독창적인 견해를 논리적으로 서술한 글로서 대체로 객관적, 원리적, 학구적, 전문적 성격을 지닌다. 더 집약해서 말하면 학술 연구의 결과다.

이에 비해서 논설문은 정치, 경제, 사회, 문화, 교육, 환경 등 주로 시사성이 짙은 문제에 대한 자신의 견해와 주장을 내세우는 글이다. 그러므로 다분히 주관적, 실제적, 비평적, 대중적 성격을 지니게 된다. 논설문의 대표적 예는 신문 사설인데 특히 주장을 앞세우게 된다. 물론 사실을 해명하기도 하고 상황을 분석하기도 하지만 새로운 사실을 발견한 결과를 말한다거나 독창적인 견해를 제시하는 데 치중하지 않는다. 사회적 영향력을 고려한 당위성의 문장으로 가득 차 있다. 가령 탐구의 태도를 아카데미즘과 저널리즘으로 구분지어 본다면 논문은 전자에, 논설문은 후자에 해당할 것이다.

> 하나, 논증문은 아직 확실한 결론이 나지 않았거나 계속 따져 보아야 할 문제점을 중심으로 하는 미해결의 문제를 제재로 다루는 글이다.

> 둘, 논증문은 미해결의 혜안을 우위에 두기에 '타당한 논거'를 중시하고 글쓴이의 직접적 경험, 주변적 정황, 역사적 사실 등이 요구된다.

셋, 논증문은 독창적인 견해도 인정하나 앞서 말한 것처럼 논거가 선행된 독창성만을 허용한다. '어떻게 살 것인가'에 대하여 아무리 훌륭한 개인적 견해가 있다 해도 '인간이란 무엇인가', '어떻게 살고 있는가', '그렇게 사는 이유는 무엇인가'에 대한 타당한 해명이 선결되지 않는다면 그 글은 논증문이 아닌 웅변의 글이 될 것이다.

논증문에서 세부적 논점들을 논리적으로 연결 지으면 글 전체의 흐름을 한눈에 파악할 수 있다. 때로는 뒤섞여 있는 핵심 내용을 찾아 논리적 연결고리를 점검하는 것도 필요하다. 다음은 논증문에서 논점을 파악하는 데 유용한 판단 기준을 가름하는 질문들이다. "논리적인 오류를 범하고 있지는 않는가. 과장이나 입증되지 않은 사실을 일반화하지 않았는가. 시의성이 떨어진 사실을 근거로 제시하지 않았는가. 감정적인 어휘를 사용하여 주장을 펴지 않았는가. 타당성이 결여되는 주장을 논거로 인용하지 않았는가. 자신의 주장이나 혹은 반대되는 주장을 과도하게 단순화하지 않았는가."

논증은 무엇보다 사물과 세계에 대한 객관적이고 정확한 지식을 기반으로 합리적인 추론과정, 그리고 그것을 뒷받침해 줄 수 있는 타당한 논거 제시가 필요할 뿐 아니라 이 모든 것들을 논리 정연하게 조직화할 수 있는 능력이 요구 된다. 이런 과정을 통해서 글쓴이의 주장이 타당하고 정당한 것으로 입증될 때라야 비로소 주장이 읽는 이에게 받아들여질 수 있기 때문이다.

아래 읽기 자료 1은 박섭 "식민지의 경제 변동 – 한국과 인도(2001)" 편의 내용이다. 글에서 글쓴이가 논증하려는 대상은 무엇이고 논증을 위해 어떤 논거를 활용하고 있는지 그 내용을 살펴가며 이해하기 바란다. 아울러 읽기 자료 2는 근대 계몽기 신문 논설란을 통해 발표된 단형서사다. '동도산협 중에 대촌'이 있다는 내용으로 구체적 배경이 소개된다. 마치 옛날 얘기의 화두를 보는 것 같다. 문제의 소재는 마을 사람들이 마시고 사는 몇 천 년부터 내려오던 우물에서 기인한다. 이 때 서울 사는 서생(書生)이 산천을 유람하는 과정에서 마을을 찾아온다. 그런데 이상하게도 마을 사람들은 원인 모를 광기를 발하고 있다. 한 동리 사람끼리 서로 욕하고 치고 약한 자는 강한 자에게 죽기도 하는 참경을 보게 된다. 이러한 현실에 의문을 품은 서생은 마을에서 폐행의 원인을 밝혀내게 된다. 그것은 다름 아닌 '우물' 때문이었다. 서생은 이러한 광증(狂症)을 없애기 위해 금덩이를 주고 호기심을 얻어 4~5인을 인도한다. 그리고 이들을 공기 좋고 물 좋은 명산에 머무르게 하고 이제로부터 깨끗한 물을 그들에게 먹여 광증을 완치시킨다.

서생은 그들에게 말한다. "너희는 마을에 가서 이 사실을 알리고 이제 그 우물을 없애 마을의 광기를 치료하라."고 말이다. 그리고 서생은 길을 떠난다. 그들은 서생의 가르침대로 다시 마을 사람들을 향해 발길을 옮기게 된다. 하지만 마을 사람들은 다섯 사람이 그동안 갑자기 사라진 사실을 의심하고 받아 온 가르침과 체험을 전혀 인정하려 들지 않는다. 도리어 마을에 전통을 폐하려 한다는 이유로 해하려 죽이고자 할 뿐, 더 이상 그들의 진실을 돌아보지 않았다. 결국 다섯 사람마저 마을에서 죽게 되었기에, 마을을 포기하고 서생을 찾아 먼 길을 떠나고 만다는 내용이다.

이제 읽기 자료 2의 텍스트를 읽고 논설에 서사를 활용한 글쓴이의 의도를 떠올려 보고 논설의 주장과 관련해 폭넓은 이해의 접근을 시도해 보기 바란다. 아울러 텍스트 내용 "동도산협, 서생, 마을사람들, 우물(광증), 다섯 사람" 등의 화소(話素) 의미를 발표 당시 시대적 상황을 고려해, 논설의 감상 내용을 함께 나눴으면 한다.

읽기 자료 1

일본의 한국 지배 방침은 총독 통치와 동화였다고 할 수 있다. 일본이 한국의 전통 사회에 간섭하는 정책을 취하게 된 것에 대해 크게 두 가지로 정리할 수 있다. 첫째로 한국의 문화적, 자연적 조건이 일본과 비슷하여 일본은 한국을 이해하기가 그다지 어렵지 않았다. 둘째로 앞에서 인용한 일본의 식민 정책론자의 말대로 한국이 일본에 대해 가지는 중요성은 인도가 영국에 대해 가지는 중요성을 훨씬 능가하는 것이어서 일본은 한국의 독립을 결코 인정할 수 없었다. 앞에서 언급한 대로 자치를 표명하면 결국은 독립을 인정하지 않을 수 없었다. 즉 일본은 한국 전통 사회에 간섭하여 한국을 일본과 동일한 사회로 만들어야 했으며, 간섭할 능력을 가지고 있었다. 이것이 일본이 한국 사회에 깊숙이 간섭하게 된 이유라고 생각할 수 있다.

일본은 한국인을 일본인화 하려 했기 때문에 한국인이 자신의 정체성을 주장하는 것을 철저히 억압했다. 이것은 한국인의 민족 운동이 철저히 억압되는 결과를 낳았다. 1920년대에 일본 정부가 조선총독부의 권력을 제한하려 시도했고, 조선총독부가 그것에 대항하여 자치주의를 주장했던 시기를 제외하면, 한국에서는 모든 민족 운동이 불법화되었다. 민족 운동에 대한 민중의 지지는 강했지만 민족 운동을 위한 조직이 불완전하였기 때문에 민족 운동은 강해질 수 없었다. 이 점에서는 기업가도 마찬가지였다. 1920년대에는 한국인 기업가가 총독부에 대한 교섭력을 높이려 노력했지만, 1930년대에 들어가서는 총독부에 협력하는 것으로서 그들의 활로를 찾았다.

동화를 계획했던 조선총독부는 일본에서 자본을 유치하여, 일본 제국 전체의 입장에서 비교 우위가 있는 산업을 개발한다는 전략에 따라 한국을 개발했다. 이것은 단기간에 급성장을 가져올 수 있는 방법이기는 했지만 무역 의존도를 매우 높여서 해방 이후 일본과의 무역이 급감하자 커다란 문제를 낳았다.

박섭, "식민지의 경제 변동─한국과 인도(2001)"

근대계몽기 단형서사 자료

매일신문 논설 | 1898.4.20.

동도산협 중에 한 대촌(大村)이 있는데 그 마을 가운데 우물이 있어 그 동네 모든 인구가 오직 그 우물 하나로 먹고 사는 바라 서울 사는 서생(書生)이라 하는 사람이 산천을 유람할 차로 집을 떠나 사방으로 주류(駐留)하다가 마침 그곳에 이르러 한 집을 차자 들어가 주인을 대하야 한 때 유숙(留宿 : 남의 집에서 묵음)하기를 청한 데 그 주인이 손(客)의 말을 듣지 않고 무례히 질욕(叱辱 : 꾸짖으며 욕함)하며 달려 들어 때리려 하거늘 급히 몸을 피하여 다른 사람을 보고 주인의 실성함을 말한데 그 사람도 또한 경계 없이 때리려 하여 발명(發明 : 무죄를 변명함)할 곳이 없음으로 산간에 몸을 숨겨 밤을 지내고 가만히 동(洞) 중에 내려가 그곳 사람들의 거동을 살펴본즉 사오세 유아는 천품(天禀 : 타고난 기품)을 온전히 지켜가나 그 외에 장성한 자들은 광기(狂氣)를 발하여 한 동리 사람끼리도 서로 욕하고 치며 약한 자는 강한 자에게 죽기도 하는지라 서생이 그 경광(景光)을 보고 의아 만단(萬端 : 여러모로 얼크러진 일의 실마리)하여 다시 산에 올라 동리 된 지경(地境 : 어떤 처지나 형편)을 살펴보니 여러 사람의 미친병 나는 것이 우물이 괴악한 연고인 줄을 깨닫고 다시 내려가 금을 흐트러뜨려 사람을 꾀이어 미친병 들린 사람이라도 재욕(財慾 : 재물을 탐하는 욕심)은 없지 않음으로 금을 받고 서생의 지휘(指揮 : 지시해 일을 시킴)를 대강 듣는지라.

사오(四五) 인을 다리고 명산(名山)을 차져가 수월을 머무르며 좋은 물을 먹여 시험하여 보니 그 사람들이 광증이 없어지고 맑은 정신이 들어 말하기를 우리 동네 사람들이 모두 미친 까닭으로 사람이 나면 본래 미치는 법인가 믿었더니 오늘 서생을 따라 이곳에 와 여러 행위를 보니 진실로 그 다름을 깨달았노라 말한데 서생이 웃고 말하기를 그대의 동리 사람들이 온통 미친 까닭으로 서로 흉을 몰랐으나 그대 동 중에 우물이 괴악(怪惡)하여 그 물을 오래 먹으면 아니 미치지 않을 자 없을지라. 그대는 오늘날 좋은 물을 먹고 병 고친 증거가 확실할지라.

이런 말을 동 중에 설명하고 그 우물을 금하고 없애 여러 사람의 맑은 정신을 회복하게 하라 한데 그 사람들이 백배 치하하고 서생을 이별한 후 동리 중에 나려가 자세한 사연을 발명하고 우물을 급히 없이하여 다른 우물을 파서 모든 사람의 광증을 고치려고 하나 모든 광인이 대로(大怒)하여 저놈이 어떤 미친놈을 따라 미친 물을 먹고 장위(腸胃 : 창자와 위장)가 바뀌어 조상으로부터 몇 천 년 내려오며 먹는 우물을 졸지에 고치자 하니 저놈은 조상을 욕함이요, 우리에게 원수라 하여 죽이려 꾀하매 다섯 사람이 여러 광인의 형세를 저당(抵當 : 맞서서 겨룸)치 못하여 거짓 미친 체하며 밤이면 가만히 다른 물을 옮겨 먹으며 그 우물 없애기를 주야(晝夜)로 애쓰는데 여러 광인들이 그 기미(幾微 : 낌새)를 알고 다른 물을 먹는다고 시비(是非)가 무상하매 다섯 사람이 생각하되 우리가 그 우물의 병근(病根 : 병의 근원)을 깨달은 바에 차라리 성한대로 죽을지언정 그 우물을 다시 먹고 또 미칠 수는 없다하여 이에 행장(行裝 : 여행할 때 쓰는 물건과 차림)을 차려 서생의 종적을 찾아 가더라 하니 그 하회(下回 : 다음 차례)는 엇지 되였는지 일시 이야기로 들은 것이니 하도 이상하기로 기재(記載 : 적어 올림)하노라.

02 | 논증문 쓰는 방법

어느 사회든 토지, 주거, 교통, 세제, 입시, 복지, 교육, 범죄 등 수많은 문제점을 안고 있다. 인간의 능력으로 해결할 수 없는 자연 재해도 문제지만 대부분의 상황은 인간 자신이 만들고 스스로 발목을 잡힌 인간 사회의 현상인 것이다. 이 때 우리는 그 현상의 원인이 무엇이며, 그 문제의 정도가 어떠하며, 우리의 삶에 어떤 영향을 미치며, 그 해결 방안은 무엇인가에 대하여 묻지 않을 수 없다. 왜냐하면 그것들은 모두 인간 자신의 문제이고 이것을 해결하지 않고서는 더 나은 삶을 영위할 수 없기 때문이다.

그리고 참으로 놀랍게도 이러한 문제점은 그 누구에 의해서든 한 번도 명쾌하게 해명된 적이 없다. 어떤 면에서 인간의 역사란 이와 같이 풀리지 않는 미해결의 문제점을 풀어나가는 과정이 아닐까 한다. 논증문은 우리의 사회 및 인간에 대한 근원적인 쟁점에 대해 기본적 사고와 이해를 요구하고 찾아가는 '논증문= 논거 제시의 글'이라 해도 무리가 없을 듯하다.

논증문에서 논거란 무엇보다 명제의 타당성이나 진실성을 뒷받침하기 위해 쓰이는 논리적 증거를 말한다. 명제가 아무리 훌륭해도 적절한 논거에 의해 뒷받침되지 못하면 논증문은 전체 내용이 막연해져 설득력을 지니지 못하게 된다. 예를 들어 "후진국의 저개발은 그들의 열등한 국민성에 기인한다."는 견해가 타당한가. 그렇지 않은가는 논거에 의해 결정된다. 만약 여러 가지 객관적 근거에 의해서 이 견해가 입증된다면 타당한 견해일 것이나, 그렇지 못할 때에는 후진국 국민에 대한 선입견이나 편견을 드러낸 독단이 될 뿐이다. 이제 아래의 유의 사항을 점검하며, 논증문 작성을 익혀보도록 하자.

첫째, 논증문에서 논거는 명제를 충분히 뒷받침할 수 있는 질적, 양적 충족을 갖춰야 한다. 단, 지나치게 복잡한 논거나 직접적 관련성이 없거나 논지를 해칠 우려가 있는 논거는 글의 집중력을 잃을 수 있다.

둘째, 누구나 객관적으로 인정할 만큼 확실하고 구체적이며, 현실적인 사실 논거가 아니라면 그 출처는 밝혀 명확히 제시하는 것이 좋다. 지나치게 특수하여 생경하거나 추상적인 것도 물론 피해야 한다.

셋째, 논증문에서 소견 논거의 활용은 시대에 따라서 그에 대한 인식이 달라지거나 해당 인물의 성격, 독자의 성격 등에 따라 신뢰도가 달라질 수 있으므로 그 권위가 충분히 인정되는 것을 사용해야 한다.

넷째, 논증문의 논거는 선입견이나 편견에 이끌려 균형을 잃지 않도록 실험에 기초한 객관적이고 합리적인 자료를 제시해야 한다.

다섯째, 논증문은 논거만을 단순히 나열하거나 논거만 따로 제시하기보다, 글쓴이 나름의 해석이나 설명을 곁들여야 더욱 효과적이다.

여섯째, 논증의 과정에서 주장은 감정에 치우치지 말아야 하고 논증한 것 이상을 주장하지 않는다. 장황하지 않게 내용은 타당성을 지향하고 있는지 점검한다.

> 국내에서 처음으로 존엄사가 시행됐다. 세브란스 병원은 식물인간 상태에서 인공 호흡기에 의지해 생명을 유지하던 김 모 할머니의 인공호흡기를 어제 제거했다. 김 할머니가 식물인간 상태에 빠진 지 490일 만이며 대법원이 판결로 존엄사를 인정한 지 33일 만이다. 김 할머니에 대한 존엄사 시행은 인간의 죽음이라는 철학적이며 근원적 문제뿐 아니라 어떻게 죽을 것인가에 대한 의학적·윤리적 과제를 우리 사회에 던지고 있다.
>
> 그동안 존엄사를 둘러싼 사회적 논란은 '생명 존중'과 '품위 있게 죽을 권리'라는 두 가지 가치의 충돌에서 비롯된 것이다. 그러나 김 할머니의 존엄사 시행으로 환자 스스로 자신의 죽음을 선택할 수 있는 길이 열리게 됐다. 병마와 싸우는 고통보다 편안한 죽음을 선택할 수 있는 권리를 환자에게 부여한 것이다. 의식도 없고 소생할 가망성도 없는 환자에게 무의미한 연명치료를 계속해 고통만 안겨주느니 차라리 자연사할 수 있도록 길을 터 품위 있게 죽음을 맞이할 권리를 주자는 뜻에서다.
>
> 그러나 우리 사회가 과연 존엄사를 제대로 받아들일 여건이 돼 있는지는 의문이다. 우선 존엄사 판단에서 가장 중요한 연명치료 중단 조건이 모호하기만 하다. 대법원은 '회복 불가능한 사망 단계'라고 기준을 내놓았으나 이에 대한 판단근거가 명확하지 않아 병원마다 기준이 제각각이다. 사회적인 협의를 바탕으로 한 '존엄사 가이드라인'이 필요한 이유다. 또 존엄사가 현대판 고려장으로 악용될 가능성도 있다. 치료비가 없는 저소득층의 경우 환자의 뜻과는 다르게 가족들이 치료 중단을 요구할 수 있고, 병원도 병원비를 못내는 환자의 치료를 거부할 수 있기 때문이다. 더욱이 존엄사 결정으로 연명치료 장비를 떼어낸 뒤부터 사망 때까지 돌보는 시설도 턱없이 부족하다.
>
> 존엄사를 죽음의 하나로 받아들이는 문은 열렸지만 이제까지의 존엄사 논의는 초보적 단계에 불과하다. 아직 우리 사회는 '품위 있게 사는 것'에는 관심이 높지만 '품위 있는 죽음'에 대한 인식이 부족한 게 사실이다. 존엄사라는 새로운 죽음의 방식에 대한 사회적인 논의와 함께 이의 악용을 막도록 법적 제도적 보완을 서둘러야 한다.

위에 제시한 글은 국내에서 처음으로 존엄사가 시행된 이후 경향신문(2009.06.

24)을 통해 발표된 "존엄사 정착을 위한 제도정비 시급하다."는 제목의 글이다. 이 글을 토대로 논증문의 의미 구조와 전개 과정을 파악해 보면 다음과 같다.

1문단은 국내에서 처음 존엄사를 시행했다는 내용으로, 김 모 할머니의 사례를 소개한다. 뒷부분에서는 이 사례가 철학, 의학, 윤리 면에서 죽음에 대한 우리 사회의 문제의식과 과제를 던져주었다는 내용이 언급되어 있다.

2문단은 존엄사를 둘러싼 사회적 두 시각의 쟁점과 스스로 죽음을 선택할 수 있다는 차원에서 존엄사의 의미를 말하고 있다.

3문단은 역접으로, 존엄사를 받아들이기 시작했지만 기준 미비, 악용 소지, 연명치료 이후부터 사망에 이르기까지 시설 부족 등, 존엄사의 현실 문제를 지적한다.

4문단은 존엄사라는 사회적 차원의 논의 확대와 악용을 막기 위해 법제도를 보완해야 한다는 것이다.

정리해 보면 1문단은 사례를 통한 진단과 논의 제시, 2문단은 존엄사의 의의를 진단, 3문단은 존엄사의 현실적 어려움과 부정적 의미, 4문단은 결론에 해당하는 주장으로, 사회적 차원에 존엄사 논의의 확대와 악용을 막기 위한 법 제도의 보완을 촉구하고 있다. 글의 분량이 적다보니 주제를 깊이 있게 다루지 못한 부분도 있겠으나 논증문에서 요구 되는 현상의 진단, 근거와 주장들을 두루 갖추었다. 그러면서도 내용에 군더더기가 없으며, 논지가 간결하고 또렷하게 드러난다.

① 조선은 정체된 나라로 아무런 발전 가능성이 없었다. 일본은 조선에 공장과 철도 등의 산업시설을 만들어 주었으며, 조선의 근대적 기술문명을 전달했다. 따라서 일본의 식민지 지배는 조선 근대화의 초석을 구축한 것이다.

② 조선은 오백여 년 동안 독자적인 사회 체제를 유지하며 문화적 전통을 축적해 온 나라다. 서구적인 근대화는 늦었지만 조선은 자생적인 변화 가능성을 지니고 있었다. 일본은 36년 간 우리 민족을 착취하고 유린했다. 따라서 일본은 조선의 씻을 수 없는 역사적 과오와 만행을 저질렀다.

반증은 어떤 주장에 대하여 그것을 부정하는 증거를 제시하는 일, 또는 어떤 사실에 반대 되는 증거를 제시함으로써 자신의 주장을 입증하는 과정을 말한다. 과학 지식의 역사를 고찰한 칼 포퍼(Karl Poper)가 과학적 진리에 대해 새롭게 제시한 개념으로, 포퍼는 과학적 지식이란 절대불변의 진리가 아니며, 과학적 지식의 핵심은 반증가능성(falsifiability)에 있다고 주장했다. 반증을 통해 기존 과학의 오류를 밝힐 수 있고 이로써 잘못된 지식의 영역을 제거할 수 있다는 것이다.

때로는 자기 논리에 빠져 글을 쓰다보면 다른 가능성을 배제해 버리기 쉽다. 하지만 동일한 논제에 대해서도 전혀 다른 논점에서 접근할 수 있기에 반론의 여지는 얼마든지 있다. 따라서 더 좋은 논증문이 되려면 예상되는 반론을 대비해야 한다. 민족주의, 사형제도, 배아줄기 연구의 문제처럼 찬반의 양론이 대립하는 사안이나 사회적 민감한 주제들은 논지가 충족된다 해도 다른 맥락에서 상반되는 견해가 제기될 수밖에 없음으로 반론 가능성을 대비할 필요가 있는 것이다.

위의 ①은 일본의 식민지 지배가 결과적으로 조선의 근대화를 촉진했다는 논증의 글이다. 당시 서구적인 근대화의 기준에서 보면 조선은 암담한 현실 상황에 있었으며, 일본을 매개로 조선에 근대적 기술이 들어왔다는 것 또한 사실이다. 광산업, 공장, 철도, 등 산업인프라가 그때 적극적으로 만들어진 것도 부인할 수 없다. 결과적으로 일본이 조선 근대화의 기초를 만든 측면이 있다.

그런데 이러한 주장에 대해서는 곧 반론이 제기될 수밖에 없다. "근대화의 개념은 무엇인가. 개인의 주체적 권리와 독립국가의 주권이 전제되지 않는 근대화가 과연 가능한 것인가. 공장과 철도가 들어서기는 했으나 조선을 병참기지화 하고 조선의 광산과 부산물을 착취, 약탈하려는 일본의 도구적 수단은 아니었는가. 일제의 제국주의적 만행이, 그들의 식민지 지배가 오히려 조선의 자생적 근대화를 굴절시켰고 지연시키는 왜곡된 결과를 초래한 것은 아닌가."

논리적으로 주장하려면 반대의 견해를 고려하지 않으면 안 된다. 다른 논증의 조건을 충족했을지라도 공격적으로 제기될 반론에 대비하지 못한다면 그 논리는 위험할 수밖에 없다. 위와 같은 반문을 통해 식민지 근대화론을 주장하는 입장을 충분히 예상하면서 자신의 논리를 펼쳐야만 논증문의 진가가 살아나는 것이다. 따라서 ②의 논증이 논증문으로 설득력을 높이고 식민지 지배에 의해 생겨난 근대화의 측면도 불식시키려면 "수탈을 목적으로 한 근대적 기술문명이 짧은 시간에 주체적 의식과는 전혀 무관하게 이식됨으로써, 조선의 자생적 발생과 단계적 변화 가능성을 근본적으로 왜곡시켰다는 내용"의 논지를 ②에 새롭게 첨가하는 것이 더욱 좋겠다.

| | | | | 연/습/문/제/

1. 아래 제시한 논증문을 각각 전제와 결론으로 간략하게 정리해 보고 논증의 과정이 취약한 부분은 무엇인지 생각해 보자.

❶ 중세에는 집 내부의 공간이 나누어져 있지 않았다. 부엌과 잠자는 곳, 생활하는 곳이 따로 구분되어 있지 않고 큰 공간 안에 함께 있었다. 어른과 아이들도 섞여 자야 했고 심지어는 일하는 사람이나 얹혀사는 친척까지도 모두 한 공간에서 함께 지냈다. 생활공간의 특성상, 개인의 개성이 존중되기는 어려웠다. 가족 간의 정이나 부부간의 애정은 형성될 수도 없었다. 오늘날에는 아주 당연하게 생각하는 것들도 원래부터 그랬던 것은 아니다. 대부분은 근대 이후에 격심하게 변화된 것이다.

❷ 서민층이 부담하기에는 현재 한국의 등록금은 터무니없이 높다. 정부가 지원금으로 해결할 수 없다면 대학 스스로 이 문제를 풀 수 있도록 자율화해야 한다. 학생들이 돈이 없어서 대학에 갈 수 없는 현실, 막상 간다 하더라도 학자금 대출에 발목이 잡힌 현실을 고려해 보았을 때 기여입학제가 이러한 현실을 어느 정도는 해소할 수 있을 거라 본다. 반값등록금은 정부의 재정 지원이 없다면 현실화되기 어렵다. 그렇기에 투명한 제도 운영이 보장된다면 정부는 기여입학제를 우선 허용해야 하며 이후 대학의 제도 운영에 대해서 더욱 관심을 가지고 통제해야 한다.

2. 다음 각각의 견해들을 뒷받침 할 수 있는 논거를 둘 이상 제시해 보자.

❶ 현대 사회는 산업화와 기계화로 인한 물질적 풍요로움의 혜택을 누리고 있다. 그
  러나 한 편으로는 산업화나 기계화로 인해 사회의 문제점이 점차 심각하게 나타
  나고 있는 실정이다.

....

....

....

....

....

....

....

❷ 우리나라 문학이 외국 문학의 영향을 받은 것은 부인할 수 없지만, 우리 문학의
  형성과 성장에는 우리 문학 자체의 전통과 한국사의 내부적 요인이 더욱 중요하
  게 작용하였다.

....

....

....

....

❸ 민족의 단결심이 어떤 개인이나 특정 단체의 이익을 위하여 이용될 수는 없는 것이다. 짧은 기간만을 앞에 놓고 본다면 일반 국민이 권력자에게 무조건 순종하는 듯이 보이는 경우가 많이 있다. 그것이 언뜻 보면 단결인 것같이 비칠지도 모르겠다. 이러한 현상은 전체주의 국가에서 흔히 나타난다. 그러나 역사의 심판은 엄격한 것이다. '꾸며진 단결'은 새로운 사회와 문화의 발전을 위하여 부서지는 것이다.

3. 한자 혼용(混用)과 한글 전용(專用)의 주장에 동원되는 논거는 아래와 같다. 두 주장 중 어느 한 쪽을 지지하고 다른 쪽을 반박하는 의미로, 자신이 공감하는 논거를 아래에서 둘 또는 셋 정도 골라 짧은 논증문을 작성해 보자.

[한자 혼용의 주장]

1) 한자는 뜻글자이므로 의미 파악이 쉽다.
2) 한글만 쓰면 읽기에 불편하고 우리말 절반 이상이 한자어다.
3) 우리말은 동음어가 많아 한자를 쓰지 않으면 구분이 어렵다.
4) 한자 1,800자 정도 익히는 것은 크게 부담스럽지 않다.
5) 우리 고전은 대부분 한자, 한문으로 되어 있다.
6) 일본과 중국이 한자를 쓴다. 익혀 놓으면 이들 말이 배우기 쉽다.
7) 한자는 조어력(造語力)이 커서 새 개념과 물건에 이름을 붙이기가 쉽다.

[한글 전용의 주장]

1) 말의 기본은 소리다. 일상생활에서는 소리를 듣고 이해할 뿐, 글자를 보고 아는 것이 아니다.
2) 동음어는 어느 언어에나 있다. 문맥에 의해서 뜻을 알 수 있다.
3) 실제로 쓰는 말은 그렇지 않다.
4) 한 번 번역하면 세대마다 편리하게 이용할 수 있다.
5) 세대마다 남의 글자를 그렇게 익히는 것은 너무 부담스럽고 고유의 한글을 더욱 위축시켜 위기를 초래할 뿐이다.
6) 전 국민이 다 이들 말을 익힐 필요가 없다. 말의 어려움은 문법과 발음, 의미에 있는데, 글자꼴을 익히는 것은 도움이 미미하다.
7) 우리말의 조어력도 상당히 회복되고 있다.

■ 도움말 ■

하나, 한자 혼용과 한글 전용의 개념을 잘못 이해하는 경우가 많다. 한자어 '학교'를 '學校'에 '학교(學校)'에라고 적으면 한자 혼용이고, '학교에'라고 적으면 한글 전용이다. 한글 전용이란 '학교'를 '배움터'라고 바꾸는 것처럼 한자어를 고유어화 하는 것을 일컫는 말이 아니다. 둘, 한자와 한문, 한글과 우리말, 한자어와 고유어 등의 개념을 잘 구별하여 사용해야 한다.(우리가 매일 접하는 신문을 보면 한자어가 너무 많다./일상생활에서 한자어가 많이 섞인 글보다는 한글로 쓰인 글이 읽기에 더 쉽다./우리말이 설 자리를 잃는 상황에서 한자어를 계속 혼용하는 것은 바람직하지 못하다. ⇒ 위의 문장에 밑줄 친 '한자어'는 모두 '한자(漢子)'라고 바꿔 적어야 한다.) 셋, 흔히 논제에 대한 장황한 역사적 접근으로 서두를 시작해서는 곤란하다. 마치 한글과 한문(漢文) 사용의 문제처럼 잘못 이해하여 과거에 한문이 숭상되어 온 점을 길게 언급한다면 그것은 잘못된 것이다.

글 쓰 기 연 습 지	
월 일 요일 교시	학과(부) :
학 번 :	이 름 :

글 쓰 기 연 습 지

월 일 요일 교시	학과(부) :
학 번 :	이 름 :

발 표 연 습 지

월 일 요일 교시	학과(부) :
학 번 :	이 름 :

발표 주제 :

발표 목적 :

인사말 :

발표 내용 :

맺음말 :

수 업 점 검 표						
강의 주제 :			월 일 요일 교시			
학 번 :		이름 :				
자기 점검	나는 오늘 수업을 미리 준비해 왔다.	①	②	③	④	⑤
	나는 수업 내용으로 질문을 하였다.	①	②	③	④	⑤
	나는 적극적으로 수업에 참여하였다.	①	②	③	④	⑤
	나는 개인적으로 스마트폰을 사용했다.	①	②	③	④	⑤
	나는 수업 방해 행위를 한 적이 있다.	①	②	③	④	⑤

■ 나의 수업 태도를 통해 느낀 점은 어떤 것이 있는가?

제10장
설명문(說明文)

01 | 설명문의 가치

　설명문은 글쓴이가 독자를 향해 말하고자 하는 것이 무엇인가를 알리기 위한 글쓰기 방식이다. 어떤 대상, 사물이나 개념, 사실이나 사건 등을 풀어 그 본질을 밝히는 것으로서 "글쓴이의 주된 의도가 무엇인가, 어떤 생각을 가지고 있는가, 문제의 성격이나 상황은 어떤 것인가, 용어나 술어 등은 어떻게 정의되어야 하는가." 등을 이해, 분석하고 지침을 주는 글이다. 곧, 이해와 전달이 그 목적이기에 설명문은 직선적이고 논리적인 기술 양식의 서술이 드러난다.

　설명문은 대상 설정에 있어 개방성을 지니므로 그 영역은 다양하지만 독자들이 관심을 가진 것이나 우리의 삶에 직, 간접적으로 관련을 맺고 있는 것이면 더욱 좋다. 구청이나 동사무소, 국민연금관리공단, 선거사무소, 또는 주민에게 보내는 고지서와 통지서를 비롯한 각종 공문서가 설명문의 일종이다. 학교에서 학부모에게 보내는 알림장, 제품사용설명서, 관광안내문, 신문 기사문, 실험이나 관찰,

조사보고서 등이 우리 가까이에서 발견할 수 있는 설명의 기술 방식을 주로 사용한다. 여기에 이력서, 자기소개서, 해설 중심으로 쓴 가벼운 서평 따위도 설명문 범주에 속할 수 있고, 초중고 학교에서 학생이 교재로 쓰는 교과서와 백과사전도 설명문으로 엮는다.

한 나라의 국민으로, 시민으로, 사회생활을 원활하게 이어가려면 늘 다른 이와의 소통이 필요하기에 우리는 싫든 좋든 사회생활 속에서 설명문을 자주 읽게 된다. 그래서 설명문은 우리 주변의 실생활과 아주 밀접하며, 이 때문에 설명문은 객관성을 토대로 삼는 이해와 전달의 서술 태도를 견지하고 있다.

그런데 여기서 객관성이란 수식연산처럼 옳고 그름이 또렷하여 누구든 인정해야 하는 사실만을 고집하지 않는다. 설명문이라고 해서 늘 완전한 객관성을 기술할 수만은 없다. 설명문에도 글쓴이가 의식하지 못한 가운데 글쓴이의 개인적 기호와 의견이 섞일 여지를 남긴다. 미래의 방향을 제시하거나 결정할 때도 그렇겠지만 인간의 정신적 산물인 글을 칼로 재단하듯 완벽하게 경계 지어 쓰기는 쉽지 않다. 중요한 점은 전체 내용을 가르는 중심이 주관성에 있느냐, 아니면 객관성에 있느냐의 문제가 아닌가 한다. 이에 설명문은 글쓴이의 자기 취향이나 의견을 가능한 배제하여 객관성을 토대로 대상을 전달하고 이해시켜야 하는 원칙이 있는 것이다.

첫째, 설명하려는 대상의 본질이나 성격, 그리고 그 대상을 구성하고 있는 여러 요소들 사이의 내적인 관계 등을 이해하고 있어야 한다.

둘째, 설명문은 기술 양식 자체가 이해를 돕기 위한 것이므로 되도록 글쓴이의 주관을 배제하고 객관적 태도와 공정한 입장을 유지하는 것이 좋다.

셋째, 대상에 대한 명확한 주제 의식과 효과적인 설명을 위해서 일관성과 논리성을 견지해야 한다.

넷째, 설명이 피상적인 수준에 머물지 않게 대상의 여러 가지 측면들과 그것들 사이의 내면적 관련성을 조리 있고 요령 있게 제시하고 다른 영역과의 변별된 특성도 설명할 수 있어야 한다.

[원두보관 설명서]

　원두는 산소와 습도에 민감합니다. 밀봉을 뜯은 후에는 지퍼백을 다시 잘 닫아서 서늘한 곳에 습기를 피하여 실온보관 하시길 바랍니다. 냉동 또는 냉장보관 시에는 습기가 차거나 다른 냄새가 배어드는 등 커피 본연의 향미를 해치게 됩니다. 따라서 냉동 또는 냉장 보관은 가급적 피하시길 바랍니다. 커피는 로스팅 후 2주 정도 기간 동안 최상의 향미를 유지하므로 가능한 2주 내에 드실 것을 권합니다.

[라면 조리 방법]

　먼저, 끓는 물 550ml(큰 컵으로 2컵과 3/4컵)에 건더기 스프를 넣고 물을 끓입니다. 다음은, 분말스프를 넣고 그리고 면을 넣은 후 4분간 더 끓입니다. 끝으로, 분말스프는 식성에 따라 적당량 넣어 주시고 김치, 파, 계란 등을 곁들여 드시면 더욱 맛이 좋습니다.

[쓰레기봉투(50ℓ) 생활폐기물 안내]

　1. 음식물쓰레기는 음식물 전용봉투에, 재활용품은 품목 별로 분리 배출하여 주십시오. 2. 재활용품 및 음식물쓰레기를 이 봉투에 혼합하여 배출할 시 20만 원 이하의 과태료를 부과합니다. 3. 쓰레기를 무단으로 투기할 시 100만 원 이하의 과태료가 부과 됩니다. 4. 이 봉투는 ○○구 (주)○○환경에서 청소하는 지역에서만 사용해야 합니다.

　위의 글은 우리가 일상에서 흔히 볼 수 있는 원두보관 설명서, 라면 조리 방법, 쓰레기봉투 생활폐기물 안내 등을 설명하고 있는 글이다. 위 글은 모두 생활의 실용성을 높여주는 설명문으로, 짧은 분량의 명료한 문장을 구사하고 있다. 서술 방식도 줄글로 써내려오거나 순서나 숫자를 매겨가며 열거하는 형태를 취하여 더욱 절차와 과정이 확연하고 이해가 빠르다. 어찌 본다면, 이것도 한 편의 글인

가 싶지만 "처음 – 중간 – 끝"이라는 구조가 어려 있으니 하나의 글은 글이다. 꼭 필요한 사항만을 정보로 제공하다 보니까 이렇게 썼을 뿐이다.

가령, '라면 조리 방법'을 설명하는 글에서 마지막 한마디 "맛이 좋습니다."라고 한 서술 부분은 사실 글쓴이의 개인적 의견에 해당한다. 설명문도 달리 생각해 보면, 일정 부분에 글쓴이의 개인적 생각이 스며날 수 있다. 하지만 좀 더 글전체의 서술을 살펴본다면 "식성에 따라 – 넣어 주시고 – 곁들여 드시면"이라는 단서가 붙어 있으니 전반적으로 객관성을 지향한 표현이라 할 것이다. 예를 들어 "우리 기업은 소비자의 입맛과 건강을 돌보는 마음으로 정성껏 제품을 만들기에 가장 맛이 좋고 특별합니다."의 문장이 마지막에 더해졌다면 오히려 설명문의 의미가 많이 약화되었을 것이라 본다.

아래 자료는 문제의 발견과 심화라는 차원에서 우리가 일상적으로 사용하는 '약'이라는 단어의 상대적 의미를 재발견하여 새로운 시선을 제공하고 있다. 이처럼 우리가 흔히 사용하는 어휘 가운데 그 사용 맥락을 새롭게 봄으로써 재해석할 수 있는 현상을 찾아 개성 있게 설명문을 작성해 보는 것도 좋은 경험이 된다.

읽기 자료

어린 아이가 약국에 가서 '쥐약 주세요.' 했더니 약사가 '니네 집 쥐는 어디가 아프냐.'고 했다는 유머는 이미 고전이다. 쥐약은 쥐를 위한 약이 아니라 쥐를 '잡는' 약이다. 그런데도 우리는 것을 약이라고 부른다. 우리는 병이나 상처를 낫게 하는 것도 약이라 부르고 살을 빼거나 잠이 안 오도록 만드는 것도 약이라 부르고 벼멸구 등의 해충을 잡는 것도 약이라 부른다. 뇌물을 주는 건 약을 치는 것이고 구두에는 구두약을 바른다. 또 우리는 젊은 날의 고생만한 '약'이 없다고 말한다. 또 어떤 사람은 배터리나 스테이플러 클립도 약이라 부른다. 그러니까 약은 약 이상의 그 무엇인 것이다.

사전의 뜻풀이엔 이렇게 적혀 있다. '약 : 몸이나 마음에 이롭고 도움이 되는 것.' 이때 '몸이나 마음'이라 함은 파리나 모기, 쥐의 몸과 마음이 아니라 바로 '인간의 몸과 마음'이다. 그러니까 '약'은 그것을 사용하는 인간의 입장에서 '이롭고 도움이 되는' 것이다. 당하는 쥐나 파리, 혹은 벼멸구의 '몸과 마음'에는 별 관심이 없는 것이다. 살 빼는 약이나 잠 안 오는 약도 마찬가지로 그것을 사용하는 인간의 의도와 관련이 있을 뿐, 살과 잠에게는 관심이 없다.

인간 중심으로 보자면 농약도 쥐약도 감기약도 구두약도 본질적으로 같은 것이다. 여기에는 인간 이외의 존재, 예를 들어 쥐, 벼멸구, 파리, 모기의 자리가 없다. 그들은 박멸되어야 할 해충이나 혐오 동물일 뿐이다. [⋯] 이 화상들이 여름밤에 잠 좀 편히 자보겠다고 만든 게 그 유명한 '에프킬라'다. 빨간색 뚜껑에 하얀 몸통으로 이루어진 단순한 디자인에는 공격적인 글자체로 '파리, 모기 살충제'라는 문구가 새겨져 있다. 이 에프킬라의 상표 가치는 얼마일까? 원래 삼성제약의 효자 상품이었던 이 에프킬라는 2000년 다국적기업인 '한국 존슨'에 팔렸는데, 브랜드 값으로만 이백구십칠억 원을 받았다(회사 설비 등 고정자산대금으로는 고작 구십억 원을 받았다). 그 후 한국 존슨은 '레이드'(이 얼마나 우아한 이름의 살충제인가? 그래서인지 레이드로는 어쩐지 파리, 모기 따위를 단지 해롱거리게 할 수 있을 뿐, 죽이지는 못하리라는 느낌에 사로잡히게 된다)라는 브랜드를 갖고 있으면서도 한국에서는 계속 에프킬라로 밀어붙이고 있다고 한다.(정말 대단한 브랜드 파워다.)

에프킬라의 그 무엇이 그토록 오랫동안 우리들을 사로잡고 있는 것일까. 'F' 때문일까, 아니면 '킬라' 때문일까. F는 윗입술과 앞니 사이로 새어나가는 바람을 통해 발음된다. 그때의 바람은 어쩐지 에어로졸 방식의 살충제에서 뿜어져 나가는 압축 공기를 연상시킨다. '킬라', 즉 살인자의 냉혹한 이미지도 능히 한몫을 한다. 에프킬라의 매력이 온전히 그 이름에서 비롯되었는지는 알 수 없다. 그러거나 말거나 우리는 오늘 밤도 다가올 대량 살육을 암시하는 레몬향 섞인 등유 냄새와 함께 잠든다. 그러나 분명한 것은 모기가 에프킬라, 심지어 인간보다도 더 오래 살아남으리라는 것이다. 그들은 작고 민첩하며 조용하다. 어떤 냄새도 풍기지 않으며 승리를 자랑하지도 않는다. 그들은 어둠 속에서 사랑하며 속세의 권력에 초연하고 피와 유전자 이외에는 무관심하다. 어찌 그들을 이기겠는가.

김영하, "포스트잇−에프킬라(2002)"

02 | 설명문 쓰는 방법

효과적인 설명을 위해서는 설명하고자 하는 대상(주제)에 대해 정확하고 풍부한 지식이 전제 되어야 한다. 그리고 그 지식을 알기 쉽게 표현 할 수 있는 기술적인 다양한 표현 능력 또한 필수적이다. 이 두 가지 조건 중 물론 전자가 선행돼야 하겠지만 둘 중 하나라도 결여되면 읽는 사람은 이해 과정에서 내용이 왜곡될 수도 있는 일이다. 특히 글쓴이가 설명하고자 하는 대상의 본질과 변별된 특성을 잘 알고 있고 그것들 사이의 내재적 관련성 및 선후의 인과 관계에 대해 정확한 정보와 지식을 갖췄다면 표현의 기술이라는 차원은 그다지 어려운 일만은 아니다.

설명이라는 기술 방식이 글쓴이와 읽는 이의 대화임을 감안 할 때 자신의 지식을 쉽고 조리 있게 표현할 수 있는 서술 능력은 무서운 힘이 된다. 더욱이 글을 읽는 주요 독자층의 지적 수준을 감안해 적절한 용어 선택과 문체를 조절하는 일, 또는 내용 접근에 수위를 조절하는 일 등은 효과적 설명을 이끄는 초석이 될 것이다. 그러나 설명을 위한 글쓰기의 개별적 상황과 과정을 모두 제시하면서 그에 알맞은 절차와 방법을 제시하기는 현실적으로 어렵다. 여기서는 단지 설명문 작성 시, 내용의 접근 방법과 전개 과정의 효과를 극대화 할 수 있는 글의 전개 방식을 나누어 제시해 보겠다.

일반적으로 글을 쓰면서 사고를 조직하고 배열하는 원리들은 시간적, 공간적, 논리적, 심리적 원리 등에 바탕을 두고 있다. 그리고 다시 이를 나눌 때는 시간성을 중시하는 동태적(動態的) 범주와 시간성을 고려하지 않는 정태적(靜態的) 범주로 나눌 수 있다. 정태적 범주에 속하는 전개 방식은 분석, 묘사, 분류, 비교, 대조 등이 있고 동태적 범주에 속하는 것은 서사, 과정, 인과 등이 있다. 한 편의 글을 쓸 때, 선택된 특정 대상(주제)에 대하여 어떠한 전개 방법이 효과적인지를 이해하는 것은 글쓰기 향상에 동력이 됨은 당연하다. 아울러 이러한 전개 방식을 통해 여러 유형의 글쓰기 현장에서 자유롭게 활용할 수 있도록 바르게 익히는 것은 더욱 중요한 일이다. 실제 글쓰기에서는 이러한 방법을 적절히 활용함으로써 표현 의도에 쉽게 도달할 수 있게 된다.

❑ 분석(分析)

분석은 대상의 구조나 구성 원리를 밝혀 관점을 명확히 하고 일관성 있는 기준을 마련해야 한다. 이때 기준은 대상의 물리적인 구조 형태나 구성 원리에 따르는 것이 좋고 각 요소나 부분들 사이의 유기적인 관련성 및 전체 구조 속에서의 위치, 기능까지 밝혀 주도록 한다. 따라서 분석의 절차는 이와 같다. 대상의 결정과 기준을 마련 → 이유와 목적의 제시 → 분석 항목의 배열과 정리 → 분석한 내용의 제시 → 결과의 도출로 이어진다.

❑ 묘사(描寫)

묘사는 대상에 대한 의미 있는 인상을 중심으로, 독자가 쉽게 상상할 수 있도록 명확하게 그려내야 한다. 주로 감각적인 인상에 의존하여 복잡한 것을 단순한 요소나 부분들로 나누어 표현하는 지적 작용이다. 예를 들면 전체에서 부분으로, 앞에서 뒤로, 좌에서 우로, 위에서 아래로 또는 바깥에서 안의 순서나 그 반대의 순서로 일정한 방향을 정하여 표현해 나가도록 한다. 묘사의 종류는 객관적 묘사와 주관적 묘사가 있는데, 객관적 묘사는 대상에 대한 사실적이고 정확한 정보 전달을 목적으로 이루어진다. 따라서 과학적이고 설명적이며 객관적이고 사실적이다. 그리고 주관적 묘사는 대상에 대한 관찰자의 주관적 인상을 중심으로, 상징적 언어를 통해 어떤 분위기와 인상, 감정 등을 창조해 내는 것이 목적이다. 암시적 의미를 지닌 문학적 묘사라고 한다.

❑ 분류(分類)

대상의 공통된 특성에 근거하여 묶거나(분류) 나누는(구분) 지적 작용을 분류라 한다. 분류의 기준은 대상의 속성이나 필자의 관점에 따라 정하되 명확하고 타당해야 하며, 하나의 단계에서는 하나의 기준을 적용해야 한다. 아울러 분류의 하위 항목들은 상위 항목의 내용에서 벗어나지 않는 상위 항목의 모든 사실을 포함하고 상호 배타성을 지니도록 한다.

❑ 예시(例示)

구체적 사례를 통해 글의 중심 내용과 의도를 분명하게 드러내 주는 역할을 한다. 어떤 계층이나 유형, 일반적 원리나 법칙, 진술 등을 구체화할 수 없는 장황한 예시는 오히려 글의 이해를 방해한다. 같은 의미라면 길고 장황한 예문보다 짧고 명료한 예문으로 글의 이해를 방해하지 말아야 하고, 무엇보다 예를 드는 의도를 명확히 드러내 주는 사례를 찾는 것이 필요하다. 따라서 예시는 타당성과 객관성을 근거로 한다. 진술 내용이 일반적일 때는 특별한 예를 들어 설명하고 관념적, 추상적일 때는 구체적인 예시가 적절하다. 어려운 내용은 보다 쉬운 예를 통해 설명하되, 예시에서 주의할 것은 진술의 범위를 한정하여 충분한 실례를 마련해야 진술의 타당성과 글의 명시성(明視性)에 기여 할 수 있다는 것이다.

❑ 정의(定義)

정의는 어떤 사물이나 대상에 대하여 명료한 설명이나 요점을 제시하고자 그 본질을 진술하여 범위를 규정짓는 것이다. 전체적으로 '~란 ~이다. ~은 ~이다. ~는 ~이다.'의 진술 형태를 취하고 있으며, 이것은 어떤 것이고 무엇인가의 개념을 설명해 주어 대상의 범주를 설정하는 논증의 과정이기도 하다. 정의의 구조는 두 개의 항, 즉 좌측의 피정의항(종개념)과 우측의 정의항(종차와 유개념)으

로 이루어진다. 여기서 피정의항은 정의의 대상이 되는 하위 개념으로, 종개념(種
概念)을 말하고 정의항은 정의 대상을 규정하는 내용으로, 종차(種差)와 유개념(類
概念)을 포함한다. 종차는 피정의항의 종개념이 상위 범주에 포함된 다른 종개념
들과의 변별된 차이점을 가리킨다. 그리고 유개념은 피정의항이 속해 있는 상위
범주를 말한다. 예컨대 "삼각형은 일직선상에 있지 않은 세 개의 점을 세 직선으
로 연결하여 이루어진 도형이다."라는 정의 형식이 있다면 '삼각형은'에 해당하
는 부분이 피정의항(종개념)이 되고 '일직선상에 있지 않은 세 개의 점을 세 직선
으로 연결하여 이루어진'의 내용이 정의항의 종차가 된다. 또한 '도형이다.'의 부
분은 피정의항(종개념)을 포함하고 있는 정의항의 유개념이 되는 것이다.

그러면 이제 정의의 조건을 통해 정의를 좀 더 구체적으로 알아보도록 한다.
첫째, 피정의항과 정의항은 대등해야 한다. 즉 피정의항이 정의항의 부분이어서
는 안 된다는 것이다. 둘째, 피정의항의 용어나 관념이 정의항에서 되풀이 되면
안 되고, 정의항에 사용된 용어가 피정의항에 용어보다 더 생소하거나 어려운 것
이어서는 곤란하다. 셋째, 피정의항이 부정이 아닌 한, 정의항이 부정적이면 안
된다. 넷째, 정의항은 비유적으로 표현되거나 의문문으로 진술하지 말아야 하고,
해석하거나 묘사해서도 안 된다. 때때로 정의(定義)와 지정(指定)의 구분을 혼동하
는 경우가 있다. 그러나 결론적으로 말해 좌우항이 대등하지 않으면서도 사실과
부합되는 진술의 경우 대부분이 지정에 의한 것이다. 요컨대 지정(확인)은 좌우항
이 대등하지 않지만 정의는 반드시 대등해야 하고 지정은 대상의 속성을 지적하
여 설명하는 반면, 정의는 개념을 풀이하여 설명하는 방법을 취한다. 그러면, 위
에서 언급한 정의의 조건을 토대로 아래의 예문을 생각해 보자.

① 인간은 동물이다. ② 소설가는 소설을 쓰는 사람이다. ③ 타조는 날지 못하
는 새이다. ④ 벙어리는 말을 못하는 사람이다. ⑤ 친절이란 귀먹은 사람이 들을
수 있고 눈먼 사람이 볼 수 있는 것이다. ⑥ 여대생은 고등교육기관에 재학 중인
젊은 여자이다. 먼저 ①은 '고래는 포유동물이다.'의 문장과 같이, 피정의항과 정

의항이 대등하지 않다. ②는 피정의항의 용어나 관념이 정의항에서 되풀이 되고 있다. ③과 ④는 피정의항이 부정이 아닌 한 정의항이 부정적이면 안 된다. 하지만 ③은 피정의항이 부정이 아니면서 정의항은 부정이므로 옳지 않고, ④는 피정의항이 부정의 의미를 포함하므로 정의항이 부정적 의미를 지니고 있는 것이다. ⑤는 비유적 표현으로 되어 있다. ⑥에서는 '고등교육기관'이 구체적으로 무엇을 말하는가와 늙은 여자의 경우를 고려하지 않았다. 따라서 ④를 제외한 나머지는 정의라 할 수 없다.

❏ 비교(比較)와 대조(對照)

둘 이상의 어떤 사물들 사이에서 비교는 언어적 또는 형태적 유사성을 밝히는 것이고, 대조는 그 사물의 종류나 특성, 정도의 차이를 밝히는 것이다. 이처럼 비교와 대조는 유사성이나 차이점을 부각함으로써 대상의 구체화(具體化)와 상세화(詳細化)에 기여하고 대상의 특성을 파악하는데 보다 효과적이라 할 수 있다. 예문을 살펴보면 다음과 같다. "희곡은 소설과 마찬가지로 그 표현 수단이 언어를 매개로 하는 문학의 한 분야이며, 일정한 인물(人物)이나 사건(事件), 주제(主題)를 가지고 있다는 점에서 소설과 크게 다를 바가 없다."라는 내용은 대상들을 견주어서 공통점을 중심으로, 비교의 전개 방식을 취하고 있다. "판소리 사설에 나타나는 악인(惡人)들과 전통 문학의 소설 작품에 나타나는 악인은 그 인간형에서 차이점을 보여준다. 즉 후자(後者)의 경우는 권모술수(權謀術數)의 지능적이고 계획적인 악(惡)의 유형을 보여주는 반면, 전자(前者)는 우리가 듣고 보아서 결코 증오할 수 없는, 웃음으로 받아 넘기게 되는 그런 유형이다."의 예문은 대조를 통해 차이점을 중심으로 설명하고 있는 것이다. 유의해야 할 점은 같은 범주(範疇)에 속하는 대상들 속에서 그 대상의 의미 있는 관점을 비교·대조해야 한다는 것이다. 비교와 대조의 절차는 일반적으로, 흥미로운 대상(주제)을 선택 → 대상의 특성을 파악 → 목적과 적용 관점을 결정 → 의미 있는 관점을 선택 → 유사성이나 차이점 정리 → 내용의 전개 → 결론의 절차로 이루어진다.

❑ 유추(類推)

복잡하거나 어려운 개념을 대상에 대하여 유사성이 있는 친숙한 개념이나 대상과의 대비(對比)를 통해 이해를 끌어낸다. 즉 유사한 점에 의해 다른 사물을 미루어 추측하는 방법이다. 유추는 간접추리의 하나이며, 두 개의 특수한 사물에서 다수의 본질이 일치한다는 점에서 다른 속성도 그러하다고 보는 것이다. 비슷한 점을 기초로 한 비교추리. 아날로지(Analogy)를 일컫는다. 유추를 위해 끌어들이는 사물은 원래의 것과 형태나 속성에 있어 결정적인 유사성을 지녀야 하며, 본래의 것보다 알기 쉽고 구체적인 사물을 선택해야 한다. 아울러 유추는 크게 비유의 한 영역이기에 둘 사이의 공통점은 사실로서가 아닌 비유로 인정된다. 비교가 같은 범주에 있는 대상들과의 대비라면 유추는 서로 다른 범주에 속하는 대상들끼리의 대비로 확장된 의미의 비교라 할 수 있다.

❑ 서사(敍事)

서사는 과정, 인과와 함께 시간성을 중시하는 동태적(動態的) 범주에 속하는 것으로, 시간의 흐름에 따라 어떤 행동이나 상태가 진행되는 것을 표현하는 진술 방식이다. 여기서 행동은 움직임의 개념으로, 인물의 행동과 상황의 변화까지를 포함하고 이러한 행동과 상황의 변화는 어떤 시점(時點)에서 다른 시점으로 옮아가는 시간의 흐름 속에서 이루어진다. 즉 하나의 움직임이 완결되는 동안의 시간이 사건의 한 단위이며, 한 단위의 시간이 되는 것이다. 서사의 사건은 단순한 인물의 행동, 곧 움직임의 나열이 아니다. 행위나 사건에 대한 '무엇'에 관한 내용이 주된 관심이므로, 각 과정은 사건의 중심을 향하여 유기적(有機的) 의미(意味)를 지녀야 한다. 이렇게 서사는 행동과 시간, 그리고 사건의 연계적(連繫的) 의미를 통해 단일하고 집중적인 인상을 주도록 구성(Plot)되어야 한다.

❏ 과정(過程)

어떤 특정의 결말을 가져오게 하는 일련의 행동이나 변화, 기능, 단계, 작용 등에 초점을 두고 글을 전개하는 방법이다. 각각의 단계는 분명한 기준으로 절차에 따라 진술하도록 한다. 특히 주제를 향해 각 단계와 절차가 집중되어야 한다. 일련의 사건을 놓고 볼 때, 과정은 인과 관계보다 전개 양상의 단계나 변화에 초점을 두는 선후 관계를 중시한다고 볼 수 있다. 따라서 '무엇'에 관한 사항보다 '어떻게'에 관한 절차를 제시해 줌으로써, 주어진 주제에 체계적이고 구체적인 접근을 가능하게 한다. 예컨대 "그것에 필요한 단계나 절차는 무엇인가. 그것은 어떻게 만드는가. 또는 그것은 어떻게 일어났는가. 그것은 앞으로 어떻게 변화할 것인가."에 관한 정보 전달을 목적으로 하는 설명문, 보고문, 기사문 등은 물론 논설문, 연설문처럼 설득을 목적으로 하는 글에서도 과정의 방법을 활용할 수 있다.

❏ 인과(因果)

어떤 결과를 가져오게 한 영향이나 힘(원인=근거), 또는 이러한 힘에 의해 결과적으로 초래된 현상(결과=주장)을 밝히는 지적 작용으로 원인(原因)과 결과(結果)의 관계는 반드시 필연성을 갖추어야 한다. 원인들은 결과를 이끌어 내기에 충분한 근거로, 자료가 진실 되고 공평해야 하며 그 작용 순서도 체계적이고 일정해야 한다. 원인과 결과의 방법을 이용한 글의 조직에서, 원인 → 결과 또는 결과 → 원인은 모두 가능하다. 하지만 원인과 결과가 여러 차례에 걸쳐 겹치는 연쇄적 경우, 내용의 전체적인 체계나 순서를 명확히 해야 한다. 예를 들면, 도시는 아스팔트와 콘크리트가 매우 많은데 이들은 열의 전도율이 매우 높다.(원인) → 열전도율의 작용 → 도시는 주변의 시골보다 기온이 상당히 높아진다.(결과) → 도시에는 유황화합물, 산화질소, 일산화탄소 및 미립자(微粒子)의 먼지가 많다.(원인) → 바람의 작용(바람은 기온이 낮은 데서 높은 데로 분다.) → 도시 상공에는 먼지 구름이 형성된다.(결과) 이처럼 순서와 전체적 체계를 고려하여 원인→ 결과, 원인→ 결과의 관계가 잘 드러나도록 글의 내용을 바르게 배열하는 것이 필요하다.

① 집에 오래 지탱할 수 없이 퇴락한 행랑채 세 칸이 있어서 나는 부득이 그것을 모두 수리하게 되었다. 이에 앞서 그 중 두 칸은 비가 샌 지 오래되었는데, 나는 그것을 알고도 어물어물하다가 미처 수리하지 못하였고, 다른 한 칸은 한 번밖에 비를 맞지 않았기 때문에 급히 기와를 갈게 하였다.

그런데 수리하고 보니, 비가 샌 지 오래 된 것은 서까래·추녀·기둥·들보가 모두 썩어서 못쓰게 되었으므로 경비가 많이 들었고, 한 번밖에 비를 맞지 않은 것은 재목들이 모두 완전하여 다시 쓸 수 있었기 때문에 경비가 적게 들었다. 나는 여기에서 이렇게 생각한다. 사람의 몸에 있어서도 역시 마찬가지다. 잘못을 알고서도 곧 고치지 않으면 몸의 패망하는 것이 나무가 썩어서 못 쓰게 되는 이상으로 될 것이고, 잘못이 있더라도 고치기를 꺼려하지 않으면 다시 좋은 사람이 되는 것이 집 재목이 다시 쓰일 수 있는 이상으로 될 것이다. 이뿐만 아니라, 나라의 정사도 이와 마찬가지다. 모든 일에 있어서, 백성에게 심한 해가 될 것을 머뭇거리고 개혁하지 않다가, 백성이 못살게 되고 나라가 위태하게 된 뒤에 갑자기 변경하려 하면, 곧 붙잡아 일으키기가 어렵다. 삼가지 않을 수 있겠는가.

이규보, "동국이상국집, 이옥설(理屋說)"

② 동양의술은 종합적이요, 서양의술은 국소적이다. 예를 들면 축농증은 서양의술에서는 그 원인이 부비강에 화농균이 번식해서 농즙이 생기는 데 있다고 해서 그 부분을 수술한다. 그런데 한의학에서는 그 원인을 코에서 찾지 않고 전체적으로 체질과 여러 가지 생리적인 변화를 관찰하고 종합하여 그 사람에게 축농증이 발생한 원인부터 규명한다. 치료 방법도 병난 곳에 직접 인공적인 처치를 하는 것이 아니라 전체적이고 자연적으로 생리적 변화를 조정하여 코의 질병 현상을 없애는 것이다.

축농증의 원인이 부비강에 화농균이 작용해서 생기는 것이라는 말이 틀리지는 않지만, 한 걸음 더 나아가 생각하면 어떤 건강한 사람이라도 비강과 부비강 안에 언제든지 화농균, 폐렴균, 디프테리아균, 인플루엔자균이 살고 있는 것이 사실이고 그렇게 보면 축농증의 원인은 화농균에만 있는 것이 아니다. 어떤 원인에 의해서 코 부분의 화농균이 번식하지 못하도록 억제하는 저항력이 감퇴된 데 있다.

종합치료와 국소치료는 어느 것이 낫다 못하다는 것보다 질병의 종류에 따라서 앞의 것이 나을 때도 있고 뒤의 것이 나을 때도 있다. 뿐만 아니라 앞의 것이 아니면 안 될 때도 있고 뒤의 것이 아니면 안 될 때도 있는가 하면 둘을 겸하지 않으면 안 될 때도 있으므로 의술의 입장에서 볼 때는 둘 다 필요한 것이다.

조헌영 지음, 윤구병 주해, "한방이야기(1994)"

③ 그렇다. 나도 자유로운 영혼을 갖고 싶어서 머리를 길렀다. 곱슬머리의 뻣뻣함에 반항하지 못하고 그저 장교 같은 헤어스타일로 평생을 살아왔던 내가, 모범생의 이미지로만 살아왔던 내가, 머리를 기르기로 한 데이는 그런 이유가 있었다. 대외적으로는 광고인답게 튀어 보이기. 대내적으로는 내 안에 딱딱한 것들을 부수기. 그 방법으로 택했던 첫 번째 시도가 귀고리(사전적 의미로 '여자들이 귓불에 다는 장식품')였고, 두 번째 시도가 머리를 기르는 것이었다.

권덕형, "15초, 생각뒤집기(2011)"

④ 엔트로피 법칙! 이제 새로운 세계관이 떠오르고 있다. 이 세계관은 역사를 구성하는 틀로서의 기계론을 결국 대치하게 될 것이다. 아인슈타인은 엔트로피를 "모든 과학에 있어 제1법칙"이라고 주장했다. 아서 에딩턴(Arthur Edington) 경은 이 법칙이 "전 우주를 통틀어 최상의 형이상학적 법칙"이라고 말했다. 엔트로피 법칙은 열역학 제2법칙이다. 제1법칙은 우주 안의 모든 물질과 에너지는 불변하며, 따라서 창조될 수도 없다고 가르친다. 단지 그 형태만 바뀔 뿐이다. 제2법칙은(엔트로피 법칙)은 물질과 에너지는 한 방향으로만 변한다고 규정한다. 즉, 유용한 상태에서 무용한 상태로, 획득 가능한 상태에서 획득 불가능한 상태로, 질서 있는 상태에서 무질서한 상태로 변한다는 것이다.

본질적으로 제2법칙이 의미하는 바는 이렇다. 우주 안의 모든 것은 일정한 구조와 가치로 시작해서 무질서한 혼돈과 낭비의 상태로 나아가며, 이 방향을 거꾸로 되돌리는 것은 불가능하다. 엔트로피란 우주 내 어떤 시스템에 존재하는 유용한 에너지가 무용한 형태로 바뀌는 정도를 재는 척도이다. 엔트로피 법칙에 따르면, 지구상이건 우주건 어디서든 질서를 창조하기 위해서는 더 큰 무질서를 만들어내야만 한다.

제레미 리프킨 지음, 이창희 옮김, "엔트로피(1996)"

⑤ 비행기의 날개는 날개종이 모양을 그대로 오립니다. 오려낸 날개 종이를 제시된 그림과 같이 순서대로 붙입니다. 날개종이가 마른 후 댓살과 카본봉에 최대한 가깝게 주위를 잘라냅니다. 남은 부분은 목공용 접착제를 이용하여 붙이고 댓살과 카본봉 주위를 깨끗이 마무리해 주면 됩니다. 알루미늄 관은 손으로 구부리거나 각진 모서리를 이용하여 4개 모두 동일한 각도로 구부려 줍니다. 동력고무줄은 고무줄의 끝을 8자형 고리의 큰 원에 3번 통과 시킨 후 고무줄의 끝과 끝을 올 매듭으로 단단히 묶어 줍니다. 고무줄은 가지런히 정리하고 8자형 고리는 고무줄 고리에 걸고 반대쪽은 샤프트에 걸어야 합니다.

코스모&하비(주), "프리미엄R-1 고무동력비행기(2012)"

⑥ 가정의학과 조정진 교수팀이 지난 4월부터 10월까지 도를 포함해 전국 50인 이상 사업장 329개소의 근로자 8,522명을 대상으로 연구한 보고서에 따르면 전체 근로자의 10.1%가 우울증의 가능성이 있는 것으로 조사됐으며 위험군은 15.9%였다.

성별로는 여성근로자가 18.6%로 남성 14.7%보다 높았고 30대 이후부터는 나이가 증가할수록 우울증 가능성도 높아지는 것으로 분석됐다. 학력별로는 중졸이하가 18.8%로 가장 높았으며 고졸이하가 17.5%, 대졸이하가 15.5%, 대학원이상이 11%로 학력이 낮을수록 우울증의 위험도 높아지는 것으로 나타났다.

업종별로는 오락 문화 및 운동관련 서비스업에서 31.1%로 높게 나타났고 숙박 및 음식점 28.8% 보건복지사업이 24.1%인 반면, 공사와 국방 및 공무원은 9.5%로 낮은 발병률을 보였다. 조정진 교수는 "직무요구가 높고 관계갈등이 많을 뿐 아니라 보상이 적절치 못한 경우 우울증의 위험이 높다."고 했다.

이성현, "국민일보(2005.12.08.)"

⑦ 어머니는 대청마루에 모기장을 치고, 나는 그 안에 반딧불을 잡아넣었다. 모기

장 속 어머니 곁에 누우면 밤하늘 별밤이 아스라이 내렸다. 모기장은 하나의 우주였고, 반딧불은 그 우주 공간의 별나라를 떠도는 아기별이었다. 한동안은 말이 소용없었다. 그저 아늑하고 편안하기만 한 그 공간 속에서 밤하늘의 별나라를 날아다니는 반딧불에 눈을 주기만 하면 그만이었다.

"엄마, 좋지?"

"그래, 참 좋구나!"

우리의 대화는 간결하면서도 느렸다. 급할 것이 없었다. 서둘 필요가 없었다. 한동안은 그렇게 잠자코 있다가, 그 우주 공간을 날아다니던 반딧불들이 움직임을 멈춘 채 여기저기서 별처럼 반짝이게 되면은, 어머니는 그제서야 천천히 이야기를 꺼내시는 것이었다.

황송문, "문장강화(1996)-모기장 속의 반딧불"

위는 설명문 쓰기에 있어 여러 기술 방법을 활용해 작성된 예문들이다. 각각의 글들이 어떠한 기술 방식을 토대로 무엇을 전달하고 있는지, 설명문의 이해와 전달의 측면에서 하나하나 꼼꼼히 읽어보기 바란다. 그리고 위에서 제시된 서술 태도를 참고로, 그동안 주변의 관심 대상이었던 주제를 선택해 한 편의 설명문을 작성해 보는 것도 좋은 경험이 될 것이다.

①은 대상 자체의 분석 - 대상이 가진 의미를 유추 - 대상의 의미 확장과 적용 등으로 중심 서술은 유추적 비유를 활용하고 있다. ②는 두 대상 즉, 동양의술과 서양의술의 극명한 대비를 통해 차이점(다른 점)을 들어 대조적 설명을 제시한 글이다. ③은 무엇보다 자신의 체험적 사실을 진술하게 사례를 중심으로 열거 하면서 조금 더 자유로워지고 싶었던 자기변화의 시도를 잘 설명해 주고 있다. ④는 열역학 제1법칙과 제2법칙의 본질과 특성을 밝히는 기술 방식으로, 개념의 정의적 방식을 활용하여 그 내용의 의미를 설명하는 서술 태도를 발견할 수 있다. ⑤는 고무동력비행기 제작 단계를 날개, 알루미늄 관, 동력고무줄의 순서대로 나

누고 그 절차를 과정의 서술 태도를 통해 설명한 글이다. ⑥은 남성보다 여성이, 학력이 낮을수록 우울증이 많다는 내용을 정확한 자료를 기초로 구분과 분류를 활용해 근로자와 우울증의 관계를 분석한 것이다. ⑦은 어머니와의 어릴 적 추억을 시간의 흐름을 중심으로 회화적 이미지를 살려 이야기 하는 서사적 글에 해당한다.

1. 다음 글을 통해 유추적 비유의 두 대상을 밝혀 쓰고, 그 두 대상의 속성이 어떤 면에서 닮은 것으로 제시되고 있는지 생각해 보자.

> 쥐가 꼬리로 계란을 끌고 갑니다. 쥐가 꼬리로 병 속에 든 들기름을 빨아 먹습니다. 쥐가 꼬리로 유격 훈련처럼 전깃줄에 매달려 허공을 횡단합니다. 쥐가 꼬리의 탄력으로 점프하여 선반에 뛰어오릅니다. 쥐가 꼬리로 해안가 조개에 물려 아픔을 끌고 산에 올라가 조갯살을 먹습니다. 쥐가 물동이에 빠져 수영할 힘이 떨어지면 꼬리로 바닥을 짚고 견딥니다. 30분, 60분, 90분, -- 쥐독합니다. 그래서 쥐꼬리만한 월급으로 살아가는 삶은 눈동자가 산초 열매처럼 까맣고 슬프게 빛납니다.
>
> 함민복, "자본주의의 약소-샐러리맨 예찬(1993)"

2. 다음 글의 설명 방법을 제시해 보고 이 글에서 말하고 있는 백성의 세 유형을 정리하여, 자신이 생각하는 백성의 의미를 설명해 보자.

천하에 두려워할 대상은 오직 백성뿐이다. 백성은 홍수나 화재 또는 호랑이나 표범보다도 더 두려워해야 한다. 그런데도 윗자리에 있는 사람들은 백성들을 업신여기면서 가혹하게 부려먹는데 어째서 그러한가.

이미 이루어진 것을 여럿이 함께 즐거워하고, 늘 보아 오던 것에 익숙하여 그냥 순순하게 법을 받들면서 윗사람에게 부림을 당하는 사람들은 항민(恒民)이다. 이러한 항민은 두려워할 것이 없다. 모질게 착취당하여 살가죽이 벗겨지고 뼈가 부서지면서도, 집안의 수입과 땅에서 산출되는 것을 다 바쳐서 한없는 요구에 이바지하느라, 혀를 차고 탄식하면서 윗사람을 미워하는 사람들은 원민(怨民)이다. 이러한 원민도 굳이 두려워할 필요는 없다. 자신의 자취를 푸줏간 속에 숨기고 몰래 딴 마음을 품고서, 세상을 흘겨보다가 혹시 그때에 어떤 큰일이라도 일어나면 자기의 소원을 실행해 보려는 사람들은 호민(豪民)이다. 이 호민은 몹시 두려워해야 할 존재이다. 호민이 나라의 허술한 틈을 엿보고 일의 형편을 이용할 만한 때를 노리다가 팔을 떨치며 밭두렁 위에서 한번 소리를 지르게 되면, 원민은 소리만 듣고도 모여들어 모의하지 않고서도 소리를 지르고, 항민도 또한 제 살 길을 찾느라 호미, 고무레, 창, 창자루를 가지고 쫓아가서 무도한 놈들을 죽이지 않을 수 없는 것이다.

> 허균, "성소부부고, 호민론(豪民論)"

3. "가슴이 있다. 목소리가 가늘다. 임신을 할 수 있다 등등 생물학적 특징에서 여성은 남성과 다르다. 하지만 이런 관점을 취할 경우 선천적으로 생물학적 임신이 불가능한 여성이나, 여성보다 더 여성스러워 보이는 트랜스젠더의 경우는 여성이라고 해야 할지 남성이라고 해야 할지 의문이 남게 된다. 성별은 생물학적인 특성뿐만 아니라 정신, 심리학적인 요소를 종합적으로 고려하여 판별해야 한다는 주장이 법정에서도 인정을 받고 있다. 여자로 또는 남자로 태어났다는 사실보다는 심리적으로 여성과 동일시하느냐, 남성과 동일시하느냐의 여부가 성별을 결정하는 더 강력한 요인인 셈이다."

1) 다음은 "여성다움, 남성다움"이라는 말을 들었을 때, 연상되는 단어들의 목록을 조사한 결과다. 자신이 생각하는 여성성, 남성성의 정의를 내려 보고 다른 설문자료가 있다면 비교해서 말해 보자.

여자가 생각한 여성다움	남자가 생각한 남성다움
치마	근육
긴 머리	힘
청순	자신감
분홍색	군대
상냥함	주먹
아름다움	지도력
꽃	거칠다
비너스	자동차
흰 피부	당당함
화장	의리
부드러움	지위
참함	자존심
애교	포용력
얌전	강인함
하이힐	노동(일)

'한국인의 언어구조—조별 발표 결과(여성다움 연상조사, 2014)'

2) 아래 주어진 글을 참고하여, 다음 항목들을 개성이 묻어나도록 한 문장으로 정의적
서술을 활용하여 작성해 보자.

주인공 : 작중인물 중에서 가장 목숨이 끈질긴 존재.
명예박사 : 자신이 진짜박사가 아니라는 사실을 대학이나 학술단체로부터 공식적
으로 인정받은 사람.

이외수, "감성사전(2006)"

'순박한 농촌' : 자연과 전원이 어우러진 농촌의 풍경이 아무래도 그럴듯해 보이는
지 시골에 대한 동경이 꽤 깊은 듯싶은데, 말끝마다 붙어오는 '순박한 농촌'과 '풋풋
한 인정이 숨 쉬는 고향'이란 수식어가 의심스럽다. 거기에는 그악스럽게 살다가 가
끔 농촌을 구경 갈 때 야박하지 않도록 시골사람들이 흙속에 묻혀 죽은 듯 살아달라
는 도시인들의 음모가 도사리고 있다. 순박함으로 포장하고 우직함으로 추켜세워 잔
뜩 신뢰를 보낼 것 같지만 그들은 그런 가치를 결코 자신들의 미덕이라고 생각해 본
적이 없는 사람들이다. 그들에게 시골은 바라보기 위한 공간이 아니라 일상을 살아
가야 하는 공간이라는 사실은 무시된다. 거기서 살아가는 사람들이 영악스럽지 않아
야 때가 되면 언제든 이용할 수 있기 때문이다. 그동안만은 그저 가끔 놀러가 바라보
기 위해서 고향은 늘 어머니 품속 같다고 말할 뿐이다.

김진송, "한겨레21-말의 음모(2001.11.13.)"

농부는 자신의 농토를 풍경으로 지각하지 못한다. 무심한 여행자의 낭만적인 눈길
에 그토록 서정적이고 다감하게 비춰지는 금빛 들녘은 그것을 평생 경작하는 농부에
게는 고된 생활세계의 일부일 뿐이다. "넓은 벌 동쪽 끝으로 옛이야기 지줄대는 실개
천이 휘돌아 나가고, 얼룩백이 황소가 해설피 금빛 게으른 울음을 우는 곳"이라는 절
창을 지용이 읊었을 때, 그는 충청도 옥천에 농군이 아니라 "남달리 손이 히여서" 슬
픈 지식인이며, "집 떠나 배운 노래를 집 차저 오는 밤 논ㅅ둑 길에서" 부르고 있는,
귀향길에 눈이 새로운 유학생인 것이다. 시의 제목이 시사하듯이, 재현의 대상인 고
향은 단지 향수 속의 고향이었을 뿐, 지용 스스로가 밟고 노동했던 생활의 장이 아니
었다. 이러한 의미에서, 풍경을 바라보는 자는 이미 자신의 눈과 세계 사이에 일종의
절연을 체험하고 있는 근대인이다.

김홍중, "마음의 사회학(2009)"

(1) 학점

(2) 글쓰기

(3) 남자

(4) 여자

(5) 뉴스

(6) 지식인

글 쓰 기 연 습 지

월 일 요일 교시	학과(부) :
학 번 :	이 름 :

글 쓰 기 연 습 지	
월 일 요일 교시	학과(부) :
학 번 :	이 름 :

발 표 연 습 지

월 일 요일 교시	학과(부) :
학 번 :	이 름 :

발표 주제 :

발표 목적 :

인사말 :

발표 내용 :

맺음말 :

수 업 점 검 표							
강의 주제 :			월	일	요일		교시
학 번 :		이름 :					

자기 점검	나는 오늘 수업을 미리 준비해 왔다.	① ② ③ ④ ⑤
	나는 수업 내용으로 질문을 하였다.	① ② ③ ④ ⑤
	나는 적극적으로 수업에 참여하였다.	① ② ③ ④ ⑤
	나는 개인적으로 스마트폰을 사용했다.	① ② ③ ④ ⑤
	나는 수업 방해 행위를 한 적이 있다.	① ② ③ ④ ⑤

■ 나의 수업 태도를 통해 느낀 점은 어떤 것이 있는가?

제11장
감상문(感想文)

01 | 감상문의 가치

　어떤 대상(작품)에 대한 감상을 글로 쓴 것으로 박물관을 돌아보고 나서 혹은 미술품을 감상하고 난 후 그 내용을 쓸 수도 있고 음악회 또는 영화를 보고 나서 쓸 수도 있으며 책을 읽은 후에 쓸 수도 있다. 감상문은 일정한 형식이 없이 자유롭지만 자기가 읽었거나 감상한 작품의 내용을 명확히 파악하고 정리해 두어야 한다. 그리고 작품과 작가에 얽힌 이야기나 그 작품에 대한 다른 사람들의 논평 등 주변적인 자료들도 충실히 동원해야 좋은 감상문이 될 수 있다. 감상문 쓰기는 무엇보다 생각하는 힘을 기르고 '창조적 읽기'를 위한 것이므로, 작품을 평(評)하고 논의(論意)한 비평적 의미를 주 내용으로 담아내는 것이 좋다.

　감상문을 쓴다고 할 때 우리는 주로 다음과 같은 종류를 떠올릴 수 있을 것이다. 독서 텍스트를 기반으로 하는 독후감, 서평, 평론 등이 하나이고 다음으로는 개성적 시각이 돋보이는 문화 비평으로 영화, 연극, 오페라, 발레, 드라마, 만화,

스포츠, 대중가요, 신문이나 방송, 텔레비전이과 라디오 프로그램, 컴퓨터 게임, 놀이문화, 축제 등이 대표적이라 할 수 있다. 문화 비평은 눈앞에서 펼쳐지고 변화하는 문화 현상을 대상으로 하기에 유행을 감지하는 감수성과 시대의 흐름을 읽어내는 통찰력이 요구된다. 우리 사회의 모든 문화콘텐츠가 곧, 문화 비평의 대상이 될 수 있다. 더욱이 특정한 사상이나 이념, 생활 방식, 문화 현상을 아우르기에 문화 비평은 그 자체로도 문화 현상의 일부가 되며, 새로운 문화 창조로 이어지는 근간을 마련해 준다. 마지막으로 생각해 볼 수 있는 것은 시사적인 현안이나 쟁점, 즉 사회 현상에 대해 논평하는 칼럼, 시론(時論), 시평(時評) 등이 있다. 시론은 무엇보다 동시대를 살아가는 우리 사회에 다양한 사안이나 문제들이 주요 화제가 되기에, 깊이 있고 변별된 시각으로 현실의 문제의식을 바르게 제시해야 한다.

사실 좋은 글이나 텍스트는 현실보다 훨씬 명쾌한 구석이 있으며, 대상(작품)을 제대로 이해하고 감상하는 행위는 이런 깨달음의 과정이기도 하다. 예컨대 서사문학에서 저마다 뚜렷한 개성적 모습으로 우리와 대면하게 되는 작중 인물들은 인간의 성격이나 행동, 감정의 본질적 측면을 반영한다. 나아가 정서적으로 호소함으로써 독자로 하여금 인간의 행동이나 감정, 또는 작중 인물을 둘러싼 일상과 사회의 모습을 생생히 전달해 준다. 문학(예술) 작품은 사회학자의 통계나 철학자의 논리 대신 감동을 유발시키는 미적 실재를 창조함으로써 한 사회와 특정 인간에 대한 이해를 도모하고 인식을 넓혀준다.

같은 글이나 텍스트를 접했더라도 의미를 구성하는 방식은 다양하게 나타날수 있고, 같은 개인이라도 이전에 읽었던 글을 나중에 다시 읽었을 경우 구성 되는 내용이 달라질 수도 있다. 텍스트를 읽으면서 경계해야 할 것은 좀 더 잘 쓰려고, 때로는 명쾌한 정답을 찾으려는 마음의 굴레를 벗어야 함에 있다.

자신의 솔직한 감상을 통해 상상의 날개를 마음껏 펼쳐보자. 텍스트가 진실로 좋은 작품이고 진정성을 담아 감상했다면 책을 덮은 후, 그 안의 정황이 머리 위에 온전히 그려지고 인물들이 다가와 나에게 말을 건네기도 한다. 텍스트를 통해 만난 인물들의 구구절절한 사연과 아픔이, 또는 기쁨이, 내 앞에 생생하게 펼쳐질 때라야 비로소 이해와 감상이 본격화 된다. 이제 텍스트와 창의적인 대화가 가능해지고 그 의미 너머에 작자의 영혼과 삶, 그의 사상과 세계까지도 엿볼 수 있는 통로가 형성될 것이다. 그로부터 진지한 자기 성찰의 의미를, 그 속에 반영된 세상사의 비밀을, 인생의 통찰과 미래의 전망을 모색할 수 있게 된다.

주의해야 할 점은 감상문에서 특별히 요구하는 형식이 따로 있는 것은 아니지만, "감동적이다", "훌륭한 작품이다"라는 식의 칭찬 일색인 서술이나, 막연하게 텍스트에 대한 상투적 정보만을 관념적으로 제시하고 있는 기술 태도는 바르지 않다는 것이다. 그리고 줄거리 요약으로 감상문을 대신하는, 마치 한 편의 홍보물 같은 작성 태도도 반드시 피해야 할 몫이다. 물론 개관을 이해하는 차원에서 줄거리를 소개하기도 하는데 이때 명심해야 할 것은 각자 자신이 이해한 줄거리를 써야 한다는 것이다. 따라서 글을 읽을 때, 수시로 요약하는 능력을 충분히 단련해 익히는 것도 권해주고 싶다.

감상문을 효과적으로 작성하기 위해 적어도 세 가지 과정을 떠올리며 텍스트에 접근해야 한다. 먼저, 텍스트 전체를 이해하기 위한 '해석 과정'이고, 다음은 작자나 저자의 논리 과정과 논지를 파악하기 위한 '분석 과정'이며, 끝으로 전달하려는 주제 의식을 얼마나 효과적으로 기술하였는가에 대한 텍스트 자체의 '비판 과정'이다. 아울러 필요하다면 대상 텍스트의 내용을 인용하여 제시하는 것도 좋다. 인용 시, 인용문이 너무 길어 장황하거나 논의의 직접적 관련성이 미미해서는 안 된다. 만약 텍스트 중 어떤 부분을 인용하게 된다면 그 부분의 인용 근거를 밝히고 인용문이 지닌 문맥적 의의나 함의를 구체적으로 제시해 어떤 부분에서 자신의 견해를 부각 시킬 수 있었는지를 온전히 따져봐야 할 것이다.

다음은 두 편의 감상문을 만나보겠다. 먼저, 에릭 홉스봄(Eric Hobsbawm) 등이 지은 "만들어진 전통(박지향 역, 휴머니스트, 2004 참고.)"에 관한 서평이다. 여기서 글은 저자의 견해에 공감하면서 책의 변별된 특성을 설명하고 세부적 내용을 선명하게 제시하고 있다. 책의 핵심적인 내용을 전달하면서 그 의의를 부각시키고자 하는 전형적 시선을 견지한 서평 구성이다. 다음은 동아신춘문예 영화평론 부문 당선작(2010), 유종수의 영화감상문이다. 이 글은 영화 "마더(봉준호 감독)"에 대한 비평문 형태를 취하고 있다. "마더(2009)"에 대한 필자의 중심 의견은 아마도 세 번째 단락을 토대로 '사회라는 괴물로부터 아들, 심지어 남편과도 같은, 아들의 평화와 안녕을 기원하는 한 판의 굿, 제의처럼 느껴진다.'는 문장으로 요약할 수 있을 것이다. 그 근거를 영화 속에서 살펴보면 엄마는 하나뿐인 아들을 지키기 위해 사회라는 괴물에게 제물을 바치고 위로해야 하는 소위 무녀(巫女)와 같은 상황임을 제시한다. 여기서 제물은 말 그대로 희생양이기에, 다른 이들을 죽여야 하는 살인이며, 그들을 죽임으로써 제물로 삼아 위로 하고 자신의 허벅지에 침을 찔러 춤을 추는 모습에 근거한 해석이다. 더욱이 엄마가 침술과 약재로 민간 치료와 출산에 관여하는 마치 주술사의 역할이라는 사실도 엄마를 무녀로 보는 필자의 시선에 한 몫 했음이다. 아마도 필자의 지적처럼 엄마의 춤은 자학의 행위이며 자위의 행위로서 치열하다 못해 처절한 삶의 몸부림일 것이다.

감상문 1—서평

'전통'이라는 말 앞에는 흔히 '유구한', '고래의' 같은 수식어가 따라 붙는다. 시간의 안개 저 너머 까마득한 옛날의 선조들로부터 면면히 이어져 내려온 것이 전통이라고 우리는 생각한다. 그러니까 전통이야말로 문화적 혈통의 부정할 수 없는 보증서이며, 공동체 역사의 갖가지 이변을 이겨낸 끈질긴 생명의 유전자다. 그러나 그런 상식적 믿음과는 달리 전통의 상당수는 극히 최근에 형성된 것이거나 어떤 정치적 목적 아래 주도면밀하게 만들어진 창작물이다. 요컨대, 오늘날 우리가 보는 전통의 다수는 전통사회의 유산이 아닌 근대의 산물인 것이다.

『만들어진 전통(원제 : 전통의 창조)』은 전통이라는 이름으로 보존되고 경배 받는 것들이 근대의 특정 시기에 구성된 발명품임을 역사적 자료를 들어 입증하고 있다. 영국의 저명한 역사학자 에릭 홉스봄(Eric Hobsbawm)이 동료 역사학자들과 함께 쓴이 책은 1983년 출간된 뒤 곧바로 고전의 지위에 올라, 비슷한 시기에 나온 베네딕트 앤더슨의 근대 민족주의 형성 연구서 『상상의 공동체』와 함께 빈번히 인용되는 책이 됐다. 두 책이 함께 거론되는 것은 전통의 창조가 대개 민족주의의 발흥 및 민족국가 성립과 내적으로 연결돼 있기 때문이다.

『만들어진 전통』은 근·현대 영국의 사례를 주로 다루면서 같은 시기 유럽 다른 나라들의 사정을 함께 검토하고 그것들이 유럽의 식민지였던 인도와 아프리카에서 어떤 방식으로 재생산됐는지를 살핀다.

이 책에서 홉스봄은 영국을 포함한 서유럽의 많은 정치적·문화적 전통들이 기껏해야 100~200년 전에 세상에 처음 등장했으며, 특히 1차 세계대전 전의 30~40년 동안에 집중적으로 창작됐다고 말한다. 그렇다면 왜 그 시기에 전통이 그토록 맹렬하게 창조된 것일까? 그 이유는 정치·사회의 거대한 변화와 깊은 연관이 있다. 산업혁명과 시민혁명이 말 그대로 '전통사회'를 파괴하고 '근대사회'를 창출해 가는 과정에서 '국민통합'의 중요한 장치로서 새로운 전통이 만들어졌다는 것이다. 과거의 삶의 양식이 사회의 격변을 감당할 수 없는 때, 시대의 요구에 맞는 전통을 창조해 부여함으로써 안정을 찾는 전략이었다는 말이다.

대중 민주주의의 발전은 전통 발명의 직접적인 이유를 제공했다. 특히, 군주제가 유지된 영국에서 사태는 더 분명했다. 과거의 신민이 국가의 주체로 등장하자 군주는 이들의 복종과 충성과 협력을 얻어내야 하는 새로운 과제에 직면했다. 낡은 유물이 된 군주제를 유지하려면 존립의 정당성을 확보해주는 장치가 필요했는데, 그것이 1870년대 이래 왕궁의 공식 기념행사가 점점 화려해지고 엄격해지는 이유를 설명해준다. 그런 엄숙한 의례를 전통의 이름으로 연출함으로써 체제를 무너뜨릴 수도 있는 반역적 힘을 제어하려 한 것이다. 오늘날 영국의 아나운서나 기자들은 장대한 왕실 기념식을 묘사하며, '천 년 전통의 장관과 웅대함'이니 '수세기 동안의 선례로부터 비롯된 정밀함'이니 하는 말로 그 유구성을 강조하지만, 그 전통이란 게 실은 100년 남짓 된 최근세사의 산물인 셈이다.

더 극적인 사례는 스코틀랜드 '전통의상' 킬트의 역사다. 스코틀랜드 사람들과 그들을 선조로 모시는 각국의 스코틀랜드인들은 자신들의 기나긴 역사와 문화를 응축한 상징물로 이 격자무늬 치마를 주저 없이 내세운다. 하지만 그 남성용 짧은 치마의 역사는 최대로 잡아도 300년이 되지 않는다. 게다가 그것을 만들어낸 사람은 스코틀랜드인이 아니라 잉글랜드인이었다.

1707년 스코틀랜드가 잉글랜드에 병합되고 수십 년이 지난 뒤 잉글랜드 랭커셔 출신 제철업자 토머스 로린슨이 연료용 목재를 얻기 위해 스코틀랜드 고지대 삼림에서 스코틀랜드인들을 인부로 고용하면서 일하기 편한 옷으로 만든 것이 킬트였다. 그러니까 이 치마는 벌목 노동자들에게 입히려는 '근대적 사고'의 산물이었던 것인데, 이게 19세기 이후 민족의 원형을 찾는 낭만주의 바람이 불면서 고래의 전통의상으로 날조되고, 거기에 방직업자들의 농간이 끼어들어 스코틀랜드의 민족의 상의 되고 만 것이다. 전통이야말로 근대의 발명품이라는 역설을 확인하게 해주는 이 책이 국민통합과 같은 근대적 정치이념에 대한 도전이 되는 것은 그 전통에 내장된 지배층의 허구적 논리를 폭로하기 때문이다.

고명섭, "담론의 발견─전통, 근대의 발명품(2006)"

감상문 2─비평

메마른 갈대들이 바람에 흔들린다. 들판을 헤치고 한 중년의 여인이 화면 속으로 걸어 들어온다. 그러더니 그녀 또한 갈대처럼 몸을 흔든다. 춤사위라기엔 조금 엉성하고 싱겁다. 마치 기타 선율에 맞춰 추는 것 같지만 사실 음악은 우리에게만 들린다. 우리와 마주보는 이 여인의 표정도 가늠할 수 없다. 웃는 것 같기도 하고 우는 것 같기도 하다. 이 놀랍고 압도적인 '김혜자의 춤'은 영화를 함축 하는 빛나는 오프닝 시퀀스다. 앞으로도 보기 힘든 명장면으로 기록될 것이다.

영화 <마더>는 이미 이 춤 하나로 모든 걸 말해 버린다. 어느 날 살인죄를 뒤집어 쓴 아들 도준(원빈)을 구하기 위한 엄마(김혜자)의 고독한 사투, 장르적 관점에서도 이 스토리는 간결하고 명확하다. 그러나 모성이라는 뜨거운 에너지를 극단으로 밀어 붙이는 이 영화의 실험은 그리 간단치 않다. <마더>를 단순히 모자란 아들에 대한 어머니의 '바보 같은 사랑'으로 보기엔 무리가 있다.

오히려 이 영화는 아들 혹은 대리 남편의 평화와 안녕을 기원하는 한 판의 굿, 제의처럼 느껴진다. 살인사건을 풀어가는 서스펜스의 방식, 가족을 지키려 스스로 괴물처럼 변해가는 엄마의 모습은 <살인의 추억>, <괴물>과 겹쳐진다. 혹은 <피아니스트>(미하엘 하네케)의 전복적인 내러티브와 가혹한 모녀관계를 연상 시킨다.

그러나 스릴러로 봤을 땐 영화 속에 제시된 단서들이 조금은 허술하고 석연치 않다.

반면 엄마가 무엇을 지켜야 하며, 무엇을 희생해 왔으며, 무엇을 해야 하는지는 명백하게 도드라진다. 엄마는 하나 뿐인 아들(심지어 남편과도 같은)을 지키기 위해, 사회라는 괴물에게 제물을 바치고 위로해야 하는 무녀(巫女)가 되어야 하는 것이다. 극중 혜자는 침술로 민간치료와 출산에 관여하는 주술사다. 동네 아낙들은 그녀들의 남편이 아닌 혜자의 침술과 약재로 아이가 생기길 기다린다. 아무래도 이상하다. 어둡고 음울한 동굴―터널―골목으로 치환되는 약재상이야말로 삶과 죽음을 관장하는 장소인 것이다.

또한 우리는 봉준호 영화를 통해 번번이 제물로서 누가 희생돼 왔는지도 알고 있다. 연쇄살인범에 의해 살해된 것도, 괴물의 손아귀에 끝까지 들려있던 것도, 생계를 위해 매춘으로 이끌리는 것도 바로 소녀들이다. 항상 괴물들은 강인한 엄마가 될, 아직은 여린 처녀를 제물로 원한다. 아니면 순수한 상태의 아이를 잡아먹는다. 그들은 역설적이게도 가장 보호 받아야 하는 먹이사슬 최하단에 위치해 있는 존재다.

이제 엄마는 눈을 질끈 감고 아들을 위해 타인의 아들딸을 제물로 바친다. 또 다른 도준과 같은 바보 종팔이를 바치고, 모든 사건의 목격자인 고물상 노인을 죽인다. 희생양의 피로 아들을 구하는데 성공을 거두지만 이미 엄마는 반은 미친 상태다. 모성으로 모성을 반하는 이율배반적인 상황이 연출된다. 영화에서 가장 공포를 주는 대목은 바로 이 미친 모성이다.

아들 도준은 아정에게 돌을 던졌던 것과 같은 방식으로, 5살 때 엄마가 건넨 박카스 병을 기억해내고, 엄마의 범죄를 목격한 듯 침통을 건넨다. 죄가 또 다른 죄로 돌아오는 순환 고리 속에서 엄마는 구원받지 못한다.

엄마는 고통을 잊게 만드는 그 침을 결국 자신의 허벅지에 찌른다. 그리곤 다시 일어나 춤을 춘다. 이것은 자학의 행위며, 다른 한편으로는 자위의 춤이다. 마치 고통을 잊고자 하는 처연한 몸부림처럼 보이기도 한다. 관광버스 바깥에서 담아낸 이 눈부신 엔딩 시퀀스는 그래서 어쩌면 착각이 아닐까 고개를 갸웃하게 만든다. 흥겹게 춤을 추고 있는 어머니들의 저 막춤이 알고 보니 춤이 아닌 게 아닐까. 사실 우리가 잘못 본건지도 모르겠다. 영화 <마더>는 엄마의 착각과 오해를 통해, 우리의 판단 오류를 보여주는 이상한 영화임에 틀림없다. 어찌됐든 피와 광기로 물든 엄마의 축제는 끝났다. 춤인 듯 아닌 듯 소리 없는 몸부림과 함께.

유종수, "동아신춘문예 영화평론 부문 당선작(2010)"

02 | 감상문 쓰는 방법

통찰력이 돋보이는 서평이나 개성이 빛나는 문화 비평을 위해서는 우선 텍스트를 꼼꼼하게 읽어야 한다. 중심 줄거리를 놓치지 않으면서 부분적인 의미들도 파악하며, 읽어야 하는데 이 과정에서 텍스트의 전체적인 구성과 핵심적인 내용, 저자의 의견 등을 추출해 낼 수 있다.

비평에서 가장 중요한 것은 글쓴이의 창의적이고 개성적인 논점이 드러나는 것임을 기억해야 한다. 텍스트에 대한 자신의 생각이나 느낌을 정확하게 정리한 후 그런 여러 가지 생각들을 수렴할 수 있는 제재들을 중심으로 논점을 세워야 할 것이다. 따라서 글 전체의 제목이나 각 장의 소제목, 글의 구성, 문체 등에서 글쓴이는 독창성을 발휘하도록 노력해야 한다.

감상문은 글 전체가 논리적 기술을 필요로 하는 글쓰기 영역에 해당 한다. 비평 역시 텍스트 분석에 대한 자신의 시각과 평가에, 읽는 이의 공감과 동의를 얻기 위해서는 명료하고 예리한 논지 선택이 요구된다. 그래야 논리적 설득과 이해를 끌어낼 수 있다. 특히 텍스트에 지나치게 몰입하여 일방적인 감정이나 비판으로 흘러, 자신이 전하고자 하는 바를 놓치지 않도록 해야 한다. 우리 주위에 다양하게 구현되는 문화 콘텐츠와 텍스트들은 그것이 창조되고 소통되는 사회, 문화적 맥락이 존재하기에 그것을 살펴보지 않고는 작품 특유의 생동감과 시사적 의의를 포착할 수 없다. 더욱이 텍스트와 관련한 유사한 분야에 대상 영역과의 비교나 관련 분야에 대한 전망을 제시한다면 텍스트 감상에 신뢰를 더할 것이다.

"텍스트 자체에서 문제 삼고 있는 주제는 무엇인지. 저자의 입장이나 사상은 어떠한지. 이론적 배경은 무엇인지. 논의의 역사적, 사회적 배경은 어떠한지"의 질문을 스스로에게 던져가며 능동적인 태도를 취하는 것이 필요하다. 아울러 저자의 견해가 갖는 독자성, 그리고 성과와 한계도 명확한 기준을 가지고 평가해

준다면 더욱 좋다. 아래는 감상문을 작성할 때 고려해야 하는 주요 내용들을 정리해 보았다. "도입 – 본문 – 결언"의 3단계 구성을 활용하여 글쓰기 구상을 시도해 보자.

글 전체와 단락을 기초로 저자의 문제의식을 찾아 요약해 본다.

저자의 논리 과정을 파악하고 논지를 정리해 보자.

저자에 대한 간략한 정보를 소개해 본다.

텍스트를 평가하는 기준을 생각해 보자.

텍스트가 나오게 된 배경과 상황을 설명해 보자.

텍스트의 구성과 내용을 소개하고 분석한다.

인상적이었던 부분을 환기해 보고 인용할 부분을 찾아본다.

텍스트의 의의와 한계, 미래의 전망을 제시해 보자.

비슷한 분야의 다른 영역과 의견, 책들을 비교해 본다.

감상문 1

영화 『괴물』을 보고

햇살 가득한 평화로운 한강 둔치, 아버지가 운영하는 한강 매점에서 늘어지게 낮잠을 자던 강두는 잠결에 들리는 '아빠'라는 소리에 벌떡 일어난다. 올해 중학생이 된 딸 현서가 잔뜩 화가 나 있다. 꺼내놓기도 창피한 오래된 핸드폰과 학부모 참관 수업에 술 냄새 풍기며 온 삼촌 때문이다. 강두는 고민 끝에 비밀리에 모아온 동전이 가득 담긴 컵라면 그릇을 꺼내 보인다. 그러나 현서는 시큰둥할 뿐, 막 시작된 고모의 전국체전 양궁 경기에 몰두해 버린다.

그곳에서 괴물이 나타났다. 한강 둔치로 오징어 배달을 나간 강두, 우연히 웅성웅성 모여 있는 사람들 소게서 특이한 광경을 목격하게 된다. 생전 보도 듣고 못한 무언가가 한강 다리에 매달려 움직이는 것이다. 사람들은 마냥 신기해하며 핸드폰, 디카로 정신없이 찍어댄다. 그러나 그것도 잠시… 정체를 알 수 없는 괴물은 둔치 위로 올라와 사람들을 거침없이 깔아뭉개고, 무차별로 물어뜯기 시작한다. 순식간에 아수라장으로 돌변하는 한강변. 강두도 뒤늦게 딸 현서를 데리고 정신없이 도망가지만, 비명을 지르며 흩어지는 사람들 속에서, 꼭 잡았던 현서의 손을 놓치고 만다. 그 순간 괴물은 기다렸다는 듯이 현서를 낚아채 유유히 한강으로 사라진다.

어딘가에 있을 현서를 반드시 찾아야 한다. 갑작스런 괴물의 출현으로 한강은 모두 폐쇄되고, 도시 전체는 마비된다. 하루아침에 집과 생계, 그리고 가장 소중한 현서까지 모든 것을 잃게 된 강두 가족, 돈도 없고 빽도 없는 그들은 아무도 도와주지 않지만, 위험구역으로 선포된 한강 어딘가에 있을 현서를 찾아 나선다.

어떤 영화를 보기 전에 절대 그 영화의 preview, review 관객 평을 보지 않는 나는 '괴물'이라는 영화를 보고 난 후에야 느긋한 기분으로 영화 게시판의 관객들 반응을 살펴보았다.

좋게 보았다는 사람도 있었지만, 대부분 영화 속 상황들이 현실과 동떨어져 보인다는 반응들이었고, 또한 많은 사람들이 영화 속의 옥에 티 찾기에 혈안이 되어 있는 것 같았다.

나는 영화 속 오류를 찾으려는 사람들을 볼 때면 전혀 이해가 안 된다. 그들은 특히 한국 영화에서 그런 오류를 찾으려 무던히도 애를 쓴다. 그렇다면 그냥 「내셔널 지오그래픽」이나 보시지 왜 힘들게 영화를 보려 하는 건지…

주위의 반응들은 너무 기대하고 봤다가 실망하는 사람들이 대부분이었는데, 난 너무나도 재미있게 봤다. 「터미네이터 2」를 봤을 때, 「쥬라기 공원」을 봤을 때 저걸 어떻게 만들었을까 라고 생각했었는데 괴물을 보고 이제 한국 영화도 할 수 있다는 자신감을 느꼈고 엄청난 자부심도 느꼈다.

그러한 재미와 자부심을 넘어선 것은 가족에 대한 사랑의 힘이었다. 현서를 위시한 박강두 가족의 처절한 혈투는 가히 대단했다. 괴물과의 일대일 싸움도 전혀 망설임이 없고, 초인적인 힘도 발휘되는 것을 보며 역시 가족의 사랑은 대단하다는 걸 느꼈다.

내, 외적으로 말도 많은 영화이지만, 이런 영화는 정말 많이 만들어져야 한다고 생각한다. 단편 「지리멸렬」 때부터 그 천재성에 입을 다물지 못했던 나로서는 봉준호 같은 감독이 우리 영화계에 더 많이 나타나길 바라고, 봉 감독이 빨리 후속 작을 만들어 한국 영화의 수준을 더욱 더 올려주기 바란다.

학생의 글

앞의 감상문 1은 영화『괴물』을 보고 학생이 제출한 글이다. 비교적 정확한 문장을 구사하고 있으며, 나름의 한국영화에 대한 자부심과 애정을 볼 수 있었다. 하지만 글은 아쉽게도 첫머리부터 본론이 제시되어 글의 서두가 결여돼 있다. 영화를 보게 된 동기나, 영화를 볼 때의 분위기나, 느낌 등을 환기해 보면서 본론으로 이어졌으면 한다. 지나치게 줄거리 요약에만 치중한 느낌이다. 영화 감상문을 쓸 때는 단순한 줄거리 제시를 넘어 배우들의 연기나 특별한 의상, 구성의 짜임새, 영상미, 음향, 그래픽 같은 특수한 기술 분야 등의 면면을 살펴보면 더욱 효과적이다.

주제를 접근하는 면에서도 깊이가 부족하다는 느낌을 지울 수 없다. 가족을 지키기 위해 괴물과 맞서 싸우는 일가족의 사투도 중요하지만, 그보다 앞서 '괴물'이 지닌 상징적 의미가 무엇인지 이해해 보려는 노력이 선행돼야 한다. 특히 영화 속 괴물의 출현은 현실에서도 폐쇄적 밀실 공간으로 사회적 많은 문제를 안고 있는 미8군부대에서 비롯되었다. 그것도 대도시 시민의 안전은 뒷전에 둔 채, 독극물 처리 규정을 어기고 면면이 이어져 행해진 불법 방류가 모티프다. 이로써 발생되는 생태계의 교란과 파괴, 돌연변이의 출몰, 그 피해는 고스란히 우리 시민의 몫이다. 과연 미군들이 자국, 미국에서라면 그렇게 죄의식 없이 독극물을 쉽게 함부로 방류할 수 있었을까. 막대한 재처리 비용을 부담하지 않으려는, 미군부대에서의 비일비재한 1급 독극물과 폐오일 무단 방류는 사실 어제 오늘의 얘기가 아니다. 그렇다면 이를 관리하고 규제해야 하는 우리 정부는 그동안 무엇을 하고 있었는가. 영화 속 장면과 현실 모습은 사뭇 닮아져 있다. 따라서 이러한 면면을 짚어가며, 붙좇아 반문해 보면 어떨까 한다.

한 편의 텍스트에 대한 평가적 접근은 본인이 글에서 제시한 내용을 토대로 종합적 시각을 간명하게 드러내야 한다. 그런데 이 글에서는 괴물을 만들어 낸, 컴퓨터그래픽 기술만을 중심으로 평가하고 있어 아쉽고, 마무리 부분에서도 영화를 만든 감독의 재능에 찬탄으로 끝을 맺어 서술의 완성도가 떨어진다. 아울러 이 영화가『쥬라기 공원』못지않은 완성된 영화라는 글쓴이의 판단은 도무지 어디에 근거한 것인지 불분명하다. 끝으로 영화의 제목은 본문과 구별하기 위해 낫표(「단편영화」)와 겹낫표(『장편영화』)를 사용해서 표시하면 좋을 것이다.

다음 감상문 2는 홍명희의 역사소설 『임꺽정(林巨正)』을 읽고 난 후 작중인물의 상황을 오늘날 우리네 처지에 빗대어 쓴 비평가의 글이다. 『임꺽정』은 봉건제도에 저항하는 백정 출신 도적 임꺽정의 활약을 통해 조선시대 민중들의 생활상을 생생하게 재현한 한국근대소설이며, 식민지 시기 대표적 역사소설로 평가된다. 그리고 홍명희가 1928년부터 1940년까지 『조선일보』와 『조광』에 대하장편역사소설 『임꺽정』을 연재하여, 작가로서 확고한 명성을 얻기도 한 작품이다.

감상문 3은 미국 독립혁명의 지도자 패트릭 헨리(Patrick Henry 1736-1799)가 영국으로부터 미국의 독립전쟁을 촉구한 연설문이다. 당시 영국의 식민지였던 미국은 영국에 대항해 무력으로 투쟁하기를 두려워하는 분위기였으나, '자유가 아니면 죽음을 달라.'고 항변한 헨리의 이 같은 연설은 미국인들에게 자유에 대한 의지를 고취시킴으로써 미국 독립전쟁의 도화선이 되었다. 이 글의 전체적인 구조는 주장과 이유, 근거로 이루어진 논술문의 형식을 취하고 있어 주장의 설득이 중심을 이룬다.

감상문 4는 답사기행문 유홍준의 『나의 문화유산답사기』로 '아우라지강의 회상 - 평창, 정선(상)'에 수록된 내용이다. 이효석 생가를 찾아가는 여정이 공간의 이동을 따라 전개되고 있다. 공공의 장소에서 이효석 생가로 공간 범위가 축소되면서 글쓴이의 시선은 소설가의 내면적 공간으로 점점 다가선다. 여행기의 서정적 향기를 느낄 수 있도록 글이 구성되어 있다. 이 같이 시간의 흐름과 공간의 변화를 따라가는 추보식 구성은 여행기나 답사, 관람, 사건의 기록과 같이 현장성을 중시하는 글쓰기 형식에서 드러난다. 무엇보다 우리 문화유산에 대한 사랑을 품고 직접 방방곡곡을 누빈 글쓴이의 경험과 체험을 생생하게 담아냈다는 데 장점이 있다. 주제와 관련해 글쓴이의 생각이 큰 단위와 작은 단위로 분절되고, 그 단위들은 연관되어 의미의 흐름을 이루는 글들은 구성과 논지 전개 과정이 자연스러워 안정감을 준다. 이제 그 진솔함을 함께 감상해 보자.

감상문 2

임꺽정, 길 위에서 펼쳐지는 마이너리그의 향연

『임꺽정』의 칠 두령은 하나같이 백수들이다. 특별한 직업이 없다는 뜻이다. 사농공상에서 농공사의 범주에도 들지 못한다. 한마디로 다 '노는 남자들'이다. 하기사, 칠두령만 그런 것도 아니다. 당대 최고의 지성인 갖바치도 그렇고, 갖바치가 길 위에서 마주치는 거장들(퇴계, 화담, 토정 등) 역시 거의 다 그렇다. 특별한 직업이 없거나 있어도 '있는 둥 마는 둥'하다. 그렇다고 이들이 궁상맞게 사느냐 하면 그건 또 아니다. 사랑과 우정, 공부와 놀이 면에서 우리한테 조금도 꿀리지 않는다. 꿀리기는커녕 훨씬 더 풍요롭다. 그래서인가. 이들에겐 콤플렉스 같은 게 없다. 신분차별이 뼈에 사무쳤을 텐데도 결코 주눅들은 법이 없다. 을묘왜변이 일어나자 봉학이와 꺽정이는 함께 참전하기로 한다. 그런데 면접에서 꺽정이가 탈락했다. 백정 출신이라 군의 사기를 떨어뜨릴 위험이 있어서라나. 별 망할 놈의 세상 다 보겠다며 꺽정이보다 봉학이가 더 길길이 뛰었다. 꺽정이의 결단, "너는 너대로 전장에를 나가거라. 나는 나대로 전장에를 나갈 터이다." "어떻게 나간단 말이오?" "혼자 나가면 못쓰느냐?"(3권 384면) 오홋, 이 배짱! 이 자존심!

그렇다. 꺽정이는 요즘 말로 치면, '비국민'이다. 그런데도 절대 기죽지 않고 자신의 길을 간다. 양반과 세상에 대한 분노와 저항만이 아니라, 그런 가치들을 훌쩍 뛰어넘는 자유를 함께 누리고 있는 것이다. 이 대목에서 나는 정말 '감동 먹었다'. 천민에다 백수면서도 이렇게 당당하고 떳떳할 수 있다니. 따지고 보면 이게 너무나 당연하다. 조선의 선비들도 그렇지만, 그리스 시대에도 자유인은 직업이 없는 이들이었다. 그 시절 노예란 정규직을 가진 이들이었다. 평생 한 가지 직장과 일에 붙박여야 하는 것, 그것이 노예의 저주받은 숙명이었다. 그런데 우리는 왜 이토록 정규직을 열망하는가? 과연 그게 자연스러운 생존 본능일까? 백수는 임금 노예인 정규직을 얻지 못해서 안달복달하고, 정규직은 언제 거리로 내몰릴지 몰라 안절부절못하고, 그래서 결국 백수나 정규직 모두 노예가 되어 버리는 오늘날의 기막힌 현실! 이 현실 앞에서 우왕좌왕하는 우리를 꺽정이와 그의 친구들은 이렇게 선동한다. 제발 그렇게 한심하게 살지 말라고, 길 위에도 얼마든지 '자유의 새로운 공간'이 존재한다고, 그러고는 이렇게 다짐한다. 길 위에서 살아가는 수많은 노하우를 아낌없이 전수해 주겠노라고.

핵심은 역시 네트워크다. 낯설고 이질적인 존재들과 접속하여 새로운 관계를 만들어낼 수 잇는 능력, 길 위에서 살아가려면 무엇보다 이게 관건이다. 우정과 의리를 목숨보다 소중하게 여겨야 하는 이유도 여기에 있다. 우정과 의리는 기본적으로 수평의 윤리다. 이 윤리를 능동적으로 표현할 수 있다면 언제 어디서건 새로운 관계와 호라동을 조직할 수 있다. 칠 두령은 피를 나눈 형제가 아니다. 하지만 그들의 사랑은 연인보다 진하고 핏줄보다 더 질기다. 청석골은 그런 인연들이 얽히고설켜서 만들어진 일종의 인디언 부락이다. 추방당한 존재들이다 보니 이들에겐 정착민의 규범이 부재한다. 어떤 권위나 습속에도 예속될 필요가 없다. 대신 현장이 요구하는 윤리적 규칙들이 그때그때 만들어진다. 존재의 참을 수 없는 유동성, 낡은 가치들을 교란하는 불안정성, 그리고 그것이 유발하는 역동적인 야생성 등 이것이 이들이 창조해 낸 새로운 특이성이다. 그러므로 이들은 단지 추방당한 자들이 아니라, 탈주하는 자들이기도 한다. 집에서 살아가는 이들은 상상조차 할 수 없는 '삶의 새로운 양식'을 창조하는 탈주자들, 추방과 탈주의 동시성—백수의 향연이 '마이너리그'가 되는 건 바로 이 순간이다.

어떤가? 그야말로 '길의 시대'에 필요한 비전들이 아닌가. 내가 이 힘과 지혜를 세상에 널리 전파하는 전령사가 될 수 있다면, 참 행복하겠다. 그리하여 이 땅의 모든 백수들 혹은 백수를 꿈꾸는 이들이 길 위에서 살아가는 배짱과 기예를 터득할 수 있기를. 또 그리하여 길이 곧 삶이 생성되는 장소가 될 수 있기를. 그 생성이 이 시계를 한없이 불온한 열정으로 뒤덮을 수 있기를. 청석골 칠 두령이 그 옛날 그랬던 것처럼.

고미숙, "임꺽정, 길 위에서 펼쳐지는 마이너리그의 향연(2009)"

감상문 3

자유가 아니면 죽음을 달라!
─패트릭 헨리, 윌리엄스버그, 세인트 존 성당, 1775년 3월 23일

방금 이 의회에서 연설을 마친 훌륭한 신사 여러분의 능력은 물론이고 그들의 애국심까지 저는 누구보다 높이 삽니다. 하지만 각기 다른 사람들이 같은 주제를 다른 시각으로 바라볼 때도 있는 법입니다. 따라서 제가 드리는 말씀이 그분들의 견해와 상반된다고 해서 제가 그들을 무시한다고 생각하지는 마시기 바랍니다. 저는 제 생각을 거리낌 없이 자유롭게 말씀드리겠습니다. 지금은 격식을 차릴 때가 아닙니다.

우리 의회가 직면한 문제는 이 나라에 절체절명의 사안입니다. 제가 볼 때 이 문제는 다름 아닌 자유인이 되느냐, 노예가 되느냐의 문제입니다. 워낙 심각한 문제이기 때문에 이에 대해서는 자유로운 논쟁이 펼쳐져야 합니다. 그래야 우리는 비로소 진실에 도달할 수 있으며, 우리가 신과 이 나라를 위해 짊어진 막중한 책임을 완수할 수 있습니다. 이렇게 중대한 시기에 누군가의 신경을 거스를지 모른다는 두려움 때문에 제 생각을 억눌러야 한다면 이는 국가에 대해 반역을 저지르는 것이며, 제가 지상의 그 어느 군주보다 더 경외하는 하느님을 저버리는 것이 됩니다.

의장님, 인간은 희망이라는 환상에 빠지기 마련입니다. 우리는 고통스러운 진실로부터 눈을 감고, 사이렌(바다에 살면서 아름다운 노래 소리로 선원들을 유혹한 뒤 위험에 빠뜨렸다는 그리스 신화 속 존재)의 아름다운 노래에 귀를 기울이다가 이내 마수로 변해버리기 쉽습니다. 이것이 자유를 위한 원대하고 험난한 투쟁에 뛰어드는 현명한 인간으로서 할 일입니까? 여러분 역시 눈이 있어도 보지 못하고 귀가 있어도 듣지 못한 채 일시적인 구원만 생각하는 무수한 군중 틈에 서려는 것입니까? 저는 어떠한 정신적 고통이 따르더라도 기꺼이 있는 그대로의 사실을 알아낼 것입니다. 최악의 사태를 파악하여 이에 대비할 것입니다.

제 발길을 인도해 줄 등불은 단 하나, 바로 경험의 등불입니다. 미래를 판단하는 길은 과거를 비추는 것밖에 없습니다. 과거를 비춰보며 저는 지난 10년간 영국 정부가 한 일 중에 의원들과 의회가 즐거이 위안을 삼으면서 지금의 희망을 정당화할 수 있는 것이 무엇이 있는지 알고 싶습니다.

얼마 전 우리가 청원서를 제출하면서 본 그들의 음흉한 미소가 그렇습니까? 여러분 그것을 믿지 마십시오. 그 미소는 결국 덫이 되어 여러분의 발목을 잡을 것입니다. 한 번의 키스로 배반당하는 고통을 겪지 마십시오. 우리의 청원을 너그러이 받아주면서 어떻게 한편으로는 우리의 바다를 뒤덮고 육지를 암흑으로 물들게 할 전쟁을 준비할 수 있는지 자문해보시기 바랍니다. 사랑과 화해를 위한 일에 함대와 군대가 정녕 필요한 것입니까? 우리가 화해할 의향을 얼마나 보이지 않았기에 우리의 사랑을 되찾는 데 무력이 필요한 것입니까?

여러분, 우리 자신을 기만하지 맙시다. 기만은 전쟁과 복종을 불러옵니다. 기만은 군주가 최후의 수단으로서 의지하는 것입니다. 신사 여러분, 전열을 갖추는 것이 우리의 복종을 강요하기 위해서가 아니라면 무엇이겠습니까? 그밖에 다른 동기를 생각할 수 있겠습니까? 대영제국이 어떤 적을 두었기에 세계의 이쪽 편에 이 모든 해군과 육군을 집중 배치하는 것입니까? 없습니다. 영국에게는 적이 없습니다. 그들의 군대는 우리를 겨냥하고 있습니다. 그밖에 다른 누구일 수 없습니다. 그 군대는 영국 정부가 그토록 오랫동안 만들어온 쇠사슬로 우리를 묶고 못질하기 위해 파견된 것입니다.

그렇다면 우리는 그들에 대항하기 위해 무엇을 해야 하겠습니까? 그들과 논쟁을 벌여야 할까요? 여러분, 논쟁이라면 지난 10년 동안 부단히도 시도했습니다. 이 문제에 대해 우리가 새로이 내놓을 만한 것이 있기는 합니까? 없습니다. 우리는 이 문제를 가능한 모든 각도에서 살펴보았지만 모두 허사였습니다. 그들 앞에서 머리를 조아리며 간청하고 애원해야 할까요? 우리가 아직 써 보지 않고 남아 있는 말이 또 무엇이 있습니까?

여러분께 청하건대 우리 자신을 기만하지 맙시다. 우리는 다가올 폭풍을 피하기 위해 할 수 있는 모든 것을 다 했습니다. 청원도 하고 항의도 했으며, 애원도 해 보았습니다. 국왕 앞에 엎드려도 보았고, 영국 정부와 의회의 압제를 멈추게 해달라며 중재를 간청하기도 했습니다. 결국 우리의 청원은 무시당했고 우리의 항의는 폭력과 모욕만 불러들였습니다. 우리의 애원은 묵살되었습니다. 우리는 국왕의 발아래에서 멸시를 받고 쫓겨났습니다! 이런 일을 당하고도 우리는 평화와 화해라는 가망 없는 희망에 헛되이 매달리고 있습니다. 더 이상 희망은 없습니다. 자유를 갈망하십니까? 우리가 그토록 오랫동안 싸워 지켜온 헤아릴 수 없이 많은 특권을 보존하고자 합니까? 우리가 그토록 오랫동안 수행해 온 고귀한 투쟁을, 그 영광스러운 목적을 달성할 때까지는 결코 그만두지 않겠다고 맹세해 온 이 고귀한 투쟁을 비열하게 그만둘 뜻이 없습니까? 그렇다면 우리는 싸워야 합니다! 거듭 말씀드립니다. 우리는 싸워야 합니다! 무력에 호소하고 신께 호소하는 것만이 우리에게 남은 유일한 길입니다!

여러분, 우리는 너무 약하기 때문에 그처럼 강력한 적에 맞설 수 없다고 합니다.

그렇다면 우리는 언제쯤 더 강해지겠습니까? 다음 주, 아니 내년이면 됩니까? 우리가 무장해제를 당하고 영국 경비병이 우리의 집집마다 주둔할 때쯤이면 강해집니까? 우유분단하게 가만히 앉아 있으면서 어떻게 힘을 모을 수 있단 말입니까? 반듯이 누워 희망이라는 기만적인 유령을 껴안고 있다가 이내 적군에게 손발마저 꽁꽁 묶이게 되면 효과적인 저항 수단은 어디서 어떻게 얻는단 말입니까?

여러분, 자연을 다스리는 신께서 우리에게 내려주신 수단을 적절히 사용하면 우리는 결코 약하지 않습니다. 우리가 소유한 이 나라에서 자유라는 신성한 대의로 무장한 수백만 병사들은 적군이 보낸 그 어떤 힘 앞에서도 무너지지 않을 것입니다.

더군다나 여러분, 이 전투에서 우리만 외롭게 싸우지는 않을 것입니다. 국가의 운명을 관장하는 공정한 하느님께서 우리와 함께 싸울 원군을 보내주실 것입니다. 전쟁은 강자들만 하는 것이 아닙니다. 항상 경계하고 적극적으로 행동하는 용감한 사람들도 전쟁을 할 수 있습니다.

여러분, 우리에게는 선택의 여지가 없습니다. 비열하게 다른 선택을 바란다 해도 물러나기에는 너무 늦었습니다. 우리에게 후퇴란 없습니다. 굴복과 노예 제도로부터의 후퇴만 있을 뿐입니다! 우리가 묶일 쇠사슬은 이미 만들어져 있습니다! 그 쇠사슬이 철거덕거리는 소리가 보스턴 평원 위에서 들려올 것입니다! 이제 전쟁은 피할 수 없습니다. 그렇다면 뛰어듭시다! 거듭 말씀드립니다. 전쟁에 뛰어듭시다!

사태의 심각성을 완화하는 것은 모두 부질없는 일입니다. 여러분은 "평화! 평화를!"이라고 외치실지 모릅니다. 하지만 평화는 없습니다. 사실상 전쟁은 시작되었습니다! 무기들이 절꺽거리며 맞부딪치는 소리가 북쪽에서 몰려오는 강풍을 타고 우리의 귀에 들려올 것입니다! 우리 형제들은 이미 전쟁터에 나가 있습니다.

그런데 우리는 왜 여기서 이렇게 빈둥거리고 있는 것입니까? 여러분이 원하는 것은 무엇입니까? 여러분이 얻게 될 것은 무엇입니까? 쇠사슬과 노예제도라는 대가를 내어줄 만큼 목숨이 그렇게 소중하며 평화가 그렇게도 달콤하단 말입니까? 어림도 없는 소리입니다! 다른 사람들이 어떤 길을 택할지 저는 알 수 없습니다. 그러나 나에게는 자유가 아니면 죽음을 주십시오!

에드워드 험프리 편, 홍선역 역, "사람의 마음을 움직이는 위대한 명연설(2011)"

답사기행

평창 봉평은 이효석의 「메밀꽃 필 무렵」으로 영원히 살아있는 마을이 되었고 스스로 문화마을임을 자부하게 되었다. 그리하여 우리는 이효석의 생가에 이르기까지 수많은 문학비를 만나게 된다.

둔내터널을 빠져 조금 내려오면 태기산 소풍휴게소라고 불리는 작은 쉼터가 있다. 점포 하나 없이 고장난 차나 쉬어가기 알맞은 이곳 한쪽에는 1980년, 유진오가 비석이름을 쓴 '가산 이효석 문학비'가 세워져 있다.

장평로터리를 돌아 이효석 생가 쪽으로 향하면 봉평마을이 훤히 내다보이는 언덕마루 찻길 한쪽에는 커다란 자연석에 '메밀꽃 필 무렵'이라고 새긴 기념석이 두 그루 잣나무의 호위를 받으며 이 조용한 시골마을 봉평의 입간판이 되고 있다. 여기까지는 참으로 아름다운 정경이다.

그러나 봉평장터의 좁은 길을 헤집고 들어가 봉평중학교 앞에 당도하면 문학공원이라는 이름의 빈터에 세워진 이효석 동상은 절로 웃음을 자아내게 한다. 그 동상의 오종종함이란 도저히 이효석의 이미지에 다가서지 않으며 괜히 이효석에게 미안한 생각만 들게 한다. 귀공자상의 그의 얼굴이 꺼벙이로 바뀌었다. 문학공원에서 바로 보이는 남안교 긴 다리 앞에는 '시범 문화마을'이라고 새긴 기념석이 '공무원 양식'으로 무게를 딱 잡고 있는데, 다리 건너 산자락 바로 밑에는 「메밀꽃 필 무렵」 기념조각과 물레방앗간이 세워져 있다. 물레방앗간을 만들어놓은 것은 여지없이 '이발소 그림'풍의 발상이고, 이유 없이 유방을 뾰족하게 드러낸 조각은 관광지 기념타월의 디자인감각과 같은 과에 속한다. 무얼 어쩌자고 이렇게 유치한 기념비를 곳곳에 세워야 했을까? 그것은 대단한 '시각공해'였다.

기념조각공원에서 왼쪽으로 난 시멘트 농로를 따라 이효석 생가로 가는 길로 접어들었을 때 우리는 비로소 그의 문학공간에 들어선 분위기를 가질 수 있다. 개울을 따라 난 길을 가다보면 비탈을 일구어낸 밭에는 감자와 옥수수만 눈에 띄고, 산자락마다 낮은 슬레이트집들이 차지하고 있어서 여지없는 강원도 산골을 느끼게 된다.

강원도 산골에는 외딴집이 많다. 다른 지역은 들판을 내다보는 동산을 등에 지고 양지바른 쪽에 옹기종기 모여 있는 것이 보통이다. 그러나 강원도 산골에는 그런 들판이 없다. 방풍을 위한 등받이 동산을 따로 찾을 이유도 없다. 그래서 저마다 자기 밭 한쪽 견에 집을 짓고 산다. 이효석의 생가도 외딴집이다. 벌써 오래 전부터 성씨도 다른 분이 살고 있는데, 마당 한쪽에 세워놓은 동그란 흰 대리석만이 이 집이 이효석의 생가임을 알려줄 뿐이다. 그가 뛰놀았을 뒷동산에 사슴목장이 들어서 있다. 모든 것이 이효석의 분위기와 달라 낯설기만 하다. 생가의 뒤란을 돌아보니 무뚝뚝한 강원도 산자락만이 그 옛날과 같아 보였다.

유홍준, "나의 문화유산답사기2(2000)"

1. 다음 조건에 따라 한 편의 글을 작성해 보자.

1) 최근에 재미있게 본 영화 가운데 하나를 선택하여 다음 제시한 물음 (1)~(3)에 답한 후, 이들의 내용을 적절히 재구성하여 영화 비평문을 완성해 보자. 아래 제시한 자료는 학생이 쓴 글로, 참고해 읽어 보기 바란다.

(1) 영화를 보기 전 이 영화에 대한 사전적 지식의 정도는? / 기본적으로 창작 의도는 무엇이라 생각하는가? / 영화의 구조, 상징성, 촬영기법, 음향효과 등이 주제를 부각시키는 데 어떻게 기여했는가?

(2) 연기자들의 연기 능력은 어떠했는가? / 연기자가 역할을 소화해 내는 데에 어떤 어려움이 있었을 것 같은가? / 영화에서 나타난 감독의 스타일과 인생철학은 무엇인가? / 특별히 감독의 독특한 개성이나 지성이 돋보였던 부분은 어디인가?

(3) 가장 사실적으로 묘사된 부분은 어디이며, 가장 아쉬웠던 부분은 어디였는가? / 가장 인상적인 장면은 어느 장면이고 어떤 점에서 그러했는가? / 이 영화의 새로움은 무엇이고, 나의 세계관이나 인생관에 변화를 줄 수 있는 몫이 있는가? / 이 영화는 세계 영화사나 우리 영화사에 어떤 의미를 부여해 줄 수 있는가?

상처받은 이들의 이야기 '도희야'

외딴 바닷가 마을, 친엄마가 도망간 후 의붓아버지 용하와 할머니로부터 학대받은 상처를 안고 살아가는 14살 소녀 '도희' 앞에 또 다른 상처를 안고 마을 파출소장으로 좌천된 '영남'이 나타난다. 영남은 용하와 마을 아이들의 폭력으로부터 도희를 보호해준다. 도희는 태어나 처음으로 만난 구원자이자, 이 세상의 모든 것이 되어 버린 영남과 잠시도 떨어져 있고 싶지 않다. 하지만 영남의 비밀을 알게 된 용하가 그녀를 위기에 빠뜨린다. 무력하게만 보였던 소녀 도희, 하지만 영남과 헤어져야 할 위기에 처하자 자신의 온 세상인 영남을 지키기 위해 돌이킬 수 없는 위험한 선택을 하게 된다.

이 영화의 감독 정주리는 한 언론매체와의 인터뷰에서 "복잡하고 미묘한 마음들을 담고 싶었다."라고 제작의도를 밝혔다. 그래서인지 이 영화는 여느 영화들처럼 해피 엔딩인지 새드엔딩인지 정의하기가 어렵다. 관객들로 하여금 폭력으로부터 살아남기 위해 저지른 도희의 행동들이 정당한가에 대한 의문을 제기한다.

또한, 정주리 감독은 "주인공 도희는 지극히 순진무구한 존재의 맹목적이거나 무섭기도 한 양면적인 모습이 결합되었다."라고 말했다. 14살 소녀 도희는 자신에게 호의를 베풀어주는 영남을 맹목적으로 따르지만 그 관계를 유지하기 위해 아이라고는 믿을 수 없는 행동도 서슴없이 한다. 그런 도희를 지켜보던 한 경찰관은 "도희는 작은 괴물인 것 같다."고 말한다. 과연, 누가 14살 소녀를 괴물로 만든 것일까.

이 영화에는 자극적인 장면이 없다. 그러나 폭력과 동성애자라는 자극적인 소재를 다루고 있다. 폭력에 노출된 도희와 이 아이를 보호하려는 동성애자 영남의 상처를 고스란히 보여준다. 사람들은 폭력으로부터 도희를 보호하려는 영남을 동성애자라는 이유로 편견으로 바라보는 것도 모자라 도리어 의심하기까지 미성년자 성추행혐의로 심문까지 받는 영남은 억울해 하지만 결코 눈물을 흘리지는 않는다. 영남이 눈물을 흘리지 않았기 때문에 더 처절한 결백으로 다가온다.

영남은 자신이 베푼 선의가 동성애자라는 이유로 악의적 결과를 초래한다. 결국, 자신이 베풀었던 선의를 후회한다. 편견이 만연한 현실이 그녀의 상처를 더 깊게 만들었다. 선의를 베풀고도 의도를 의심받고, 선의를 베푼 자신을 후회하는 영남은 우리의 현실이다.

이 영화에 나오는 폭력과 동성애자에 대한 편견은 결코 영화 속만의 얘기가 아니다. 폭력의 실체와 동성애자에 대한 편견을 관객들에게 제3자의 시선으로 보게 해 사회에 만연해 있는 편견을 사실화했다. 어느 영화감독은 "영화는 현실이 아니다."라고 말했다. 그러나 '도희야'는 현실이다. 어둡게 가려진 현실을, 가렵고 불편한 진실을 꼬집어 준 실제이다.

이소연, "상처받은 이들의 이야기─도희야(신라대학보제562호, 2014.6.17)"

2) 최근에 가장 흥미롭게 읽은 책은 무엇인가. 또는 자신의 사고 형성과 생활 방식에 영향을 주었던 책은 무엇이었는가를 생각해 보고, 그 가운데 하나를 골라 이를 소개하는 방식의 서평을 작성해 보자.

2. 자신이 읽은 여행 감상문, 답사기행 중 가장 기억에 남는 부분을 발췌하여 제시하고, 왜 기억에 남는지 한 편의 글로 써 보자. 특히 사진과 같은 관련 자료도 함께 첨부하도록 한다. 아래 제시한 자료는 참고해 읽어 보기 바란다.

'모더니티'의 수도 Paris의 에펠탑

파리는 솔직히 글을 쓰기가 어려운 곳이다. 너무 쓸 게 많고 얘기할 것이 많기 때문이다. 로마가 도시 전체가 고대의 박물관이라면, 파리는 도시 도처가 문학과 예술의 기념비적 장소로 그 기억을 간직하고 있는 곳이다. 그러기에 거리 곳곳이 기호이고 상징으로 우리에게 무수한 얘기를 건네는 곳이다. 파리의 시인 보들레르(Charles Pierre Baudelaire, 1821-1867)는 『파리의 우울』에서 파리를 "이곳에는 모든 기상천외한 일들이 꽃처럼 피어"나는 곳이라 했다. 그래서 그는 "늙은 창녀에 취한 호색한처럼/ 이 거대한 갈보, 수도에 취하고 싶소./ 그녀의 지옥 같은 매력이 나를 끊임없이 젊게 해준다오./…오, 더러운 수도여! 나는 그대를 사랑하오!"라고 절규하지 않았던가. 그렇다. 파리는 그런 기상천외한 일들이 꽃처럼 피어나는 『아라비안나이트』의 신기루와 같이 환상적인 곳이다.(중략)

파리의 정체성을 한마디로 규정하는 것은 어렵지만 굳이 의미를 찾자면 '근대'의 상징적인 도시라는 것이다. 로마는 분명 고대와 중세의 중심이었고, 피렌체는 르네상스의 중심이었다. 파리는 분명 근대 문화의 중심이자 그것을 확대 재생산한 곳이다.

아름다운 파리를 상징할 수 있는 '랜드 마크'가 무엇일까? 대부분 에펠탑이라는 데 동의할 것이다. 그렇다. 파리를 상징하는 최고의 건축물은 노트르담 같은 유서 깊은 성당도 아니고, 베르사유 같은 화려한 궁전도 아니고, 개선문 같은 승리의 기념물도 아니다. 어찌 보면 이 아름다운 파리에 어울리지 않을 것 같은 철골 구조물이 그 모든 것을 제치고 파리를 상징하는 건축물로 당당히 최고의 영예를 획득한 것이다.

그래서 파리를 찾는 많은 사람들은 가장 먼저 이 상징적 기념물을 찾는다. 지금은 그 주변에 공원과 분수를 설치하고 경관을 조성하여 에펠탑이 파리의 상징물로서 대접을 받고 있지만 처음 건축될 당시에는 찬밥 신세였다. 사실 에펠탑은 가까이서 찍으면 에펠탑이 사진 속으로 다 들어오지 않는다. 고산(孤山) 윤선도(尹善道, 1587-1671)의 「어부사시사」에 나오는 "인간을 돌아보니 멀도록 더욱 좋다."라는 구절처럼 멀리서 봐야지 더욱 어울리는 곳이다. 여러 번 에펠탑을 보았지만 그 상징적 의미를 파악하기 전까지는 철조로 만들어진 그냥 평범한 탑에 불과했다. 하지만 에펠탑이 갖는 상징적 의미를 안 뒤에는 다시 보이기 시작했다. 아는 만큼 보인다고 했던가? 에펠탑이 그런 경우다. 이제 그 내력 속으로 들어가 보자.

파리의 건물들은 대부분 그리 높지 않은 높이의 베이지색이나 미색의 석조건물들로 이루어져 있다. 그래서 '스카이라인'을 손상시키지 않고 고풍스러우면서 우아한 아름다움을 선사한다. 이런 '석조의 심포니'속에 이질적인 철골로 이루어진 기념물을 세운다는 발상은 어떻게 가능했을까? 프랑스 혁명 100주년을 맞아 파리에서 만국박람회를 개최하면서 혁명의 정신을 살릴 수 있는 기념물을 현상 공모했고 거기에 당선된 작품이 교량기술자였던 귀스타브 에펠(Gustave Eiffel, 1831-1923)의 철골 탑이다. 철골로 이루어진 에펠탑은 하찮은 민중들이 모여 엄청난 힘을 발휘하듯이 하나하나의 철 조각들이 모여 거대한 역사를 만든다는 '혁명의 정신', '공화국의 정신'을 반영한 것이었다. 그러기에 그 자체가 프랑스 혁명을 통해 탄생한 공화국을 상징한다. 하지만 그 계획이 발표되자 프랑스의 지식인들은 들끓기 시작했다. 이 아름다운 석조의 도시에 흉물스러운 철골 구조물을 세워 도시의 미관을 파괴한다는 이유에서다. 무려 200명에 이르는 지식인과 예술가들이 그 서명에 동참했고 「진주 목걸이」의 작가 모파상은 "에펠탑이 안 보이는 에펠탑 위의 레스토랑에서 식사를 초대해야지만 응하겠다."라는 비판적인 농담도 서슴지 않았다. 시인 베를렌은 에펠탑을 '망루의 해골'이라 불렀으며, 위스망스는 '격자의 흉측한 철탑' 혹은 '끔찍스런 새장'이라고 불렀다.

그럼에도 불구하고 계획대로 에펠탑은 건립되었다. 무려 20개의 거대한 트러스를 볼트로 조립해 단 몇 달 만에 당시로서는 거의 불가능한 높이인 320m의 에펠탑을 건립해 건축사에 새로운 이정표를 세웠다. 그것은 이제 '돌의 시대'가 지나고 '철의 시대'가 도래했음을 알리는 신호탄이며, '수공의 시대'에서 '기계의 시대'로 이행됐음을 알리는 선언이었다. 그것이 바로 '근대'인 것이다. 에펠은 그렇게 해서 '근대'를 시각적으로 보여주었다. 자, 봐라! 이것이 근대다. 돌을 다듬어서 기념물을 만들던 시대는 이제 지나갔다. 우리는 이제 새로운 방식에 적응해 나가야 한다. 이렇게 에펠탑은 관람객들에게 얘기하고 있는 것이리라. 에펠탑이 '근대의 수도' 파리에 상징적인 건물이 될 수 있는 것은 이런 이유에서다.

애초 에펠탑은 20년 동안 기념물로 그 자리를 지키다 1909년에 철거될 운명이었다. 그런데 '매스미디어의 시대'가 도래하면서 방송용 안테나를 설치하기 위해 방송탑의 역할을 맡게 되면서 철거되지 않았다. 파리에서 그 정도의 높이를 가진 건물이나 지형이 없기 때문이었다. 가장 높다는 몽마르트 언덕도 128m에 불과하다. 어찌 보면 에펠탑이야말로 자신의 운명을 스스로 개척했다고 할까? 앞으로 어떤 시대가 도래할 지를 미리 예견하고 거기에 대처해 스스로 역사를 만들어 최고의 상징물로 태어난 것이다. 에펠탑은 흉물스런 철거 대상에서 당당히 이 아름다운 도시의 상징으로 최고의 지위를 획득한 파리의 '미운 오리 새끼'다. 그래서 에펠탑은 하찮은 민중들이 모여 어떻게 역사를 만들어가는 지를 그 구조나 내력을 통해 사람들에게 증거하는 것이다.(중략)

우리는 에펠탑의 야경을 보기 위해 파리의 야경이 가장 아름답다는 몽파르나스 타워에 올라가 야경을 감상했다. 한 시간에 한 번씩 에펠탑이 각기 다른 색의 화려한 조명으로 빛을 발하며 파리의 밤하늘을 수놓고 있어 새로운 볼거리로 등장했다. 저 다채로운 조명처럼 파리도 그런 도시다. 어떤 틀로도 규정할 수 없는 자유로운 도시다. '근대성의 수도'에서 '낭만'과 '우울'의 도시로, 혹은 '혁명'과 '자유'의 도시로, 혹은 '문학'과 '예술'의 도시로 다양한 모습을 지니고 있다. 세계 어디에도 없는, 천의 얼굴을 가진 아름다운 도시, 그것이 파리인 것이다.

권순긍, 『유럽 도시에서 길을 찾다』, 청아출판사, 2011.

3. 다음 물음을 토대로 다양한 형태의 감상문을 완성해 보자.

1) 공지영의 소설 『우리들의 행복한 시간(2005)』과 이를 토대로 만든 영화 송해성 감독의 『우리들의 행복한 시간(2006)』을 보고, 사형제도 폐지를 둘러싼 논란에 대해 자신의 입장을 중심으로 감상문을 작성해 보자.

2) 사회적으로 논란이 되는 사안을 한 가지 선택하여 그 쟁점을 정리해 보고 이에 대한 자신의 생각을 밝히는 내용의 시론(時論/시사적인 현안이나 사회 현상에 대해 논평하는 글쓰기 양식)을 작성해 보자.

3) 아래 제시된 여덟 권의 책 가운데 한 권을 골라 서평을 작성해 보자.

   (1) 댄 브라운 지음, 이창식 번역, 양선아 옮김, 『다빈치 코드1, 2』, 대교베텔스만, 2004.

   (2) 박노자, 『당신들의 대한민국』, 한겨레 출판사, 2006.

   (3) 박명욱, 『너무 낡은 시대에 너무 젊게 이 세상에 오다』, 그린비, 2004.

   (4) 박석무, 『다산 정약용 유배지에서 만나다』, 한길사, 2003.

   (5) 장정일, 『빌린 책 산 책 버린 책』, 마티, 2010.

   (6) J.J. 클라크 지음, 장세용 옮김, 『동양은 어떻게 서양을 계몽했는가』, 우물이 있는 집, 2004.

   (7) 존 M. 흡슨, 정경옥, 『서구 문명은 동양에서 시작되었다』, 에코리브르, 2005.

   (8) 카슨 매컬러스, 장영희 옮김, 『슬픈 카페의 노래』, 열림원, 2005.

글 쓰 기 연 습 지		
월 일 요일 교시	학과(부) :	
학 번 :	이 름 :	

글 쓰 기 연 습 지	
월 일 요일 교시	학과(부) :
학 번 :	이 름 :

발 표 연 습 지

월 일 요일 교시	학과(부) :
학 번 :	이 름 :

발표 주제 :

발표 목적 :

인사말 :

발표 내용 :

맺음말 :

수 업 점 검 표		
강의 주제 :	월　　일　　요일　　교시	
학　　번 :	이름 :	
자기 점검	나는 오늘 수업을 미리 준비해 왔다.	①　②　③　④　⑤
	나는 수업 내용으로 질문을 하였다.	①　②　③　④　⑤
	나는 적극적으로 수업에 참여하였다.	①　②　③　④　⑤
	나는 개인적으로 스마트폰을 사용했다.	①　②　③　④　⑤
	나는 수업 방해 행위를 한 적이 있다.	①　②　③　④　⑤

■ 나의 수업 태도를 통해 느낀 점은 어떤 것이 있는가?

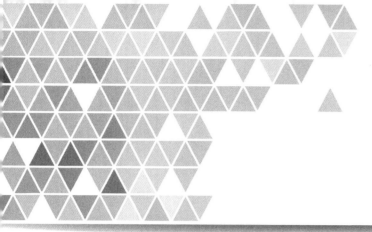

제12장
자기소개서

01 | 자기소개서의 가치

자기소개서는 말 그대로 상대방에게 자신을 소개하는 글이다. 따라서 자신의 특성을 객관적이고 논리적으로 표현하여 최대한 자신의 경쟁력과 강점을 상대에게 알려야 한다. 자기소개서 작성에는 일정한 양식이 따로 있는 것은 아니나 가정환경과 성장과정, 교육과정 및 특기사항, 성격과 가치관, 지원동기와 장래성 등을 포함하여 작성하는 것이 일반적이다.

자기소개서는 이미 글쓰기를 넘어서 '자신을 위한 광고'라 말한다. 인사 담당자에게 지기소개서가 노출되는 시간이 불과 30초 내외라는 현실을 고려해 봐도 결코 지나친 말은 아닐 것이다. 따라서 그저 자신의 경력이나 정보를 평이하게 나열해서는 곤란하다. 자신의 입장에서 꼭 부각시켜야 하는 정보를 두괄식으로 하여, 가능하면 수치 등의 구체적 자료를 근거로 제시하는 것이 바람직하다.

자기소개서는 처음에 핵심이 되는 사항을 토대로, 몇 줄로 간략하게 작성해 보고 차츰 세부 내용을 정리하며 쓰는 것이 좋으나 지나치게 양이 많으면 또한 곤란하다. 실제로 자기소개서를 잘 쓰기 위해서는 작성 전에 자기소개서에 관한 예문들을 많이 읽어보는 것도 좋은 방법이 될 수 있다.

내용을 구성하는 문장은 되도록 짧고 간결하며, 활력이 넘치고 당당함이 느껴지도록 쓴다. 작성 과정에서 사적인 주변 얘기로 치우쳐 균형을 잃지 말아야 하고, 지원 동기나 자신의 희망 업무, 포부 등을 아우르는 자신만의 특기사항이 중점적으로 드러나야 한다. 아울러 자기소개서는 내용도 중요하지만 인사 담당자가 짧은 시간에 명확한 내용을 볼 수 있도록, 자신만의 개성을 살려 특색 있게 꾸미는 것도 중요한 몫을 차지한다.

[자료 1−성장과정]

○○○○년 ○월 ○일 물 맑고 인심 좋은 충청남도 ○○에서 1남2녀 중 장녀로 태어났습니다. 지금에 저의 인성 형성은 가족의 영향이 매우 컸습니다. 부모님으로부터 긍정적인 사고방식과 겸손을 배웠고, 형제들과 함께 자라면서 배려와 양보를 배웠습니다.

부모님은 제가 어렸을 적부터 저의 의견을 존중해 주셨고 선택을 믿어주시어 제 앞의 문제를 스스로 해결하는 법을 몸에 익히게 해 주셨습니다. '현실에 강한 사람이 되자'라는 가훈을 항상 생각하면서 어려움이 있을 때마다 스스로 헤쳐 나가기 위해 노력한 결과 독립심을 기를 수 있었습니다.

또한 사람들과의 관계에서 문제가 생겼을 때에는, 내 잘못을 먼저 생각해 보고 다른 사람의 입장을 헤아리라고 가르치셨는데 그런 가르침 덕분에 친구들과 원만한 관계를 유지하며 즐거운 학창 시절을 보낼 수 있었습니다.

원만한 대인관계를 바탕으로 고등학교 재학 당시에는 동아리 단장을 맡아서 봉사활동, 캠프, 축제 준비 등 여러 가지 활동을 했는데 이때의 경험을 통해서 책임감을 배웠습니다.

[자료 2−성장과정]

　어렸을 때 어른들이 가장 자주 했던 말이 '녀석 뭐가 돼도 될 물건이네'였습니다. 이는 가난한 탓에 어려서부터 기죽지 않는 강한 아이로 키우시려는 부모님의 노력 덕분이었습니다. 부모님은 저에게 언제나 다른 사람에게 자신의 주장을 분명히 말하라고 가르쳤습니다. 부모님은 세상에 자신의 목소리를 내지 않고 살아가는 것은 노예 뿐이라는 말을 자주 하셨습니다. 그래서 언제나 어른에게도 할 말을 분명히 하는 아이로 살았습니다. 때론 되바라지게라는 말도 들었지만, 스스로의 주장을 포기하지는 않았습니다.

　처음으로 저의 주장이 다른 사람들에게 인정받은 일에 동네에 횡단보도를 만든 것입니다. 동네에는 육교만 있었는데, 그것이 사람들에게 매우 불편하고 사람들이 다니는 길과도 좀 떨어져 있었습니다. 많은 사람들이 불편함을 감수하면서 무단횡단을 하곤 했는데, 저는 동사무소, 구청, 경찰서에 편지를 써서 횡단보도를 설치했습니다. 그때 처음으로 세상에 필요한 일을 하는 것이 어떤 기분이라는 것을 어렴풋이 알게 됐습니다.

　이런 성장과정이 우리나라에서, 작지만 제 목소리를 내면서 일하는 ○○○○회사와 꼭 맞다 생각합니다.

[자료 1]과 [자료 2]는 자기소개서 중에서 성장과정만을 뽑아 제시한 것이다. [자료 1]에 비해 [자료 2]가 더 좋은 사례가 되겠다. 두 자료를 비교해 가며 읽어 보면 좋을 듯하다. [자료 1]의 문제점은 내용이 진부하다는 사실이다. "물 맑고 인심 좋은", "가족의 영향이 컸다.", "부모님으로부터 긍정적인 사고방식과 겸손을 배웠다.", "형제들에게서 배려와 양보를 배웠다." 등의 제시는 누구라도 쉽게 쓸 수 있고 생각할 수 있는 표현임을 알아야 한다. 또한 이 글은 구체성이 떨어진다. 추상적인 표현은 읽는 이로 하여금 글쓴이에 대한 '궁금증'을 불러일으키지 못한다. "부모님은 저의 의견을 존중해 주셨다."거나 "긍정적인 사고방식과 겸손을 배웠다."는 식의 표현은 추상적인 의미밖에 전달하지 못한다. 자신이 겪은

구체적인 사건, 경험, 일화를 통해 그러한 심성이 길러졌음을 환기하게 만들어야 한다. '배려와 양보'를 배웠다면 그러한 심성을 드러낼 수 있었던 체험적 일화를 제시하는 것이 좋다. 남들이 쉽게 하기 힘든 동아리 단장을 했음에도 "여러 가지 활동을 했는데 이 경험을 통해서 책임감을 배웠다."는 식의 상투적 진술은 읽는 이에게 아무런 감동을 주지 못한다. 아래 [자료 3]은 ○○미디어에 지원하는 것을 상정하고 학생이 쓴 자기소개서다. 각 항목들에서 자신이 말하고자 하는 바를 막연하고 진부하지 않게 구체적인 경험을 바탕으로 서술했기에 인상적이라 하겠다.

[자료 3]

1. 625m 북한강 헤엄쳐 건너기 : 성격

초등학교 시절 6.25전쟁을 기리는 뜻으로 625m 폭의 북한강을 전 학년 학생들이 수영하여 건너가는 행사가 매년 치러졌습니다. 그 행사를 위해 학생들은 1년 동안 학교 수영장에서 매일같이 1000m 완주 수영연습을 해내야 했습니다. 처음 북한강 강물 앞에 섰던 2학년 여름, 저는 어둡게만 보이던 그 강물을 보면서 '과연 나 자신과의 싸움을 잘 견디어 낼 수 있을까?'라는 떨림과 함께 그 강물에 몸을 맡겼습니다. 중간에 포기하고 싶은 마음도 여러 번 들었지만, 제가 선택하여 시작한 싸움에서 지고 싶지 않았기에 이를 악물고 끝까지 헤엄쳐 나갔습니다. 강 반대편 목표지점에 도착했을 때의 희열과 뿌듯하게 솟아오르던 자신감은 지금도 잊히지 않습니다. 이 행사에서 저는 6년 동안 모두 완주하였고, '첼린지상'을 수상하였습니다. 망설이지 않고 도전하여, 최선을 다했을 때 느낄 수 있었던 그 기억들이 지금까지 저를 성장시켜 왔고, 이 도전 정신은 앞으로도 저의 잠재력을 이끌어 내는 데 더욱 큰 힘이 되리라는 것을 믿습니다.

2. 방송 원고 제작하기 : 인상적인 사건

고등학교 2학년 재학 중 학생부회장으로서 학생회와 함께 모 방송국을 견학할 기회가 있었습니다. 견학 중에 한 PD께서 갑작스럽게 방송 원고 작성을 제의하셨고, 감사하는 마음으로 기획자의 역할을 맡아 제작을 시작하였습니다. 제 삶의 또 다른 작품을 탄생시킨다는 즐거움이 며칠 밤을 새는 피곤함도 잊게 만들었고, 로고와 멘트 등 원고 제작에 열중하느라 하루하루가 활력이 넘쳤습니다. 제작 중 서로 의견이 맞지 않아 여러 번 말다툼을 하기도 했고, 녹음 과정의 실수로 완성의 날이 멀어만 보이기도 했지만, 끝까지 포기하지 않고 매초의 숨소리 하나에도 심혈을 기울였습니다. 저는 한 명의 방송자가 하던 대사를 나누어 대화를 하는 방식으로 기획하여 청취자에게 가깝게 다가가려는 시도를 해 보았습니다. 드디어 완성된 원고를 들어보신 PD께서는 10대만의 독특함이 느껴지는 참신한 대사라며 만족해하셨습니다. 방송에 저희의 목소리가 나가게 된 동시에 또 다른 원고 제작까지 제의 받게 되는 영광을 얻었습니다. 이 경험으로 저는 방송 제작에 더욱 흥미를 가지게 되었고, 무엇이든지 노력하면 해낼 수 있다는 자신감까지 가지게 되었습니다.

3. 국제 워크캠프 : 대학 생활

두 달 동안의 해외여행과 국제 워크캠프는 저에게 큰 힘이 되어 준 경험입니다. 대학교 내의 동아리를 통해 국제 워크캠프 기구를 알게 되어 독일 워크캠프에 지원하게 되었습니다. 자신감을 갖고 시작한 일이기는 했지만 독일 워크캠프에서의 실제 생활은 처음부터 어려움이 많았습니다. 전혀 해보지 않은 농장 작업이 주어졌고, 의사소통도 원활하게 진행되지 않았기 때문입니다. 하지만 언어로만이 아니라 마음으로 소통하고 협동하면서 어려운 작업을 해냈습니다.

그곳에서 저는 외국 친구들과 더욱 가까워지고, 한국 문화를 소개하고자 '비빔밥'과 '불고기'를 만들어 주기도 했습니다. 그 친구들은 한국 음식만이 가진 독특한 맛에 호감을 표시하면서 잘 먹어 주었습니다. 그 모습을 보고 저도 한국 음식 문화에 대해 큰 자부심을 느꼈습니다. 이런 자리를 통해 외국 친구들과 빠르게 가까워졌기에 서로 긴밀하게 의견을 나누어 일을 분담할 수 있었고 일의 효율 또한 높일 수 있었습니다. 이때의 친구들과는 아직까지도 활발히 교류하고 있어, 세계 각국의 문화를 생생하게 접하고 있습니다. 이 워크캠프를 체험하며, 세계 속의 나를 느꼈고, 힘든 작업에서도 협동하여 적극적으로 해결해 내는 힘을 기를 수 있었습니다.

4. 즐거운 상상 ○○미디어 : 지원 동기

우리 사회의 즐거움을 만드는 곳곳에는 ○○미디어가 자리 잡고 있습니다. ○○○

영화관, 케이블 방송 채널, 음반, 게임에 이르기까지 매우 다양합니다. 이러한 즐거움을 창출하고 나누는 작업에 저도 함께하고 싶습니다. 또한 귀사가 아시아 최고의 문화 콘텐츠 기업으로 도약하고 있기에 더욱더 저의 선망에 대상이 되었습니다.

저는 사학을 전공으로 했기에 역사에 관심이 많습니다. 요즘에는 국내외 할 것 없이 '역사'가 미디어 산업의 중요 소재가 되고 있습니다. 이런 때에 귀사에서 제작한 <정조암살미스터리8일>이라는 드라마는 짧은 퓨전사극으로서의 새로운 시도를 보여 주면서도 미디어 소재의 확대와 질적 발전에도 큰 영향을 미쳤습니다. 이러한 추세이기에 제가 축적하고 있는 역사학적 지식이 역사물에 아이디어를 제공하고 왜곡된 역사를 수정하는 등 중추적인 역할을 담당할 수 있으리라 생각합니다. 더욱이 저는 경제학을 복수전공 하였기에 미디어 개발의 시장 가치나 동향 등을 분석하는 능력을 지니고 있어 방송 기획의 총체적인 접근이 가능하다고 생각합니다. 귀사가 한국의 대표적 문화 기업으로서 추구하는 창의·도전·존중의 정신은 적극적인 태도와 도전정신을 갖춘 저의 성향과도 잘 맞는 듯합니다. 귀사의 비전이 실현될 수 있도록 하는 데에 핵심 인재가 되겠습니다.

5. ○○미디어 속의 나 : 입사 후 희망과 포부

○○미디어는 우리나라 디지털 문화의 큰 흐름을 주도하고 있고, 그 핵심 사업에는 케이블 방송이 위치하고 있습니다. 앞으로 케이블 시장의 치열한 경쟁을 고려할 때, 귀사만이 가진 채널의 독특성을 추구하는 것이 중요하다고 생각합니다. 제가 귀사에 입사한다면 한국의 우수한 전통 문화와 역사적 소재를 가공하여 새로운 문화 콘텐츠를 만드는 데에 주력하겠습니다. 특히 여성의 생활과 감각에 주안을 두고 방송을 제작하는 ○○○방송은 무한한 시장 가치를 가지고 있다고 생각합니다. 여대에 다녔기에 여성에 대해 누구보다도 잘 알고 있으며 고민하고 탐구한 경험도 많기에 이를 활용하여 진정으로 여성들이 원하는 콘텐츠 개발에 힘쓸 것입니다. 사람의 힘은 무한하다고 생각합니다. ○○미디어 속에서 저의 강점과 열정을 살려 꼭 일하고 싶습니다.

학생의 글

02 │자기소개서 쓰는 방법

자기소개서는 자기를 알리기 위한 공식적인 문서와 같다. 이력서가 개인을 개괄적으로 이해할 수 있는 자료라면, 자기소개서는 한 개인을 좀 더 심층적으로 이해할 수 있는 자료라 할 것이다. 자기소개서를 바탕으로 대인 관계, 조직에 대한 적응력, 인성, 인생관 등을 알 수 있으며, 성장 배경과 장래성을 가늠해 볼 수 있다.

아울러 문장 구성력, 논리성뿐만 아니라 자신의 생각을 표현해 내는 능력까지도 확인할 수 있다. 특별히 인사 담당자는 자기소개서를 읽다가 시선을 끌거나 중요한 부분에 대해서는 표시를 해 두기도 하는데, 이는 면접 전형에서 질문의 기초 자료로 활용되기도 한다. 대부분의 지원자들이 여러 개의 기업에 자기소개서를 제출하게 되는데, 그때마다 해당 기업의 아이템이나 경영 이념에 따라 자기소개서를 조금씩 수정하고 보완해야 하는 것은 당연한 일이다.

자기소개서를 포함하여 기업에 제출한 모든 자료는 반드시 복사본을 보관하고 면접하기 전에 충분히 숙지할 필요가 있다. 면접 시, 답변이 자기소개서와 다르다면 지원자의 신뢰성에 큰 타격을 주게 된다. 자기소개서에서 애매하게 표현되었거나 혹은 부수적 설명이 필요하다고 판단되는 부분은 미리 답변을 준비하는 것이 좋다. 요즘 인터넷에 널리 퍼져있는 취업관련 사이트에서 다른 사람의 자기소개서를 다운받아 베끼거나 적당히 고쳐내는 것은 절대 피해야 할 경우다. 관련 서적에 실린 공공연한 예시나 친구의 자기소개서 형식을 빌려 자신의 이야기를 채우는 방식으로는 자신을 효과적으로 알릴 수 없다.

문장은 간결하고 핵심이 드러나도록 쓴다. 자신을 극단적으로 미화하거나 지나친 과장은 피해야 한다. 한자나 외래어를 사용할 경우 오히려 잘못 쓰면 감점의 요인이 될 수 있으므로, 한 번 더 확인하고 정확하게 사용한다. 추상적 문구의 불

분명한 주장은 버리고, 자신의 강한 의지를 밝혀 뚜렷한 사명감을 보여주는 것이 필요하다.

호칭이나 종결형어미, 높임법과 띄어쓰기에 주의하여 실수하지 않도록 하고, 문장 간의 의미관계에 유의해서 일관된 표현을 쓰도록 한다. 특히 개성 없는 천편일률적 표현이나 동어반복은 피해야 한다. 예컨대 "나의 대인관계는 원만했고 늘 성실하며 긍정적이었다."라는 식의 표현은 너무 상투적이며, 무의미해 보인다. 그리고 "나는 언제나 늘 부지런했고 너그러움과 관용의 마음으로 생활했다."의 문장은 '언제나'와 '늘'이 '너그러움'과 '관용'이 동어반복 되어 어색함을 피할 수 없다.

미사여구의 긴 설명은 물론 지원 회사와 관련하여, 불필요한 내용이 있다면 과감히 삭제한다. 참고로 경력자의 경우는 자기소개서의 상당 부분을 경력 위주로 작성해야 하는데, 전 직장에서의 경력사항은 질적으로나 양적으로나 많을수록 좋으므로 모든 경력을 상세히 기술해야 한다. 솔직하게 밝히기 어려운 퇴사 동기도 필요하다면 밝히고, 그 이유에 관한 사실이나 타당성을 인정받기 힘들다면 퇴사 동기를 꼭 기술할 필요는 없다.

사실 경력자는 전 직장과 지원 회사와의 연계나 자신의 가치에 대한 활용 가능성을 인정받도록 표현하는 것이 제일 중요하다. 전 직장의 경력이 아무리 화려하다 해도, 지원 회사에서 그 사람의 경력이 전혀 활용 가치가 없다고 판단된다면 당연히 채용할 수 없다. 따라서 회사에서 요구하는 인재의 구체적 모습과 조건을 철저히 파악해 대비하는 자세가 필요하다.

1) 전체적인 스타일이나 글자 모양, 종이의 질감과 색상까지도 모든 면에 걸쳐 정성을 담아 개성 있게 표현한다. 이력(履歷)을 포함한 자기소개서 작성이 끝나면 오자(誤字)는 없는가, 문장은 매끄러운가, 문법은 적절한가의 여부도 꼭 확인해야 한다.

2) 지원 분야와 관련 없는 불필요한 내용은 과감히 삭제하고, 이전 경력은 가

급적 구체적으로 서술한다. 이때 경력은 가장 최근의 경력부터 차례대로 기술하여 중요도에 따라 배열한다. 특히 자신의 성장 배경이나 성격의 장단점, 교육내용 등은 지원 분야와 관련시켜 일관되게 서술하여 좋은 인상을 줄 수 있도록 한다.

3) 이전 직장의 경력은 물론, 아르바이트 경험도 관련이 있다면 기록하는 것이 좋다. 더욱이 일의 분야와 성격, 수행 업무와 관련해 자세히 기술하고 회사명과 위치, 근무 기간에 대해서도 반드시 기입한다. 예컨대 이전 직장에서 특정한 프로젝트에 참여한 일이 있다면, 프로젝트를 하게 된 과정이나 자신이 담당한 역할과 수행과정 중 어려웠던 일 등을 토대로 결과에 대해 명료한 기술을 해야 한다. "일의 과정이 무척 힘들었다든지, 결과가 너무 성공적이었다."는 식의 상투적 표현보다 "예상보다 시장매출을 15% 더 증가시켰다."라는 내용의 구체적 표현이 필요하다. 명심할 것은 반드시 자신이 지원한 분야의 일과 연관시켜, 작성해야 한다는 사실이다.

4) 이력의 경우 신문기사의 머리말처럼 자신의 경력과 자질을 한 눈에 알아 볼 수 있게 각각의 짧은 단어나 문장을 만들어, 인사 담당자가 받아 보았을 때 상대에게 호감을 줄 수 있도록 한다. 이력과 관련해 지원 분야와 관련된 자격증(어학, 기술자격증, 취미와 관련된 자격증 등)을 첨부하는 것은 필수이므로 확실하게 챙겨 둔다.

5) 인사 담당자가 한 사람의 이력에 머무는 시간을 약 10초 내외로 볼 때, 첫머리에서 흥미를 끌어 자신을 강하게 드러내는 것은 취업에 당락을 좌우할 것이다. 또한 인사 담당자가 주의를 집중해 읽을 수 있는 이력서는 2장이 한계이므로, 가급적 간결하게 작성한다. 사전(事前)에 추천인의 동의를 얻어 추천인을 기재(記載)하는 것도 효과적이다. 이때 추천서는 함께 동봉하거나 이력서에 기록하는 것이 좋다.

6) 자기소개서의 신뢰성을 높이기 위해 자신의 장점만 기술하지 말고 단점도 객관적으로 파악하여 함께 기술하는 것이 필요하다. 특히 이때에는 단점을 극복

하기 위해 자신이 기울였던 노력이나 성과도 기재해 주도록 한다. 한자는 꼭 필요한 부분에 사용하거나 의미를 분명히 전달하기 위해 사용한다. 자기소개서의 목적이 구인자에게 좋은 인상을 남기는 것이기에, 문장은 되도록 긍정적으로 간결하면서도 활력 있게 표현한다. 특히 지난 과거를 회상하는 식의 설명식 문장은 반드시 피하고, 명료한 직선적 화법을 사용한다. 예를 들어 "나는 물품을 관리하였고 신규 주문도 받았다."와 같은 소극적 태도의 문장보다는 "나는 회사 내의 물품을 관리하며, 신규 주문도 담당했다."의 표현처럼 적극성을 지닌 분명한 의미를 드러내야 한다.

아래 두 편의 자기소개서 자료는 미래의 시점을 상정해 쓴 것이다. 제시한 자료를 꼼꼼히 읽어보고 아쉬운 점이 있다면 무엇이고, 잘된 점이 있다면 무엇인지, 단락별로 확인하며 읽어보면 좋을 듯하다. 그리고 '나'라면 어떻게 수정하고 보완하여 쓸 것인가를 생각해 보기 바란다.

읽기 자료 1-지원 부문 : 금융감독원 회계총괄팀

▶ **성장과정**

　　농약을 치지 않은 유기농 작물과 방목해 키운 가축들은 일반 상품보다 높은 가치를 부여받습니다. 그 이유는 자유로움과 천연의 혜택을 마음껏 누리고 자랐기 때문이기도 하지만, 인위적 손길이 미치지 않은 거친 자연 환경을 온몸으로 견뎌낸 강인함을 증명했기 때문이기도 합니다. 제 부모님께서는 유기농 작물을 고집하는 농부이셨습니다. 저희 집 형편은 풍족한 편이 아니었지만, 넉넉지 않은 형편에도 부모님께서는 제게 투자를 아끼지 않으셨습니다. 목장의 소가 이리저리 먹고 싶은 풀을 뜯으러 돌아다니듯, 부모님께선 제가 하고 싶은 일을 하고 배우고 싶은 것을 배우는 데 무리가 없도록 모든 여건을 만들어주셨습니다. 이를테면, 기타를 치고 싶다면 기타 연주에 투자한 시간만큼 하지 못한 다른 일에 대한 책임을 스스로 감당해야 했습니다. 그것이 숙제이든, 성적 관리이든, 책임을 직면하지 않고 회피하거나 부인했을 때에는 엄하게 혼났습니다. 덕분에 저는 어렸을 때부터 자유라는 것

뒤에는 남에게 떠넘길 수 없는 책임이라는 것이 같은 크기만큼 존재한다는 사실을 잘 인지하며 자랐습니다. 이처럼 방목과 절제된 훈계라는 부모님의 교육 방침이 오늘날의 저를 강인하고 통찰력 있는 사회인으로 성장시켜 주었습니다.

▶ 장·단점

"成事不說, 遂事不諫, 旣往不咎" 즉, "이미 이루어진 일을 말하지 않으며, 끝나 버린 일을 간하지 않으며, 지나간 일을 탓하지 않는다."라는 『논어』의 한 구절을 사회 생활의 지표로 삼아왔습니다. 혼란스럽고 절망스러운 상황에서도 차분하고 냉철한 태도로 다음의 한 수를 고민해 보는 태도 덕분에 동료들과 주변인들에게 포괄적인 신뢰를 받았습니다. 실제로 낙천적이고 미래지향적인 제 성격은 회계사 생활을 하는 동안 큰 도움이 되어주기도 했습니다.

그러나 반대로, 지나간 일과 앞으로의 일을 명확하게 구분하는 제 성격은 사람에 따라서는 지나치게 냉정하다는 인상을 주기도 합니다. 공적인 일에서 뿐만 아니라 사적인 관계에 있어서도 다소 이성적인 제 면모에 위화감과 거부감을 갖는 동료들이 생겨 학교, 직장 등의 단체 생활에 어려움을 겪었던 경험이 있는 것도 사실입니다. 그러나 오해의 기간을 무사히 넘기고 냉정해 보이는 태도 뒤에 숨겨진 깊은 의중에 공감해 주는 때가 오면 사람들과의 관계는 오히려 돈독하고 단결하는 관계로 발전합니다. 업무 면에 있어서나, 인간관계에 있어서나, 노력 여하에 따라 얼마든지 좋은 결과를 이끌어 낼 수 있는 장점이 있다고 생각합니다.

▶ 입사 지원 동기

학부 과정을 마치고 시작한 공인회계사 생활은 제 꿈의 성취였던 동시에 새로운 문제의식을 가지게 해 준 계기이기도 합니다. 학부 시절 회계란 기업에 대한 이해 관계자들의 의사 결정을 도와주는 학문이라고 배웠습니다. 그러나 회계사 수습 과정과 실무를 거치며 경험한 우리나라의 회계 환경은 제 생각과는 다른 것이었습니다. 무엇보다 문제라고 느꼈던 점은 회계 정보의 신뢰성이었습니다. 회계 정보는 투명한 과정을 거쳐 산출되어야 함에도 불구하고 우리나라 곳곳에서는 아직도 불투명한 회계 정보가 유통되고 있고, 결과적으로 기업과 이해 관계자들 간의 의사소통에 혼선이 빚어지고 있습니다. 회계사 생활을 접고 대학원에 진학한 이유도, 전문 분야에 대한 지식을 더 쌓아 제가 가진 문제의식을 해결할 수 있는 길을 찾기 위해서였습니다.

금융감독원 회계감독권역의 운영 방침은 선진화된 회계 인프라를 구축하고 우리나라 기업들의 회계 투명성을 제고함으로써 회계 정보의 신뢰성을 높이는 것입니다. 저는 현재 우리나라 기업들의 회계 투명성에 적잖은 문제가 있다는 점을 주지하고 있으며, 이를 해결하는 데 보탬이 될 만한 능력과 자질, 회계 분야의 경력, 그리고 의지를 가지고 있습니다. 금융감독원은 제 뜻을 펼칠 수 있는 좋은 장이 되어 줄 것입니다. 귀원에 도움이 되는 인재가 되고 싶습니다.

▶ 입사 후 계획

입사 후에는 정약용의 제자 황상과 같은 태도로 업무에 임하고자 합니다. 그는 불우한 주변 환경에도 불구하고 정약용의 가르침을 부지런히 받아들이고, 그 내용을 천착하며 삶을 살았고, 결국 높은 경지에 이른 사람이 되었습니다. 비록 당장 우리나라의 회계 환경은 이상적이지 못하지만, 지금까지 배우고 겪어 온 것, 앞으로 경험할 것을 부지런히 수용하고, 비판하고, 실천하며 제 능력의 저변을 넓히는 일을 게을리 하지 않을 것입니다.

구체적으로는 금융감독원 회계총괄팀에 입사한 후에는 그동안 쌓아온 전문 지식과 회계사 시절의 실무 경험을 되살려 기업 회계 또는 회계 감사를 기획·감독하는 일에 온 힘을 다하고 싶습니다. 나아가, 회계감사 제도를 개선하고 보다 나은 회계 인프라를 구축할 구체적인 방안을 강구하는 데 있어 저와 비슷한 생각과 뜻을 가진 동료들의 보탬이 되고 싶습니다.

학생의 글

읽기 자료 2─지원 대상 : 하자작업장학교 디자인 교사

[성장과정]

저는 조용하신 아버지와 활기찬 어머니의 막내딸입니다. 위로는 두 살 차이 나는 오빠가 있는데 온유하며 조용한 성품입니다. 반면 저는 어머니의 영향을 더 많이 받아서인지 활발하고 명랑합니다. 저희 부모님께서는 자식들을 교육하실 때에 어떤 강요나 규정들을 만드시지 않으셔서 저는 어렸을 때부터 자유롭게 하고 싶은 것들을 하고 자랐습니다. 많은 시간을 밖에서 친구들과 뛰어놀고 곤충들을 관찰하거나 채집하였고, 유치원을 다닐 때부터 유달리 손재주가 좋아서 그림 그리기와 공예 등 미술과 관련된 것이라면 모두 좋아했고 또 잘했습니다. 책도 자연스레 친해져서 여러 분야의 책을 두루두루 섭렵했습니다. 학교생활을 하면서 무엇이든지 성실하고 열심히 하려는 의욕이 넘쳐서 "쟤는 못하는 게 없어."라는 말을 자주 듣곤 했습니다. 그 말은 "잘 못하는 게 없어."라는 의미도 담지만 저는 무엇이든지 도전하는 것을 즐겼기 때문에 "하지 못하는 것은 없어."라는 의미로도 쓰일 정도로 어렸을 때부터 하고 싶은 일을 하면서 즐겁게 사는 법을 터득했었습니다.

[장・단점]

제가 생각했을 때 첫 번째로 꼽는 저의 장점은 순수하다는 것입니다. 이는 성품이 맑고 순진무구하다는 것이 아니라 세상을 대하는 태도가 순수한 것을 말합니다. 그렇다고 해서 '세상은 정말 아름다워!'라고 무작정 대하는 것을 말하는 것이 아닙니다. 전 세계 현대 사회의 어둡다 못해 깜깜하여 답조차도 보이지 않는 문제들을 직시하고 지혜로써 통찰한 뒤, 이를 해결하기 위해 온 힘을 다해야 할 때에 가져야 하는 마음가짐은 '지금 아무리 암울하다 해도 세상은 언젠가 꼭 나은 방향으로 변할 거야.'라는 세상에 대한 긍정적인 태도를 가지고 있습니다. 저는 '모든 것은 변한다.'를 신조로 삼고 있기 때문에 더 밝은 세상을 만들기 위해 사람들과 더불어 그 길을 모색하고 있습니다.

단점이라기보다 약점에 가까운 것은 감정 변화에 얼굴이 쉽게 빨개지는 것입니다. 화가 나거나, 부끄럽거나, 당황스러울 때 등 제 피부의 특성상 얼굴이 쉽게 달아오르는데 그럴 때마다 사람들 앞에 제 얼굴을 보이는 것이 부끄러울 때가 많습니다. 하지만 오히려 감정을 숨길 수가 없기 때문에 거짓말 같은 부끄러운 행동들을 하지 않고, 화가 났는데 아닌 척, 창피한데 아닌 척하는 것보다 자신의 감정에 솔직해질 수 있기에 사람들에게 인간적이라는 인상을 주기도 합니다. 아무리 유능한 교사라 한들 자기 자신과 아이들에게 솔직해지지 않으면 형식적인 관계만 유지될 뿐 서로 마음을 열 수 없다고 생각합니다. 그래서 장자크 상페의 '얼굴 빨개지는 아이'의 순수한 주인공처럼 얼굴 빨개지는 것이 오히려 저의 교사로서의 장점이 될 수 있다고 생각합니다.

[지원 동기]

　제가 하자센터를 알게 된 것은 운명과도 같은 일이었습니다. 아니, 운명이었습니다. 2001년판이었던 『사회를 보는 논리』라는 책에서 우연히 하자센터라는 실험적인 시도가 벌어지고 있는 학습 공간을 알게 되어 흥미를 느꼈는데, 또 마침 하자센터에서 청소년 창의리더 프로젝트 <혹,_이심?>(한 달에 한번, 청소년들이 모여 창의성을 삶에서 몸소 실천하고 계시는 분들을 초청하여 강연을 듣고, 서로 자유롭게 생각을 말하고 감정을 나누는 모임)에서 청소년들을 모집하고 있었기에 '호기심'이 강하게 생겨 신청하게 되었고, 선발되어 1기가 된 것이 제 인생에서 가장 큰 전환점이 되었다고 생각하고 있습니다. 처음 하자센터를 갔을 때의 그 신세계에 온 듯한 이상하고도 신기한 느낌……. 지금도 하자센터를 갈 때마다 언제나 새롭고 신기하기 그지없습니다. 하자센터 내의 대안학교인 하자작업장학교에 오는 아이들도 아마 그렇겠지요.

　하자센터에서 <혹,_이심?>과 특성화고교 학생들을 대상으로 한 창의 캠프 <C-cube>의 인턴, 사범대학교의 <빵점학교> 교사, <배움을 나누는 사람들> 교사 등의 경험을 쌓으면서 교육자의 자질을 길렀다면, 대학교 1학년 여름방학 동안 하자센터 '교육사업단' 내에서 멘토들과 함께 인턴을 하면서 교사가 되기 위해 필요한 일을 하는 전문성, 하자에서 일컫는 '일머리'를 길렀습니다. 다시 말해서, 저는 학교를 막 졸업한 사회인이지만 학교를 다니면서 교육 분야에서 많은 경험을 쌓았고, 그만큼의 철학을 가지고 있기 때문에 교사가 될 자질은 어느 정도 충족시키고 있다고 생각합니다.

　그리고 제가 다른 학교보다 귀교에 지원하려는 이유는 하자센터에서 인턴을 하면서 탈학교 10대 중심의 작업자를 길러내는 하자작업장학교가 어느 대안학교보다도 좋아졌고, 저의 커뮤니케이션 디자인 전공이 귀교의 작업 중심 커리큘럼에 적절히 조화를 이룰 것이라고 생각하기 때문입니다. 또한 10년 동안 하자센터를 다니면서 알게 된 하자사람들과의 네트워크도 돈독하기 때문에 제가 첫 교사 생활을 하는 데 있어큰 도움이 될 것이라고 생각합니다.

[앞으로의 계획]

저는 대학에서 교육학과, 사회학과를 전공하였고 대학원에서는 교육학을 심도 있게 탐구하고 치열하게 교육 문제를 분석하였습니다. 이러한 바탕으로 SADI의 커뮤니케이션 디자인학과에 입학하니, 산업적인 관점에서가 아닌 교육적인 관점에서 디자인을 바라보게 되었고 그것이 다시 현재 제가 지원하려는 하자작업장학교의 디자인 교사의 자질에 바탕이 되었습니다. 귀교의 교사가 되면 그 또한 훌륭한 교사의 바탕이 될 것이라고 생각합니다.

제가 귀교의 디자인 교사가 된다면 시대적 추세인 "Universal design"(성별, 연령, 국적, 문화적 배경, 장애의 유무에도 상관없이 누구나 손쉽게 쓸 수 있는 제품 및 사용 환경을 만드는 디자인, 즉, 모든 사람을 위한 디자인)을 중심으로 미적인 가치가 전부가 아닌 디자인을 아이들에게 보여주고 느끼게 하며, 꼭 유형의 디자인만이 아닌 무형의 디자인도 삶 속에서 적용할 수 있게 하는 커리큘럼을 만들고 싶습니다. 그리고 아이들과 10살 정도의 차이가 나는데, 아이들과 진심 어리고 활기찬 소통을 할 수 있도록 저의 정규 시간 외에도 많은 시간을 아이들과 함께하려고 합니다. 저의 장점이라고 했던 '순수함'을 아이들과 함께 나누고, 많은 사람들이 인간적으로 잘 살 수 있는 세상을 위한 길을 같이 걸어 나가고 싶습니다.

학생의 글

1. 다음 물음에 맞추어 다양한 자기소개를 경험해 보자.

1) 다음 제시한 내용을 참고해 보고, 자신만의 개성이 드러나도록 자기소개서의 '가정 환경과 성장과정' 부분을 작성해 보자.

문장의 첫머리를 '저는' 또는 '나는'이라는 단어로 시작하지 않는 것이 좋다. 마치 일기의 첫머리를 '오늘'이란 말로 시작하는 것과 같다. 지금 쓰고 있는 자기소개서는 그 누구의 것도 아닌 오직, 자기 자신에 대한 소개서이기 때문이다. "저는 ○○○○ 년 ○월 ○○일에 태어나…"와 같은 표현으로 첫머리를 시작하지 말아야 한다. 의례적인 말은 쓰지 않는 게 좋다. 예를 들면 "학생 때는 공부를 열심히 했습니다.", "군대 시절 군 복무를 충실히 했습니다.", "친구들과의 우정을 굳게 지켰습니다.", "성장과정에서 부모님께 효도를 다했습니다.", "입사하면 진심으로 열심히 일하겠습니다." 같은 표현은 오히려 쓰지 않는 편이 낫다. 굳이 쓰려면 막연하게 열거하지 말고 구체적으로 예를 들어 표현 해주는 것이 좋다.(사진동아리—삶의 다양성을 알게 됨, 폭넓은 인간관계를 가지게 된 계기/아르바이트, 축제 도우미—의사소통 능력을 키움, 봉사의 기쁨을 몸소 체험/음악동아리 회장을 맡아서 음악회 기획, 교내 축제 총괄—리더십과 협력, 기획력을 인정받는 계기가 됨)

2) 내가 가장 잘 하는 것은 무엇인가. 나는 무엇을 꿈꾸는가. 나는 무엇을 할 때 행복
한가. 내가 자랑하고 싶은 것은 무엇인가의 물음에 답해 보자. 그리고 답변을 토대
로 자신을 소개해 발표해 보자.

3) 다음의 글을 참고해 읽어보고, 자기 자신을 가장 잘 표현할 수 있는 단어(구절)를
떠올려 이를 중심으로 자신을 소개하는 글을 작성해 보자.

책만 읽은 바보(看書痴傳)

목멱산 아래 멍청한 사람이 있는데, 어눌하여 말을 잘하지 못하고 성품은 게으르
고 졸렬한 데다, 시무(時務)도 알지 못하고 바둑이나 장기는 더더욱 알지 못하였다.
남들이 이를 욕해도 따지지 않았고, 이를 기려도 뽐내지 않으며, 오로지 책 보는 것
만 즐거움으로 여겨 춥거나 덥거나 주리거나 병들거나 전연 알지 못하였다.

어릴 때부터 스물한 살이 되도록 하루도 손에서 옛 책을 놓은 적은 없었다. 그 방은 몹시 작았지만 동창과 남창과 서창이 있어, 해의 방향에 따라 빛을 받아 글을 읽었다. 지금까지 보지 못했던 책을 얻게 되면 문득 기뻐하며 웃었다. 집안사람들은 그가 웃는 것을 보고 기이한 책을 얻은 줄을 알았다.

두보의 오언율시를 더욱 좋아하여, 끙끙 앓는 것처럼 골똘하여 읊조렸다. 그러다 심오한 뜻을 얻으면 너무 기뻐서 일어나 이리저리 왔다 갔다 하는데, 그 소리는 마치 갈까마귀가 깍깍대는 것 같았다. 혹 고요히 소리 없이 눈을 동그랗게 뜨고 뚫어지게 바라보기도 하고, 꿈결에서처럼 혼자 중얼거리기도 하였다. 사람들이 그를 가리켜 '간서치(看書痴)' 즉 책만 읽는 멍청이라고 해도 또한 기쁘게 이를 받아들였다.

아무도 그의 전기를 짓는 이가 없으므로 이에 붓을 떨쳐 그 일을 써서 <간서치전(看書痴傳)>을 지었다. 그 이름과 성은 적지 않는다.

이덕무, 『청장관전서―간서치전』

2. 다음 두 문항을 통해 자신만의 변별된 자기소개서 전략을 세워보자.

1) 다음은 어떤 기업의 사회공헌팀에 지원하기로 했다. 이 기업의 자기소개서 양식은 성장과정이나 성격 등 전형적인 내용을 쓰는 것이 아니라 아래와 같이 몇 가지 질문에 답하는 것으로 되어 있다. 이제 질문에 맞춰 자기소개서를 작성해 보자.

* (1) 지원하신 직무를 본인이 잘 수행할 수 있다고 생각하는 이유를 구체적으로 기술해 주십시오.
(2) 학교생활에서 일반적으로 경험하기 어려운 특별한 경험이나 남다른 성취가 있다면 기재하여 주시기 바랍니다.
(3) 지원하신 회사, 직무, 근무지와 관련하여 특별히 희망하는 점이나 면접자에게 꼭 알리고 싶은 사항을 기재하여 주시기 바랍니다.
(4) 위에 기술한 내용 외에 첨부하고자 하는 내용이 있으시면 아래에 이력서를 첨부하거나 추가하실 내용을 기술하여 주십시오.

2) 아래 제시된 4편의 글은 자기소개서 중에 '입사동기와 입사 후 포부'만을 뽑은 것이다. 각각의 글에 대하여 장단점을 분석해 보고 어떻게 보완하면 좋을지 의견을 나눠보자.

❶ 저는 귀사의 해외영업 분야에 지원합니다. 귀사의 사훈처럼 "세계 속의 ○○인"이 되는 것은 저의 오랜 꿈입니다. 회사와 사원 간에도 '궁합'을 이야기할 수 있다면, 귀사와 저는 같은 꿈을 가진 '찰떡궁합'의 관계가 될 것이라고 감히 생각해 봅니다.

해외기술영업 담당자는 기술 부분에 대한 전문적인 지식과 탁월한 영업 능력, 외국어 구사능력 등을 고루 갖추어야 한다고 봅니다. 아직 저는 "완벽합니다."라고 말할 수는 없지만, "귀사의 해외기술영업팀이 바라는 인재상과 가장 유사한 그림자를 만들어 낼 수 있는 사람입니다"라고 말씀드리고 싶습니다.

실무에 대한 지식과 경험 없이는 이 분야에서 최고가 되는 일은 불가능할 것입니다. 최고의 엔지니어가 되겠다는 저의 대학 시절의 꿈은, 이제 그 자질을 강한 무기로 삼아 세계시장에 뛰어들려는 패기와 열정으로 바뀌었습니다.

앞으로 5년 후, 귀사의 해외기술영업 분야에서 빛을 발하는 존재로, 또 그 5년 후, 10년 후에는 제 꿈이었던 세계 최고의 엔지니어와 귀사의 사훈인 "세계 속의 ○○인"에 딱 들어맞는, 해외기술영업 분야의 믿음직한 책임자가 될 수 있도록 노력의 고삐를 늦추지 않겠습니다.

❷ ○○○의 든든한 서포터를 희망합니다! 21세기, 과학 기술에 대한 독보적 기술力만큼 중요한 요소가 그 역량을 최대한 발휘하도록 서포트하는 사무지원力이라 생각합니다. 정밀기계 산업을 필두로 반도체와 영상정보기기, K9자주포 등 현재에 안주하고 않고 끊임없이 도전하는 ○○○의 모습에서 무한한 가능성을 읽었고, 인턴지원을 결심하게 되었습니다.

저는 이를 위해 첫째, 문서 작성과 분석에 맞는 꼼꼼함과 세심함을 지니고 있습니다. 2008년 공익변호사그룹 <공감> 인턴으로 근무, 변호사분들의 활동 사항을 문서화 하는 작업을 통해 정확하고 깔끔한 문서능력을 인정받았습니다. 둘째, 스피치로 특화된 프레젠테이션 과목을 수강, KBS 심야토론에 대학생 대표로 참여하는 등 그룹의 Coordinator에 걸맞은 커뮤니케이션 역량의 기초를 길렀습니다. 셋째, 국내 시장과 경제를 분석하기 위해 정기적으로 **EBS CEO** 특강을 참관하고 있고, 경영 독서스터디 **Reading Leaders** 활동을 통해 경영 마인드를 쌓고 있습니다. 이런 꼼꼼함과 커뮤니케이션 능력, 경영 마인드를 바탕으로 ○○○에 일조하는 인재가 되겠습니다.

❸ 2007년 2월 상하이로 여행을 다녀왔을 때 제일 기억에 남았던 것은 '금무대하(金茂大厦)'라고 하는 랜드마크 타워에서 야경을 본 것이었습니다. 또 일본에 어학연수를 갔을 때는 도쿄의 '도쿄타워'와 '모리타워', 요코하마의 '랜드마크 타워'에서 야경을 본 것이 가장 기억에 남았습니다. 도시의 야경을 한 눈에 내려다 볼 수 있는 랜드마크 타워는 말 그대로 그 도시의 '상징'입니다. 그리고 '63시티'의 시설은 위의 세계적인 랜드마크 타워들과 비교해도 뒤지지 않습니다. 63시티에는 일본의 이케부쿠로에 위치한 선샤인시티, 롯폰기에 위치한 모리타워, 요코하마의 랜드마크 타워가 모두 담겨 있는 듯한데, 이것이 사람들에게 큰 매력으로 작용할 것이기 때문입니다. 귀사에 입사한다면 서울을 찾아오는 수많은 외국인 관광객이 관광을 마치고 돌아갈 때 서울에서 가장 기억에 남는 관광지를 '63시티'라고 떠올릴 수 있도록 만들고 세계에서 손꼽히는 관광장소로 만드는 데 기여하고 싶습니다.

❹ 귀사는 창의와 도전 정신이 넘치는 창조적인 기업 문화를 구축하기 위해 외부 우수 인재를 적극 발굴해 채용하고 임직원을 '전문 경영인'으로 양성시킨다는 인재 경영의 목표를 가지고 있습니다. 제가 귀사에 입사하게 된다면 마케팅 분야의 사원으로서 관련 직무를 빠르게 익히고 학습하여 전문성을 갖추겠습니다. 또한 회사에서 시행하는 교육을 모두 성실히 이행하고, 꾸준히 노력하여 영어실력도 더 높게 키울 것입니다. 도전을 위한 도전을 가치로 하여 다방면에서 많은 경험과 지식을 쌓아 귀사에 미소를 심는 든든한 지원군이 되겠습니다.

3. 다음 물음에 따라 다양한 목적의 자기소개서 작성을 시도해 보자.

1) 다음 각종 목적에 따른 주제를 하나 골라 자신에게 맞는 자기소개서를 작성해 보자.
   (1) 해외문화체험탐방 지원서용
   (2) 인턴십 프로그램용
   (3) 대학원 진학용
   (4) 아르바이트용
   (5) 공무원 채용

2) 자신이 취업을 희망하는 분야나 회사를 설정하고 이에 적절한 자기소개서를 작성해
   보자. 아래 제시한 기본 항목은 필히 갖추도록 한다.
   (1) 가정환경과 성장과정
   (2) 교육과정 및 특기사항
   (3) 성격과 가치관
   (4) 지원동기와 장래성

글 쓰 기 연 습 지

월 일 요일 교시	학과(부) :
학 번 :	이 름 :

글 쓰 기 연 습 지	
월 일 요일 교시	학과(부) :
학 번 :	이 름 :

발 표 연 습 지	
월 일 요일 교시	학과(부) :
학 번 :	이 름 :

발표 주제 :
....

발표 목적 :
....
....

인사말 :
....
....

발표 내용 :
....
....
....
....
....
....
....
....
....

맺음말 :
....
....
....
....

수 업 점 검 표		
강의 주제 :		월 일 요일 교시
학 번 :	이름 :	

	나는 오늘 수업을 미리 준비해 왔다.	① ② ③ ④ ⑤
	나는 수업 내용으로 질문을 하였다.	① ② ③ ④ ⑤
자기 점검	나는 적극적으로 수업에 참여하였다.	① ② ③ ④ ⑤
	나는 개인적으로 스마트폰을 사용했다.	① ② ③ ④ ⑤
	나는 수업 방해 행위를 한 적이 있다.	① ② ③ ④ ⑤

■ 나의 수업 태도를 통해 느낀 점은 어떤 것이 있는가?

....

....

....

....

....

....

....

....

....

....

....

....

....

....

....

참고 자료

1부 ▪▪▪

니콜라스 카 지음/최지향 옮김, 『생각하지 않는 사람들』, 청림출판, 2011.

이상원, 『서울대 인문학 글쓰기 강의』, 황소자리, 2011.

스티븐 핑커 지음/김한영 외 옮김, 『언어본능』, 그린비, 1998.

조지 밀러, 『언어의 과학』, 민음사, 1998.

김열규, 『욕, 그 카타르시스의 미학』, 사계절, 2007.

Ronald B. Adler/김인자 옮김, 『인간관계와 자기표현』, 한국심리상담연구소, 2007.

홍성태, 『자기표현의 힘』, 더난출판사, 2003.

강준만, 『한국인과 영어』, 인물과사상사, 2014.

최재천, 『호모 심비우스』, 이음, 2011.

2부 ▪▪▪

강서일 역, 『대화의 법칙』, 청년정신, 2004.

데보라 탄넨, 신우인 역, 『말 잘하는 남자? 말 통하는 여자!』, 풀빛문예, 1993.

김상규, 『말의 기술』, 사이다, 2013.

채영희, 『말하기·듣기 교육의 실제』, 부경대학교 출판부, 2003.

이창덕 외, 『발표와 연설의 핵심 기법』, 박이정, 2008.

김병홍 외, 『사고와 표현』, 역락, 2012.

김주환 역, 『스피치의 정석』, 교보문고, 2012.

임태섭, 『스피치 커뮤니케이션』, 연암사, 1997.

전영우, 『스피치와 프레젠테이션, 민지사, 2004.

임창희·홍용기, 『인간관계론』, 비앤엠북스, 2014.

구현정·전정미, 『화법의 이론과 실제』, 박이정, 2007.

3부 ▪ ▪ ▪ ▪

고려대학교 사고와표현 편찬위원회, 『자연과학 글쓰기』, 고려대학교출판부, 2004.

고려대학교 사고와표현 편찬위원회, 『사회과학 글쓰기』, 고려대학교출판부, 2005.

고려대학교 사고와표현 편찬위원회, 『인문학과 글쓰기』, 고려대학교출판부, 2005.

고려대학교 사고와표현 편찬위원회, 『대학 글쓰기의 이해』, 고려대학교출판부, 2014.

김경훤 외, 『창의적 사고 소통의 글쓰기』 2판 1쇄, 성균관대학교출판부, 2013.

김인균 외, 『사고와 표현』, 신라대학교출판부, 2007.

박규홍 외, 『사고와 표현』, 정림사, 2002.

오성호, 『대학 글쓰기』 3쇄, 새문사, 2013.

이병철, 『학습지원부 글쓰기 자료』 1-4권, 신라대학교출판부, 2007.

이병철, 『창의적 사고와 글쓰기』, 문학사계사, 2008.

이병철, 『금향선집』, 새미, 2008.

이병철, 『문학과 인간』, 국학자료원, 2009.

이상원, 『서울대 인문학 글쓰기 강의』 3쇄, 황소자리, 2014.

이상임 외, 『상상과 창조의 글쓰기』, 경희대학교출판문화원, 2010.

이화여자대학교 교양국어 편찬위원회 엮음, 『우리말과 글쓰기』 개정2쇄, 이화여자대학교출판부, 2014.

정희모 외, 『대학 글쓰기』, 삼인, 2008.

황송문, 『문장 강화』, 세훈, 1989.

❏ 집필진

김병홍　신라대학교 교수

김수태　신라대학교 교수

이병철　신라대학교 교수

언어생활과 자기표현

초판1쇄 발행　2015년 2월 26일
　　2쇄 발행　2016년 2월　5일

지은이　김병홍 김수태 이병철
펴낸이　이대현
편 집　오정대
펴낸곳　도서출판 역락
　　　　주소 서울 서초구 동광로 46길 6-6 문창빌딩 2층
　　　　전화 02-3409-2058(영업부), 2060(편집부)
　　　　FAX 02-3409-2059
　　　　이메일 youkrack@hanmail.net
　　　　블로그 http://blog.naver.com/youkrack3888
　　　　등록 1999년 4월 19일 제303-2002-000014호

I S B N　979-11-5686-154-6 03800
정 가　11,000원

본문이미지(일부) : Getty Images Bank 멀티비츠

이 도서의 국립중앙도서관 출판예정도서목록(CIP)은 서지정보유통지원시스템 홈페이지(http://seoji.nl.go.kr)와
국가자료공동목록시스템(http://www.nl.go.kr/kolisnet)에서 이용하실 수 있습니다.(CIP제어번호 : CIP2015004955)